Koslowski – Schwanengesang

Joachim H. Peters

Koslowski – Schwanengesang

Roman

Verlag topp+möller
Detmold 2015

Titelfoto: Hamit Urasaew
Umschlaggestaltung: Kreativagentur · topp+möller conAct

Bibliografische Information Der Deutschen Bibliothek
Die Deutsche Bibliothek verzeichnet diese Publikation in der Deutschen Nationalbibliografie; detaillierte bibliografische Daten sind im Internet über http://dnb.ddb.de abrufbar.

ISBN: 978-3-936867-63-3

Erste Auflage 2015

Verlag und Gesamtherstellung: topp+möller, Detmold
Lektorat: Volker Maria Neumann

Für Inge,
treue Seele und treue Freundin

„This is the end“
Adele (in Skyfall)

Vorwort

Schwanengesang ist der siebte Roman aus der Koslowski-Reihe. Wie für seine Vorgänger, gilt auch für ihn, dass alle handelnden Personen und Geschehnisse frei erfunden sind. Die Umstände jedoch, wie sie im Stadtteil Agbobloshie in Accra beschrieben werden, sind leider traurige Wirklichkeit.

Joachim H. Peters, Oktober 2015

Prolog

Gegenwart

Die Wasseroberfläche war glatt wie eine Glasscheibe. Nur die beiden Schwäne, die unbeweglich und wie von einer unsichtbaren Schnur gezogen über den Teich glitten, sorgten mit ihrem Kielwasser für eine leichte Beeinträchtigung des perfekten Bildes. Es wehte kein Lüftchen, und so sorgte der Wind durch seine Abwesenheit nicht nur für diese fast unnatürliche Stille auf dem Wasser, sondern erzeugte auch an Land kein Geräusch.

Der Mann, der auf einer der Bänke am Donoper Teich saß, riss sich von diesem Anblick los und senkte den Blick auf den Briefumschlag in seiner Hand. Es war nicht der Inhalt des Briefes, der ihn erschütterte. Er hatte ihn selber geschrieben. Die Tatsache, dass er seinen Adressaten nicht erreicht hatte, stimmte ihn nachdenklich. Der Brief war zurückgekommen.

Walfried Eugelink seufzte tief. Er musste an ein Schild denken, welches damals, 1975, im Flur des Unterkunftsgebäudes in der Polizeischule gehangen hatte. Genauer gesagt im Flur zum Unterrichtsraum seiner Klasse. Nicht wie heute mittels PC und Drucker erstellt, sondern noch sorgfältig und handschriftlich auf weiße Pappe gemalt: *Sei froh und lächle, denn es kann noch schlimmer kommen. Und ich war froh und lächelte, und es kam schlimmer!*

Ein blöder Spruch, fand Eugelink, doch er musste zugeben, dass er sich in seinem bisherigen Leben oft bewahrheitet hatte. So war es wohl mit allen Sinnsprüchen: Irgendwann einmal passten sie.

Eugelink lehnte sich zurück und legte den Brief neben sich auf die Bank. Die Schwäne zogen immer noch ihre Bahnen, und seltsamerweise gab es heute keinen Jogger, keinen Mountainbiker, keinen Hundebesitzer, nicht einmal einen Wanderer, der seine Gedanken störte.

Eugelink war allein und dachte nach.

Vor ein paar Monaten war er aus dem Polizeidienst des Landes Nordrhein-Westfalen ausgeschieden. Der Landrat hatte ihm seine Entlassungsurkunde überreicht und sich bei ihm für die vielen geleisteten Dienstjahre bedankt. Dann hatte er den dienstlichen Werdegang des Kriminalhauptkommissars noch einmal Revue passieren lassen. Es war ja nicht so, dass er den Lebenslauf von jedem seiner Beamten kannte, aber man musste ihm lassen, dass er die schriftlichen Notizen der Personalabteilung gekonnt wiedergegeben hatte. Was er nicht erwähnte, war, dass Eugelink diesen Schritt nicht ohne Grund tat. Er hatte während seiner Ermittlungstätigkeit zwar immer wieder Schlimmes erlebt und sich ansehen müssen, aber vor einiger Zeit wäre er im Rahmen dieser Tätigkeit fast ums Leben gekommen. Und dieses Ereignis hatte ihn nachhaltig beeinflusst.

Er hatte unter dem Erlebten ebenso gelitten wie seine Frau und ganz sicher auch seine Kinder, auch wenn sie sich nichts hatten anmerken lassen.

Eugelink war nachts häufig schweißnass hochgeschreckt. Immer dann, wenn er die Situation auf dem Truppenübungsplatz Stapel noch einmal im Traum durchlebte. Und auch wenn er ansonsten immer ausgeglichen und beherrscht schien, so fiel ihm seit diesem Erlebnis der Weg zur Dienststelle doch immer schwerer.

Bis seine Frau die Reißleine zog, hatte er mit niemandem darüber geredet. Sie war es, die ihn vor die Alternative stellte: entweder eine psychiatrische Behandlung oder die Trennung. Eugelink hatte nicht lange überlegen müssen und die Behandlung gewählt. Eine Trennung kam für ihn nicht infrage, weil er seine Frau und seine beiden Jungen liebte.

Und so war der Kriminalbeamte in das Büro seines Direktionsleiters gegangen und hatte ihm seinen Antrag auf vorzeitige Pensionierung auf den Tisch gelegt. Ein halbes Jahr später hatte er den Dienst quittieren können. Er war erstaunt darüber, dass nicht noch mehr Kollegen diesen Schritt machten, denn der Beruf des Polizeibeamten wurde immer gefährlicher. Die Anzahl der Angriffe auf seine Kolleginnen und Kollegen war in den letzten Jahren immer weiter gestiegen, und mittlerweile machten solche Randalierer nicht mal mehr vor den Sanitätern eines Rettungswagens halt.

Auf jeden Fall hatte er damals Glück gehabt, dass sein Freund Koslowski ihm das Leben gerettet hatte. Und zwar in allerletzter Sekunde. Das Haus war bezahlt, ihre finanzielle Situation gesichert, und seine Frau hatte sogar noch einen Teilzeitjob angenommen, weil sie nicht den ganzen Tag zu Hause sitzen wollte. Er wiederum hatte begonnen, sich mehr um seine Söhne zu kümmern und versuchte nun, ihnen ein besserer Vater zu sein. Zeit dafür hatte er ja jetzt zur Genüge.

Wieder schweiften seine Gedanken zu Koslowski ab. Der war irgendwann in Lippe erschienen, und nachdem sie sich näher kennengelernt hatten, war ihnen klar geworden, dass die Chemie zwischen ihnen stimmte. Aber nicht nur privat, sondern auch dienstlich: Eugelink war ein paar Mal mit ihm zusammen im Einsatz gewesen. Koslowski war zwar kein Polizeibeamter, besser gesagt: nicht mehr, aber trotzdem war er immer wieder in Fälle verwickelt gewesen, in denen auch Eugelink ermittelt hatte. Und nicht selten war es dabei für Koslowski gefährlich geworden.

Eugelink blickte wieder auf den Briefumschlag. Dann wurde seine Aufmerksamkeit von einem der Schwäne gefangen genommen. Das Tier war nah an das gegenüberliegende Ufer herangeschwommen und stand nun im seichten Wasser. Ohne zu wissen warum, war Eugelink davon überzeugt, dass es sich dabei um ein männliches Tier handelte.

Plötzlich reckte der Schwan den Hals zum Himmel und begann zu singen.

Kapitel 1

Drei Monate zuvor

Obwohl er schon öfter in Afrika gewesen war, hatte er das Gefühl, so etwas noch nicht erlebt zu haben. Die sengende Hitze Ghanas war ihm in der Hauptstadt Accra schon immer sehr extrem vorgekommen, doch hier im Stadtteil Agbogbloshie erschien sie ihm fast unerträglich.

Das lag sicherlich auch daran, dass die Luft beißend und verbrannt roch. Überall brannten kleine Feuer. Doch sie waren nicht dazu da, um Reis zu kochen, sondern um Beute zu machen. Und diese Beute bestand aus Leiterplatten und Kupferkabeln. Um an diese Schätze zu kommen, musste man Feuer machen oder ein Gerät mit einem Stein zertrümmern. Denn Kupfer war in alten Scannern, Fernsehern, Computern, Druckern oder anderem Elektroschrott verborgen. Alles abgekippt auf dieser riesigen Müllhalde, dem sogenannten *digital dumpyard.* Berge von Elektronikschrott, die von ghanaischen Elektrohändlern containerweise am Hafen aufgekauft wurden und aus Europa oder Nordamerika stammten. Die Händler durchwühlten als Erste diese Fundgruben, immer auf der Suche nach funktionstüchtigen Geräten. Mal war es ein angerostetes Bügeleisen, dann wiederum ein alter Laptop, den sie zum Leben erwecken und verkaufen konnten. Reine Glückssache. Der Rest landete auf der riesigen Mülldeponie, die früher einmal eine große Grünfläche gewesen war. Doch davon war heute nichts mehr zu sehen.

Er achtete sehr darauf, wohin er seinen Fuß setzte, denn der Boden war mit scharfkantigen Plastikteilen und Glassplittern übersät. Nur ein paar Meter von ihm entfernt hockte ein Junge, sicherlich nicht älter als zehn, und stocherte in einem langsam erlöschenden Feuer herum. Das Kindergesicht war mit Ekzemen überhäuft, und ein trockener, bedenklich klingender Husten schüttelte den kleinen Körper.

Vermutlich lag das an den giftigen Dämpfen und all dem Blei und Kadmium, welche hier freigesetzt wurden. Der Junge kratzte mit seinem Stock Metallreste aus dem Feuer und beäugte ihn dabei skeptisch. Vermutlich hatte er Angst davor, dass ihm der große, weiße Mann, obwohl ihm ein teurer Fotoapparat vor der Brust baumelte, auch noch seine karge Beute wegnahm. Ein unsinniger Gedanke. Der Preis dieser Kamera überstieg bei Weitem den Erlös, den der Junge bekam, wenn er ein paar Jahre lang täglich auf dieser Kippe Metall suchen und verkaufen würde.

Der Mann blieb stehen und griff in seine Tasche. Dann hielt er den herausgezogenen Geldschein mit der einen Hand hoch und deutete mit dem Kopf auf die Kamera in seiner anderen. Der Junge stutzte und schien zu überlegen, was er tun sollte. Doch beim Anblick des Geldscheines dauerte seine Skepsis nicht allzu lange. Als er schließlich nickte, schien der Mann mit der Kamera geradezu erleichtert und stürmte förmlich auf ihn zu, um ihm den Schein in die Hand zu drücken. Dann sprang er zurück, das Gesicht bereits hinter der Kamera verborgen und mit professionellem Blick durch den Sucher schauend.

Aber er tat nicht nur seine journalistische Arbeit, sondern so konnte er auch sein Gesicht verstecken. Denn auch, wenn das Bild möglicherweise abgedruckt würde und der Hauch einer Chance bestand, dass es zu einer Änderung der Verhältnisse in Accra beitrug, so kam er sich doch wie ein Freier vor, der soeben eine Prostituierte für ihre Dienste bezahlt hatte.

Fast schon zu hastig machte er ein paar Aufnahmen, winkte dem Jungen verlegen zu und ging weiter. Im Weggehen überprüfte er die geschossenen Bilder auf dem Display seiner Kamera und war froh, dass sie gelungen aussahen. Wäre das nicht der Fall gewesen, hätte er nicht den Mut aufgebracht zurückzugehen und neue zu machen. Aber er wäre kein richtiger Reporter, wenn er die Chance auf so ein Bild hätte verstreichen lassen. Eigentlich war er ja gar nicht auf Motivsuche hier, sondern um einen Informanten zu treffen, der ihm etwas über die Herkunft der alten Geräte sagen konnte.

Bei seinen Recherchen war ihm ein Artikel der UNO ins Auge gefallen, in dem man schätzte, dass jährlich mehr als 50 Millionen Tonnen Elektroschrott weltweit anfielen. Ein anderer Informant aus der Abfallbranche hatte ihm gesteckt, dass aus Deutschland fast 100.000 Tonnen ausgemusterter Elektro- und Elektronikgeräte in Richtung Süden gebracht wurden. Containerladungen voller alter Fernseher, Staubsauger, Kühlschränke, Handys oder Drucker. All das wurde vom braven Bundesbürger zum Fachhändler zurück- oder gleich zum Recyclinghof gebracht. Ordnungsgemäße und umweltfreundliche Entsorgung.

Doch dann geschah das Wunder. Aus dem Elektronikschrott wurde plötzlich Second-Hand-Ware. So kam das, was in Deutschland als Sondermüll behandelt wurde, als angebliches Handelsgut nach Afrika. Und zum großen Teil auf die Kippe in Accra. Denn hier interessierte niemanden, ob krebserregendes Kadmium oder Blei in alten Bildschirmen schlummerte oder ob aus Kühlgeräten giftige Flüssigkeiten tropften. Hier war es egal, ob all diese Stoffe in den Boden sickerten und das Wasser vergifteten, oder ob es dazu führte, dass die Menschen, die hier lebten, Verätzungen oder Magenkrämpfe bekamen. Für den Schrott galt ein altes, deutsches Sprichwort: Aus den Augen, aus dem Sinn.

Die Armut sorgte dafür, dass das Durchwühlen dieses Schrotts zu einer lebenserhaltenden Arbeit wurde. Altmetall wurde hier zum Gold des kleinen Mannes. Doch die Suche nach diesem Gold war gefährlicher als das Schürfen auf den Claims in Alaska.

„Mister?“

Er schreckte auf. Die Stimme des jungen Mannes, der halb verdeckt in einem Hauseingang stand, hatte ihn aus seinen Gedanken gerissen.

„Mister Maywalt?“

Er nickte ergeben, denn er hatte sich daran gewöhnt, dass außerhalb von Deutschland kaum jemand den Namen Maiwald richtig aussprechen konnte. Warum also ausgerechnet hier in Ghana?

„Yes, I'm Mister Ingo Maiwald. You've called me in my hotel?"

Der Dunkelhäutige blickte sich ängstlich um. Dann nickte er zögerlich und winkte Maiwald zu sich heran in den Hauseingang. Sein Gesicht verriet Angst. Für Ingo Maiwald eine verständliche Reaktion, denn der junge Mann riskierte vermutlich soeben sein Leben.

Drei Wochen zuvor hatte Maiwald einen Tipp bekommen, dass eine Entsorgungsfirma aus Deutschland an diesem gigantischen Recyclingschwindel beteiligt sein solle. Sofort hatte er angefangen zu recherchieren und auch einige Hinweise gefunden. Doch leider reichte das nicht aus, um eine Verbindung zwischen der Müllkippe in Accra und der Firma in Deutschland herzustellen. Tagelang hatte er erfolglos in verschiedenen Containerhäfen herumgelungert und war schließlich zu der Überzeugung gelangt, dass er nicht darum herumkam, persönlich nach Ghana zu reisen. Die ersten beiden Tage war er noch vollkommen planlos durch die Stadt gelaufen und von dem Gestank wie erschlagen gewesen. Eine Minute nach seiner Ankunft auf der riesigen Müllhalde von Agbogbloshie wusste er, warum man Accra den Beinamen „Toxic City“ gegeben hatte.

Dann hatte er angefangen, Fragen zu stellen und Geld für weitere Informationen anzubieten. Doch niemand schien den Ring des Schweigens durchbrechen zu wollen. Erst einen Tag vor seiner geplanten Abreise erhielt er den Anruf, der ihn jetzt hierher geführt hatte.

„Let's go!“ Der junge Mann sah sich ein letztes Mal sichernd um, dann lief er die Straße entlang, ohne sich umzudrehen.

Maiwald hatte Mühe, ihm zu folgen. Dem jungen Mann war es anscheinend egal, ob er mit ihm Schritt halten konnte oder nicht. Unvermittelt bog er nach rechts in eine Seitengasse ein, wandte sich dann nach links und öffnete in einer Umfriedungsmauer ein Tor, welches aus den Brettern alter Paletten gebaut worden war. Kurz bevor Maiwald es erreichte, klappte es vor ihm wieder zu. Der Reporter stieß es mit dem Fuß auf und erschrak fast zu Tode, als dahinter plötzlich ein großer Mischlingshund zornig bellend auf ihn zusprang. Das schmutzige und verwahrlost aussehende Tier zerrte wütend an einer rostigen Kette.

„King! Shut up!" Der junge Afrikaner war zurückgekehrt, schnappte sich das Halsband, das aus einem Stück Strick bestand, und zerrte das Tier vom Eingang weg.

Ingo Maiwald war immer noch so erschrocken, dass er wie angewurzelt dastand.

„Okay Sir, let's go!", forderte ihn sein Beschützer auf.

Maiwald drückte sich ängstlich mit dem Rücken an die Mauer und schob sich vorsichtig an dem bellenden Hund vorbei. Sie durchquerten das Grundstück und verließen es wieder. Maiwald folgte dem Mann nun über zwei weitere Straßen hinweg. Dabei bogen sie so oft links und rechts ab, dass er schon bald jegliche Orientierung verloren hatte. Die Menschen, die sie trafen, sahen sich wohl nur deshalb nach ihnen um, dachte Maiwald, weil sich selten ein weißer Mann hierher verirrte. Maiwald lief mittlerweile der Schweiß in Strömen am Körper herunter. Schützend hielt er das offene Hemd über seine Kamera. Es musste ja nicht jeder sehen, dass er den Lebensunterhalt einer ghanaischen Familie für ein ganzes Jahr um den Hals trug. Nur mühsam konnte er mit seinem jungen Führer Schritt halten und war froh, als der plötzlich stehen blieb. Maiwald konnte vor sich eine größere Straße erkennen. Wenn er den Stadtplan richtig im Kopf hatte, könnte es sich dabei um die *Abose-Okai-Road* handeln. Der junge Ghanaer deutete auf einen alten, verrosteten *Nissan Bluebird*. Der Kombi parkte mit laufendem Motor am Straßenrand und schien auf sie zu warten.

„Quick, quick!“

Der Mann drängte ihn zum Wagen. Dort angekommen bugsierte er ihn unsanft auf die Rückbank, und kaum, dass die Tür geschlossen war, fuhr der Wagen los und wirbelte den Staub des Straßenrandes hoch. Maiwald versuchte, in eine angenehmere Sitzposition zu gelangen, und hörte zu, wie sich der Fahrer und der junge Mann stritten. Er verstand zwar kein Wort, aber der Fahrer schien verärgert zu sein, weil sie ihn so lange hatten warten lassen. Das Gespräch endet damit, dass der junge Mann ihn noch einmal anschrie und dann kein Wort mehr sagte. Maiwalds Aufgabe bei diesem Ausflug beschränkte sich aufs Schwitzen.

Er hätte hinterher nicht mehr sagen können, wie lange sie unterwegs gewesen waren, denn seine teure Taucheruhr hatte er vorsichtshalber im Hotel gelassen. Aber er schätzte, dass sie mehr als eine Stunde unterwegs gewesen waren, als sie auf ein Grundstück einbogen, auf dem Unmengen von Containern gestapelt waren. Der Fahrer fuhr hinter einen rostigen Schuppen, bremste ab und begann sofort wieder zu zetern. Diesmal reagierte der junge Mann jedoch gar nicht darauf, sondern zog Maiwald mit sich aus dem Wagen. Anscheinend hatten sie das Ziel ihrer Reise erreicht, denn kaum, dass die Tür ins Schloss gefallen war, brauste der klapprige Nissan auch schon davon.

Maiwald sah sich erstaunt um. Er hatte sich ein Treffen in einem Privathaus oder in einem Hotel vorgestellt. Und wo war sein eigentlicher Informant? Der junge Mann war es nicht, denn dann hätten sie sich nicht die Mühe machen müssen, bis hierher zu fahren. Das hätte man schon auf der Mülldeponie in Agbogbloshie erledigen können. Nein, Maiwald war sicher, dass der Bursche nur als Lotse diente.

Wie um seine Gedanken zu bestätigen, zog ihn der junge Afrikaner mit sich. Nach ein paar Metern schlüpfte er durch einen schmalen Durchgang zwischen zwei Containern, anscheinend kannte er sich in diesem Labyrinth aus. Maiwald blieb nichts anderes übrig, als ihm zu folgen, denn längst hatte er auch hier die Orientierung verloren. Ihm kam es vor, als hätte sich die Luft in dieser Schlucht aus zweieinhalb Meter breiten und vierzig Fuß langen Containern noch mehr aufgeheizt als draußen. Vermutlich lag es daran, dass in dieses verschachtelte Labyrinth kein Wind hineinwehen konnte.

Maiwald hatte den Eindruck, dass er bald nicht mehr weiterkonnte. Seine Zunge klebte am Gaumen, und er sehnte sich nach einem Schluck Wasser. Die Containerwände kamen ihm vor wie warme Herdplatten, so sehr hatte die Sonne sie aufgeheizt. Dem jungen Mann vor ihm schien diese Hitze nichts auszumachen, doch Maiwald merkte, dass er bald am Ende seiner Kräfte angekommen sein würde.

Als er das seinem Führer mitteilen wollte, brachte er zunächst kein Wort heraus, da sein Mund zum Sprechen zu trocken war. Doch das war auch nicht mehr nötig, denn der Ghanaer blieb plötzlich stehen.

Maiwald leckte sich über die vom Schweiß salzigen Lippen und wollte gerade etwas sagen, als der Junge die Hand hob und hinter ihn deutete. Im ersten Moment verstand Maiwald diese Geste nicht, doch dann drehte er sich um und sah sich einem Mann gegenüber, der in diese Umgebung genauso wenig passte wie ein Eisbär in die Sahara. Auf diesem Containerlagerplatz hätte Maiwald alles Mögliche erwartet, aber nicht einen gepflegten Mann in einem eleganten Seidenanzug, dessen hellgraue Farbe sich kontrastreich von seiner dunklen Hautfarbe absetzte.

Ingo Maiwald sah sich außerstande, das Alter des Mannes zu schätzen. Er hatte eine Glatze und trug eine verspiegelte Sonnenbrille. Erst als er sprach, verriet seine Stimme, dass er nicht mehr der Jüngste war.

„Thank you, Victor. Your job is done!"

Maiwald vermutete, dass der Mann englisch sprach, damit auch er verstand, was er zu dem Jungen sagte. Als Maiwald sich wieder zu ihm umdrehte, war sein Begleiter bereits wieder zwischen den Containern verschwunden.

„Man muss hier sehr vorsichtig sein, denn hier haben nicht nur die Wände, sondern sogar die Container Ohren." Der Mann trat zwei Schritte auf ihn zu und nahm die Sonnenbrille ab.

Maiwald konnte sich von seinem Gesicht nicht losreißen, das besonders durch ein weißes, blindes Auge dominiert wurde. Dieser Makel in dem sonst so ebenmäßigen Gesicht erschreckte ihn so sehr, dass er unbewusst einen Schritt zurück machte.

„Ich sehe schon, dass ich Ihnen Angst mache", sagte sein Gegenüber. „Daher werden Sie es nicht als unhöflich empfinden, wenn ich die Sonnenbrille wieder aufsetze, während ich mit Ihnen spreche. Und seien Sie unbesorgt, ich bin kaum einem Menschen begegnet, dem es nicht so ging wie Ihnen."

Maiwald wischte sich mit dem Ärmel seines Hemdes den Schweiß von der Stirn. Diese ganze Situation kam ihm absolut irreal vor. Da stand er, der kleine Zeitungsreporter aus Lemgo, hier in Accra auf einem Container-Stellplatz einem einäugigen Informanten gegenüber, den er noch nie in seinem Leben gesehen hatte. Und er war sich sicher, dass er den Mann nach diesem Treffen auch nie mehr wiedersehen würde.

Maiwald wollte antworten, doch seinem Hals entfuhr nur ein heiseres Krächzen.

Sein Gegenüber griff in die Jacke seines Anzugs und warf ihm eine kleine Wasserflasche zu. „Ihr Europäer begeht alle den gleichen Fehler. Ihr denkt nicht an Wasser, weil es euch zu Hause jederzeit und überall zur Verfügung steht."

Dankbar fing Maiwald die Flasche auf, trank sie mit zwei gierigen Schlucken leer und wunderte sich erst jetzt, dass der Mann die ganze Zeit deutsch gesprochen hatte. Aber noch unheimlicher erschien ihm, dass er anscheinend Gedanken lesen konnte, wie seine nächsten Sätze belegten.

„Man kann Ihnen Ihre Verwunderung ansehen. Wenn Sie wüssten, dass ich viele Jahre für eine deutsche Firma in Südafrika gearbeitet habe, dann würden Sie verstehen, warum ich Ihre Sprache so gut spreche."

Maiwald blickte ratlos auf die leere Flasche in seiner Hand.

„Werfen Sie sie einfach weg. Sie haben ja sicher schon gesehen, dass hier in Accra vieles einfach weggeworfen wird."

Der auf Umweltschutz konditionierte Maiwald ließ die Flasche nur zögerlich fallen. „Sie haben mir am Telefon gesagt, dass Sie Informationen für mich hätten. Es ging dabei um den Namen einer Firma aus Deutschland."

Der Mann im Seidenanzug nickte. Dann griff er in die Innentasche seines Jacketts und zog einen Zettel hervor. Er sah aus, als wäre er zuvor irgendwo aufgeklebt gewesen. Er hielt ihn hoch. „Das hier ist der Aufdruck eines Containers, der mit Elektronikschrott beladen hier im Hafen von Accra gelandet ist. Einer von Hunderten von Containern, die uns den gefährlichen Abfall Ihrer Zivilisation bringen." Der Gesichtsausdruck des Mannes versteinerte, und Maiwald wusste, dass der Smalltalk nun zu Ende war.

„Die Container kommen über Rotterdam, aber sie stammen aus Deutschland. Auf diesem Frachtzettel steht die Adresse der Firma, die sie mit angeblicher Second-Hand-Ware belädt und verschifft. Wir wissen beide, dass es hier um illegale Abfallentsorgung geht. Abfallentsorgung auf dem schwarzen Kontinent ist immer noch billiger als teures europäisches Recycling."

Maiwald blickte wie gebannt auf den Zettel in der Hand des Mannes. War das endlich der Beweis, den er suchte, um seine Story schreiben und die Missstände aufdecken zu können? „Warum geben Sie mir diese Information?"

Der Afrikaner lachte bitter auf. „Vermutlich aus Rache. Mein kleiner Bruder ist an einer Vergiftung gestorben, die er sich auf der Müllkippe von Agbogbloshie zugezogen hat. Und ich will, dass die Leute zur Rechenschaft gezogen werden, die dafür verantwortlich sind."

„Aber warum hat Ihr Bruder denn auf einer Müllkippe gelebt? Sie haben als Mitarbeiter einer deutschen Firma doch sicherlich gut verdient, oder?"

Maiwald sah deutlich, wie der Unterkiefer des Mannes mahlte. Er schien einen Punkt berührt zu haben, der ihm unangenehm war.

„Ich habe nichts davon gewusst", stieß er hervor. „Als ich ging, war in unserer Familie noch alles in Ordnung." Ohne dass Maiwald nachfragen musste, sprach der Mann von alleine weiter. „Ich bin damals im Zorn gegangen. Ich hatte einen heftigen Streit mit meinem Vater und wir hatten lange keinen Kontakt." Er seufzte. „Daher wusste ich auch nicht, dass unsere Familie nach seinem Tod ins Elend gerutscht war und nun hier in Agbogbloshie vor sich hinvegetierte. Erst als Felix starb, fasste sich meine Mutter ein Herz und benachrichtigte mich." Er senkte den Blick betrübt zu Boden. „Hätte ich das alles früher gewusst, hätte ich Felix vielleicht retten können."

In diesem Augenblick ertönte ein trockenes Geräusch, so als würde jemand den Korken aus einer Flasche ziehen – und der Mann sah an sich herunter. Mit Erstaunen blickte er auf den roten Fleck, der sich auf seiner Brust ausbreitete. Die Sonnenbrille war von seiner Nase heruntergerutscht, und mit offenem Mund starrte er Maiwald an, den abgerissenen Frachtzettel dabei immer noch erhoben in der Hand. Erst als er auf die Knie sank, wusste der Reporter, was die Stunde geschlagen hatte. Ohne zu überlegen rannte er los, riss dem Mann genau in dem Moment den Zettel aus der Hand, als eine weitere Kugel dessen Kopf traf.

Maiwald spürte, wie er mit warmem Blut bespritzt wurde, dann warf er sich geistesgegenwärtig nach links. Eine

Maschinenpistole begann zu rattern und durchsiebte den Boden und die Container rund um die Stelle, an der er Sekundenbruchteile zuvor noch gestanden hatte.

Der Reporter zerknüllte den Zettel in seiner Hand und rannte blindlings an den Containern vorbei. Nur weg von hier. Schlagartig wurde ihm bewusst, dass sich seine Vermutung, wonach er seinen Informanten nie mehr wiedersehen würde, soeben bewahrheitet hatte. Er rannte weiter, bog planlos abwechselnd rechts und links ab. Die aufgeheizte Luft machte ihm zu schaffen und brannte in seinen Lungen. Aber er musste weiter.

Die Mörder seines Informanten wussten nun, dass es einen Mitwisser gab. Maiwald gab für sein Leben keinen Pfifferling mehr. Wenn sie es schlau anstellten, würden sie diesen Containerplatz einfach umstellen und durchkämmen wie ein Rapsfeld bei einer Fuchsjagd. Er passierte die nächste Ecke, blieb stehen und lehnte sich erschöpft und atemlos an einen Container. Lange würde er das nicht mehr durchhalten.

In diesem Moment fasste ihn eine Hand an die Schulter, und Maiwald schien das Herz stehen zu bleiben. Als er sich reflexartig umdrehte, blickte er in das Gesicht von Victor. Es war genauso von Angst erfüllt wie sein eigenes.

„Please, Sir, follow me!", flüsterte er und blickte Maiwald flehentlich an.

Dieser nickte nur. Es war egal, ob er Victor noch trauen konnte oder nicht. Wenn ja, war der seine einzige Hoffnung. Wenn nicht, sein Henker.

Der junge Victor spähte um die Ecke eines Containers, dann zog er ihn zu sich heran und deutete er auf eine Lücke zwischen einem blauen und einem roten Container.

Als er Maiwald fragend anblickte, nickte dieser. Auch er hatte den Kotflügel des alten Nissan gesehen.

Noch einmal blickte der junge Afrikaner um die Ecke, dann nickte er ihm aufmunternd zu. Der Reporter schnaufte immer noch. Er war zwar nicht gläubig, aber wenn er das hier überlebte, würde er in St. Nikolai eine Kerze anzünden.

Noch einmal holte er tief Luft, dann begann er zu rennen. Genau in diesem Moment setzte das Feuer aus der Maschinenpistole wieder ein.

Kapitel 2

Einen Monat zuvor

„Und ich sage dir, dazu gehört Balsamico Essig!“

„Und ich sage dir, der gehört da nicht drauf! Vielleicht früher bei euch im Ruhrgebiet, hier in Lippe und in ganz Italien jedenfalls nicht“, widersprach Britta Craven ihrer Küchenhilfe.

Diese war Mitte fünfzig, hatte an den Schläfen angegrautes Haar und wedelte provozierend mit der Essigflasche. „Hört, hört, da spricht die Italienerin!“ Koslowski grinste Britta an und griff dann nach den langstieligen Rotweingläsern.

Amüsiert lächelnd nahm sie ihr Glas entgegen und stieß mit ihm an. „Klugscheißer mag eigentlich keiner, oder?“ Sie küsste ihn auf den Mund und trank dann von ihrem Rotwein.

„Friedensangebot, eine Hälfte mit, die andere ohne.“ Koslowski hob den Deckel des großen Kochtopfs hoch. „Was machen die Spaghetti?“

Ein paar Minuten später saßen sie sich auf Koslowskis Balkon gegenüber und genossen das Essen und die Aussicht. „Schade, dass man den Hermann von hier aus nicht sehen kann“, bedauerte die Bielefelder Rechtsanwältin.

Sie mochte Bielefeld, aber auch im Detmolder Stadtteil Hiddesen, der den Kopf des Hermann in seinem Wappen führte, fühlte sie sich wohl. Das hier wäre ein idealer Alterswohnsitz. Ein Stadtteil, in dem alles angeboten wurde, was man zum Leben brauchte. Alles andere gab es in der Detmolder Innenstadt. Aber ein weiterer Reiz war, dass man in nur wenigen Minuten zu Fuß den Teutoburger Wald erreichte. Ein Grund, warum Hiddesen lange Jahre ein gut besuchter Kurort gewesen war. Auch heute sah man vielen Häusern noch an, dass sie früher als Gästehäuser fungiert hatten. Mittlerweile war Hiddesen ein beliebtes Wohnquartier geworden, und es zog immer mehr junge Familien in den ehemaligen Kurort.

Britta zerteilte eine Tomatenscheibe und den darauf liegenden Mozzarella. Als sie ihre Gabel zum Mund führte, bemerkte sie, dass Koslowski sie amüsiert beobachtete. Sie ließ die Gabel wieder sinken und blickte ihn fragend an. „Was schaust du so?“

„Ich erfreue mich nur an deinem Anblick.“ Er hob das Weinglas und prostete ihr zu. „Auf mein Glück, mit einer so attraktiven Frau zusammen sein zu dürfen.“

Britta lächelte ihn an. „Das mit dem Klugscheißer hatte ich ja schon gesagt, oder? Müsste ich jetzt noch Schleimer hinzufügen?“

Koslowski wehrte gespielt empört ab. „Nein, Gnädigste, das ist die reine Wahrheit und nichts als die Wahrheit.“

„Okay, das mit der schönen Frau glaube ich dir mal. Aber ich möchte dir dementsprechend auch etwas Gutes tun.“ Sie stand auf und verschwand in der Wohnung. Koslowski war gespannt und erfreut, als sie wieder auf den Balkon trat. In der einen Hand ein frisch gefülltes Bierglas, in der anderen die dazugehörige Flasche. „Ich weiß doch ganz genau, dass du den Wein nur mir zuliebe trinkst. Dir ist ein eiskaltes Detmolder Herb doch zehnmal lieber.“ Lachend tauschte Britta das Weinglas vor Koslowski gegen das Bierglas.

Der blickte zunächst dankbar zu seiner Freundin und dann auf das Glas. „Das schätze ich an dir, dass du weißt, was ich gern habe.“

„Und das bezieht sich nicht nur auf die Getränke“, sagte die Anwältin, hauchte ihm einen Kuss auf die Wange und nahm wieder Platz. Ihr Blick brachte Koslowskis Blut in Wallung. Als ob sie seine Gedanken erraten hätte, blickte sie ihn verführerisch an. „Erst wird gegessen.“

Koslowski wandte sich wieder seinem Teller zu, nicht ohne vorher einen Schluck Bier zu genießen.

Er hatte tatsächlich viel Glück damit gehabt, diese Frau kennenzulernen. Sie war es, die ihm letztendlich auch über den Verlust seiner damaligen Freundin hinweggeholfen hatte. Ihr Tod hatte ihn in eine tiefe Depression gestürzt, und fast wäre er daran und am Alkohol zugrunde gegangen. Aber Britta und einige seiner Freunde hatten ihn nicht im Stich gelassen. Mit Grausen dachte er daran, dass er Britta schon einmal aus Lebensgefahr hatte retten müssen und sie daher bei seinem letzten gefährlichen Abenteuer vorher schon aus der Schusslinie genommen hatte. Aber vielleicht lag es auch daran, dass sie als Strafverteidigerin einiges gewohnt war.

Sein Leben hatte schon mehr als einmal an einem seidenen Faden gehangen, und er hätte nicht sagen können, wie hoch seine Schuldenliste beim Sensenmann schon war. Aber bis auf wenige Fälle war er immer wieder völlig unerwartet in solche Abenteuer hineingeschlittert. Okay, es hatte auch etwas mit seiner Angewohnheit zu tun, sich in Sachen einzumischen, die ihn nichts angingen. Aber so war er nun mal.

Bat ihn jemand um Hilfe, dann konnte er nicht nein sagen, und Ungerechtigkeit brachte ihn schon seit seiner frühesten Kindheit auf die Palme. Logischerweise bekam dann jemand, der einem nahe stand, schon mal etwas ab. Seine Freundin Kiki hatte dafür sogar mit dem Leben bezahlen müssen.

Er schüttelte sich und merkte, dass er dabei war, wieder in die Vergangenheit abzurutschen – und das, so hatte er sich geschworen, wollte er nie mehr zulassen. Schwungvoll stellte er das Bierglas auf den Tisch zurück und blickte Britta erwartungsvoll an. „Und was ist mit Nachtisch?"

„Den gibt es im Schlafzimmer", sagte sie und stand lächelnd auf.

Kapitel 3

Ingo Maiwald lief durch die Mittelstraße und genoss, dass die sommerlichen Temperaturen hier in Lemgo bedeutend angenehmer zu ertragen waren als die, die er ein paar Wochen zuvor in Accra hatte aushalten müssen. Und er war erleichtert, dass er Ghana und Afrika lebend und unverletzt verlassen hatte. Nach den Vorfällen auf dem Containerstellplatz hatte er sich nur mit Mühe in Sicherheit bringen können. Und sie waren weiter hinter ihm her gewesen, bis er das Land verließ. Wobei er nicht einmal hätte sagen können, wer genau ihn verfolgt hatte.

Maiwald verlagerte das Gewicht seiner Kameratasche auf die andere Schulter. Seit Tagen dachte er über eine Festanstellung bei einer großen Medienagentur nach. Seine Selbstständigkeit hatte ihm zwar immer gut gefallen, aber nun war er es leid, immer härter um jeden Auftrag kämpfen zu müssen. Und auch mit dem Gedanken, dass er dann öfter mal Liegestühle oder Wäschetrockner für Werbeprospekte würde knipsen müssen, hatte er sich abgefunden. Was ihm weniger behagte, war die Tatsache, dass er sich in einem neuen Job an feste Arbeitszeiten würde gewöhnen müssen. Bislang hatte er es genossen, sich seinen Tag selber einteilen zu können. Aber egal, dafür würde er ein festes Gehalt bekommen. Und die Wochenenden regelmäßig frei zu haben, war ja auch nicht schlecht. Alles in allem überwogen also die Vorteile. Aber diesen einen Artikel hier, den würde er noch schreiben. Er wollte seine freiberufliche journalistische Karriere mit einer Top-Story beenden. Mit einem Knaller. Mit einem Paukenschlag. Und wer konnte schon wissen, wer alles darauf aufmerksam würde? Vielleicht erhielt er daraufhin ja doch noch andere Angebote und kam so um die Liegestühle und Wäschetrockner herum.

Er ging langsam weiter und schaute dabei auf sein Handy, auf dem soeben eine SMS eingegangen war. Als er wieder aufblickte, stutzte er, denn er stand plötzlich ganz nah vor einer Person.

„Hoppla, ich dachte, nur junge Leute laufen Gefahr, eines Tages an einer Laterne zu enden."

Maiwald schmunzelte. „Ich gebe zu, ich bin auch schon auf der elektronischen Droge. Irgendwie nimmt einen diese moderne Technik doch gefangen."

„Da gebe ich Ihnen recht." Koslowski deutete auf das Mobiltelefon in Maiwalds Hand. „Und ich muss zugeben, letzte Woche war ich schon drauf und dran, mich bei Facebook anzumelden, konnte mich gerade noch zurückhalten."

Nun war es an Maiwald zu lachen. „Wobei Sie sicherlich eine Menge zu posten hätten, vermute ich mal." Er steckte das Handy ein. „Bei Ihrem Geschick, von einer Gefahr in die nächste zu stolpern."

Maiwald kannte etliche der Abenteuer, in die sein Gegenüber bereits verwickelt worden war. Besonders in Erinnerung geblieben waren ihm der versuchte Selbstmordanschlag auf dem Lagenser Reinholdi-Markt, der missglückte Anschlag auf den Dalai Lama und die Spur blutiger Leichen, die ein Killer namens Skorpion hinterlassen hatte. Doch Maiwald wusste nicht alles, denn das eine oder andere Geschehen war niemals an die Öffentlichkeit gelangt. Dafür waren die Themen oftmals viel zu brisant gewesen.

Maiwald wusste, dass Koslowski häufig ohne eigenes Zutun in diese Abenteuer geschlittert war. Aber wie die meisten Menschen wusste auch er nicht, woher Koslowski kam und wie er seinen Lebensunterhalt finanzierte. Doch das störte anscheinend niemanden. Nachdem dieser „Beutelipper" mittlerweile zehn Jahre hier lebte, war er so gut integriert, wie das einem Zugezogenen in Lippe nur möglich war. Für einen echten Lipper fehlten ihm sowieso mindestens drei bis acht bereits hier lebende Generationen. Echter Lipper war man wahrscheinlich nur, wenn einer der Urahnen im Jahre 9 nach Christus gemeinsam mit Arminius gegen die Römer gekämpft hatte, oder zumindest um 1844 für den Bau des Hermannsdenkmals Steine geschleppt hatte, vermutete Koslowski immer wieder belustigt.

„Wie wäre es, wenn wir uns irgendwo hinsetzen?", schlug Maiwald vor. „Unsere zufällige Begegnung kommt mir zugegebenermaßen sehr entgegen, ich habe da nämlich ein paar Fragen, und wer weiß? Vielleicht können Sie sie mir beantworten."

Koslowski war einverstanden. „Immer noch besser, als hier den übrigen Fußgängern im Weg zu stehen. Wie wäre es mit einem Kaffee?" Er deutete zu einem Straßencafé auf dem Marktplatz hinüber.

Minuten später saßen sie an einem der Tische, und Maiwald platzierte seine große Fototasche mit etwas Mühe auf den freien Stuhl neben sich.

Koslowski beobachtete amüsiert, wie er sich damit abmühte. „Irgendwie habe ich den Eindruck, dass Fotografen, genau wie früher die Ärzte im Wilden Westen, ihr Arbeitsgerät immer mit sich rumschleppen."

Maiwald hatte seine Aktion beendet. „Aber die hatten nicht so schwer zu schleppen. Ein Stethoskop, eine Spritze und ihren Rechnungsblock." Er winkte nach der Bedienung und sah Koslowski fragend an. „Auch Kaffee?"

Der nickte und schlug die Beine übereinander. „Na, dann schießen Sie mal los." Interessiert wandte er sich dem Journalisten zu.

Maiwald kratzte sich nachdenklich am Hinterkopf. „Tja, wo soll ich anfangen? Vielleicht mit einer Frage. Sie haben doch sicherlich von dem jungen Schwarzafrikaner gehört, den man schwer verletzt in der Nähe vom Hellbach gefunden hat, oder?"

Koslowski erinnerte sich an die Zeitungsmeldung. „War man da nicht erst im Dunklen getappt?" Wenn er sich richtig erinnerte, dann hatte die Polizei zunächst in alle Richtungen ermittelt. Aufgrund der Schwere der Verletzungen hatte man eine Straftat ebenso wenig ausgeschlossen wie einen Unfall. Doch dann hatte die Untersuchung des Fundortes eindeutige Hinweise für einen Verkehrsunfall ergeben. Bremsspuren und Glassplitter in der Kleidung des Verletzten. Was auch zur Fundstelle gepasst hatte, denn die lag an der Rintelner Straße in einem Waldstück. Nicht unweit des von Maiwald erwähnten Hellbaches. War der Mann, der auch noch dunkel gekleidet gewesen war, dort zu Fuß unterwegs gewesen, dann lag die Wahrscheinlichkeit nahe, dass er von einem unvorsichtigen Autofahrer angefahren worden sein könnte, der daraufhin geflüchtet war. Und genau dahingehend ermittelte und fahndete die Polizei jetzt. Doch gab es keinen Hinweis auf den anderen Unfallbeteiligten. Die Polizei war sich sicher, dass der Fahrer den Zusammenstoß bemerkt haben musste. Doch trotz intensiver Suche hatte man keine weiteren Spuren gefunden.

Koslowski sah Maiwald an. „Ich erinnere mich, aber ich frage mich, wie ich Ihnen in dieser Sache weiterhelfen könnte?“

Maiwald nahm dankbar seinen Kaffee entgegen und schnappte sich auch sofort die Rechnung. Koslowski ließ ihn gewähren. „Ich würde einfach gerne Ihre Meinung dazu hören.“

Koslowski nippte an seiner Tasse. „Ich bin kein Experte für Unfallfragen, aber etwas seltsam ist das Fehlen jeglicher Spuren doch. Und warum ist der Fahrer abgehauen? War er betrunken oder hatte er keinen Führerschein?“ Koslowski stellte seine Tasse ab. „Und wie geht es dem verunglückten Mann überhaupt?“

Maiwald biss sich auf die Unterlippe. „Er ist heute Nacht verstorben.“

„Das tut mir leid.“

„Ja, vor allem, weil man bis heute nicht weiß, um wen es sich dabei handelte.“ Maiwald streckte seine Beine unter dem Tisch aus. „Kein Mensch kennt ihn.“

Koslowski ließ seinen Blick über den historischen Marktplatz der alten Hansestadt Lemgo schweifen. „Vielleicht war er einer der vielen Flüchtlinge, die seit einiger Zeit zu uns kommen?"

„Aber dann müsste er trotzdem irgendwo registriert sein." Maiwald runzelte nachdenklich die Stirn. „Oder glauben Sie, dass er durch die Maschen unserer Verwaltung gerutscht ist? Es gibt keine Vermisstenanzeige, sagt die Polizei."

Koslowski zuckte mit den Schultern. „Keine Ahnung, traurig genug, dass er ums Leben gekommen ist."

Maiwald trank erneut von seinem Kaffee, dann wandte er sich seinem Gesprächspartner zu. Seine Stimme war beim nächsten Satz gesenkt. „Und wissen Sie, was in diesem Zusammenhang besonders seltsam ist?"

Koslowski schüttelte den Kopf. „Sie werden es mir vermutlich gleich sagen."

„Als er im Krankenhaus lag, hat sich eine Frau telefonisch nach seinem Gesundheitszustand erkundigt." Maiwald blickte Koslowski erwartungsvoll an.

„Und das Pflegepersonal hat sich nicht sofort nach den Personalien der Anruferin erkundigt?"

„Doch, aber die Frau hat sofort aufgelegt, als die Frage kam." Maiwald blieb vornübergebeugt sitzen. „Ich habe mit der Schwester gesprochen, die den Anruf entgegengenommen hat. Sie sagte, die Frau habe sehr leise gesprochen, so als ob sie Angst gehabt hätte, dass jemand ihren Anruf mitbekommen könnte."

Koslowski blickte Maiwald an, schwieg aber.

„Und wissen Sie, was ich noch erfahren habe?" Maiwald beugte sich noch weiter vor und sprach noch leiser. „Sie sagte, dass sie den Eindruck gehabt habe, als wäre nachts jemand am Bett des Mannes gewesen."

„Ich dachte, der lag im Koma?" Koslowski wurde neugierig. „Dann muss er doch auf der Intensivstation gelegen haben, oder? Kommt man denn da nachts überhaupt rein?"

Maiwald schüttelte den Kopf. „Eben nicht, aber man hatte ihn mit den entsprechenden Geräten versorgt in ein Einzelzimmer verlegt, weil die Intensivstation überfüllt war.“ Der Journalist blickte kurz nach links und rechts. „Die Schwester sagte, dass die Schläuche und Elektroden herausgezogen wurden. Ein dadurch entstehender Alarm hätte das Pflegepersonal aufmerksam werden lassen. Als sie ins Zimmer kam, stand das Fenster weit offen.“ Maiwald legte Koslowski verschwörerisch die Hand auf den Unterarm. „Sie schwört, dass es vorher geschlossen gewesen ist.“

„Okay, da könnte sie sich ja geirrt haben, was haben denn die Ärzte gesagt?“

Maiwald hüstelte. „Die waren der Meinung, dass der Mann sich die Schläuche selber rausgezogen haben könnte. Eine Art unbewusste Reaktion. Aber ich glaube das nicht.“

Koslowski leerte seine Kaffeetasse. „Das klingt zugegebenermaßen alles äußerst seltsam, aber trotzdem könnte es doch so gewesen sein, oder?

Maiwald schüttelte den Kopf. „Meine journalistische Spürnase sagt mir was anderes. Ich glaube, da steckt mehr dahinter.“

Koslowski setzte seine Tasse wieder ab. „War das die einzige Frage, die Sie mir stellen wollten?“

Maiwald schnaufte leicht verlegen. „Nein, natürlich nicht.“ Er richtete sich wieder im Stuhl auf. „Ich wollte Sie eigentlich fragen, ob Sie die Firma *Cont-Trans* kennen?“ Er winkte erneut der Bedienung. „Eine Container-Firma in Langenholzhausen im Kalletal.“

Koslowski schüttelte bedauernd den Kopf. „Der Name sagt mir zwar etwas, aber nur in Verbindung mit den LKW, die ich ab und zu mal auf der Straße sehe. Haben die nicht eine Hand als Logo, in der eine Erdkugel liegt?“

„Genau.“ Maiwald nickte, schien aber enttäuscht. „Schade, ich dachte Sie wüssten etwas über die Besitzer.“

Koslowski winkte dankend ab, als die soeben erschienene Bedienung fragend auf seine leere Tasse deutete. „Nein, tut mir leid. Warum interessieren Sie sich denn so für diese Firma und den getöteten Afrikaner?“

Maiwald bezahlte die beiden Kaffees. „Das kann ich Ihnen im Moment noch nicht sagen, aber sobald ich mehr weiß, werden Sie es in irgendeiner Zeitung lesen.“ Sein Gesichtsausdruck war vielsagend. Dann erhob er sich und griff nach seiner Fototasche. „Aber sollten Sie doch mal etwas über die Firma hören, dann rufen Sie mich doch bitte an, ja?“ Maiwald hielt Koslowski seine Visitenkarte hin.

Koslowski steckte sie ein und bedankte sich für die Einladung zum Kaffee. „Beim nächsten Mal zahle ich“, versprach er und reichte Maiwald die Hand. „Und passen Sie auf sich auf.“

„Das sagt genau der Richtige“, grinste Maiwald und entfernte sich in Richtung Diebesgasse.

Kapitel 4

Britta Craven blickte von der Akte auf, als ihr Telefon klingelte. Ihr Vorzimmer war am Apparat und meldete einen Besucher, der sie unbedingt sprechen wolle. „Der Mann lässt sich nicht abweisen, Frau Craven. Ich habe ihm gesagt, dass es nur mit einem Termin geht, aber er will einfach nicht gehen.“ Britta Craven hörte, wie ihre Rechtsanwaltsgehilfin plötzlich stutzte und verlegen hüstelte. „Oh, ich glaube, da ist mir gerade ein Fehler unterlaufen.“

Britta Craven löste das Problem pragmatisch, indem sie den Hörer auflegte und in das Vorzimmer hinüberging. Als sie die Tür öffnete, wusste sie, was ihre Angestellte gemeint hatte. Ein Mann, der im Rollstuhl saß, konnte tatsächlich schwerlich weggehen.

Britta blieb in der Tür stehen und musterte ihn. Er war schätzungsweise Mitte dreißig, hatte einen dunklen Teint und dunkle Augen. Seine schwarzen Haare waren mit Gel streng nach hinten zurückgekämmt und endeten in einem kleinen Zopf. Diese Art der Frisur konnte aber nicht darüber hinwegtäuschen, dass die Haare bereits lichter wurden. Das Gesicht wurde von einer stark gekrümmten Hakennase dominiert, die fast über die große Narbe auf der linken Wange hinwegsehen ließ. Britta schätzte, dass der Anzug, den der Mann trug, eine Maßanfertigung war, denn obwohl er im Rollstuhl saß, war der Schnitt perfekt und schien extra daran angepasst.

Hinter dem Rollstuhl stand ein weiterer Mann, besser gesagt ein Riese. Britta schätzte ihn auf fast zwei Meter. Er hatte breite Schultern und ebenfalls einen dunklen Teint. Seine Bizeps spannten die Ärmel der Anzugjacke, die sicherlich nicht wesentlich preiswerter war als die seines Chefs. Indem der sitzende Mann mit den Fingern schnippte, lagen die Hände des bulligen Hünen auch bereits auf den Griffen des Rollstuhls, und er schob ihn auf Britta zu. Zwei

Meter vor ihr hob der Mann im Stuhl leicht die Hand. Der Mann dahinter trat einen halben Schritt zurück, nachdem er das Gefährt gestoppt hatte, und blieb regungslos stehen. Der geborene Kammerdiener.

„Ich vermute, Sie sind Frau Craven, oder?“ Der Mann im Rollstuhl sprach akzentfrei Deutsch, obwohl Britta ihn für einen Südländer hielt. Vielleicht ein Osteuropäer?

Ihre Einschätzung wurde sofort bestätigt. „Mein Name ist Michael Dragic, und ich brauche Ihre Hilfe.“

Dragic klang nach Balkan. Serbien? Montenegro? Bosnien-Herzegowina? „Was kann ich für Sie tun?“

„Sie sollen mir helfen, meinen Vater zu finden!“ Michael Dragic blickte ihr direkt in die Augen. Auch wenn der Mann im Rollstuhl saß, sein Selbstbewusstsein hatte darunter nicht gelitten. „Er ist seit ein paar Tagen verschwunden.“

Britta Craven schüttelte den Kopf. „Herr Dragic, da sind Sie bei mir falsch. Für Vermisste ist die Polizei zuständig. Ich würde vorschlagen, Sie wenden sich an die Kripo. Sie bearbeitet solche Fälle.“

Doch Dragic ließ sich nicht so leicht abwimmeln. „Hören Sie mir doch auf mit der Polizei. Sie wissen doch genauso gut wie ich, was die machen. Ein Formular ausfüllen, Daten speichern, ein Bild verlangen und das war es dann.“ Dragic schien aufgebracht. „Außerdem bezweifele ich, dass die Polizei mit dem nötigen Fingerspitzengefühl an diese Sache herangeht.“

So hatte jeder seine Vorurteile, dachte Britta Craven und verschränkte die Arme vor der Brust. „Wie sollte die Polizei denn Ihrer Meinung nach an die Sache herangehen?“ Ihr Tonfall hatte unbewusst eine leicht zynische Nuance angenommen. Eine, die weder Dragic noch seinem Angestellten entging, denn bei beiden erhöhte sich die Körperspannung sichtbar. Als die Anwältin zur Seite blickte, bemerkte sie, dass das auch ihrer Angestellten nicht entgangen war, denn sie schluckte mehrmals.

Dragic atmete tief durch. Vermutlich war er keine Widerworte gewohnt, vor allem nicht von einer Frau. Aber er hatte sich erstaunlich schnell wieder im Griff. „Ich erwarte, dass man sich der Sache mit entsprechender Diskretion annimmt. Ohne dass zum Beispiel die Presse davon erfährt. Die Öffentlichkeit soll komplett da rausgehalten werden. Unsere Familie mag so etwas nicht. Vor allem nicht mein Vater."

„Und wie kommen Sie dabei ausgerechnet auf meine Kanzlei und mich?" Britta Craven war an den Schreibtisch ihrer Angestellten getreten und lehnte sich daran an. „Ich bin Anwältin und keine Privatdetektivin."

Dragic griff nach den Rädern seines Rollstuhles und rollte nun selbst ein Stück auf sie zu. Der Mann hinter ihm wusste anscheinend genau, wann er schieben musste und wann nicht. Dragic machte eine leichte Kopfbewegung in dessen Richtung. „Zoltan hat mich hierher gebracht, weil man mir sagte, dass Sie jemanden kennen, dem man so eine Aufgabe übertragen könnte. Dieser Mann sei zuverlässig und habe Erfahrung, so sagte man mir."

Britta Craven blickte auf Dragic hinab. „Ich glaube, ich weiß, wen Sie meinen, aber ich weiß nicht, ob er so einen Auftrag übernehmen würde."

Dragic schnippte mit den Fingern und der Mann, den er als Zoltan vorgestellt hatte, griff in die Innentasche seines Jacketts. Eine schnelle Bewegung, so als ob er eine Waffe ziehen wollte, doch zum Vorschein kam ein Bündel mit 500-Euro-Scheinen. „Ich denke, das dürfte reichen, um ihn neugierig zu machen."

Zoltan hatte das Geld in die fordernd aufgehaltene Hand von Dragic gelegt, und der hielt es nun Britta Craven hin.

Die Bielefelder Anwältin zeigte keinerlei Regung. „Stecken Sie Ihr Geld ruhig wieder ein. Ich kann Ihnen versichern, dass Sie den Mann nicht kaufen können. Entweder er übernimmt den Fall aus reinem Interesse, oder er lehnt ab. Geld spielt dabei keine Rolle."

Dragic hatte noch immer das Geldbündel in der Hand. Augenscheinlich war er auch nicht gewohnt, dass so ein Batzen Geld seine Wirkung verfehlte. Wortlos reichte er ihn an Zoltan zurück. „Mein Karte!“ Sein Angestellter ersetzte das Geld in der Hand seines Chefs blitzschnell durch eine Visitenkarte. „Er soll mich morgen anrufen!“ Dragic reichte Britta die Karte.

„Schon wieder falsch!“ Britta blickte auf die zusammengeklappte Karte, auf deren Vorderseite in goldener Schreibschrift der Name *Dragic* stand. Es hätte sie nicht gewundert, wenn die Buchstaben aus echtem Gold wären. „Er ruft sie an, wenn er Interesse hat. Ich bin nicht seine Arbeitgeberin, sondern nur eine Bekannte von ihm.“

„Da hat der Mann aber Glück, solch eine Bekannte zu haben“, erwiderte Dragic und ließ seinen Blick abschätzend über Britta Cravens Körper gleiten.

Die Anwältin fühlte sich plötzlich sehr unwohl. „Ich werde Ihren Wunsch weiterleiten und nun entschuldigen Sie mich bitte, ich habe noch zu tun.“ Ohne Dragic die Hand zu geben, machte sie auf dem Absatz kehrt und ging zurück in ihr Büro. Sie war froh, dass er ihr gerötetes Gesicht nicht sehen konnte.

Dragic blickte ihr amüsiert hinterher und sagte etwas auf Serbisch. Zoltan lächelte und blickte dabei zu Britta Cravens Angestellter hinüber. Der lief es beim Blick des Hünen eiskalt den Rücken herunter.

Kapitel 5

Koslowski und Walfried Eugelink saßen im Biergarten des Bistros *Knispel* im Detmolder Ortsteil Hiddesen. Die beiden Männer stießen mit einem *Detmolder* an und genossen den warmen Sommerabend. Walfried war Strohwitwer, denn seine Frau und die Jungs hielten sich bei einer Tante am Edersee auf.

Koslowski hatte sich hier mit Britta Craven verabredet. Er streckte die Beine unter dem Tisch aus und verschränkte die Hände hinter dem Nacken. „Na, wie ist das Leben als Pensionär so?“

Walfried wischte sich mit dem Handrücken den Schaum vom Mund. „Ich kann nicht besser klagen.“ Lächelnd stellte er sein Glas zurück auf den Tisch. „Aber ich habe die gleiche Feststellung gemacht wie alle anderen, die nicht mehr im Beruf stehen. Die Zeit reicht einfach nicht aus.“

„Das ist ja interessant“, grinste Koslowski, „daran kann man sehen, was du in deiner Dienstzeit so alles an Privatem erledigt hast.“

Der ehemalige Kriminalbeamte winkte amüsiert ab. „Nein, es liegt vermutlich eher daran, dass man der Meinung ist, man müsste sich nun den ganzen Tag mit Terminen vollstopfen.“

Koslowski lachte auf. „Dann musst du mal deine Aktivitäten überprüfen. Lass einfach mal das eine oder andere weg.“

„Das ist ja das Problem. Soll ich auf meine Bocciarunde im Kurpark verzichten oder auf das Frühschwimmen im Hiddeser Freibad?“

„Junge, Junge, du hast Sorgen.“ Koslowski gab dem Wirt ein Zeichen. Der zapfte umgehend zwei neue Biere. „Hast du eigentlich mal wieder was von Strunte gehört?“ Koslowski musste an den Vorgänger des jetzigen Gastwirtes denken. Mit ihm zusammen hatten sie schon so einiges erlebt – und das nicht nur an der Theke. Aber leider war der Wirt vor einiger Zeit nach Spanien ausgewandert.

Eugelink trank schleunigst den Rest seines Bieres aus, da bereits ein neues im Anmarsch war. „Komisch, dass du gerade jetzt davon sprichst. Wie ich gehört habe, ist er wieder da. Er soll in Lemgo einen Imbisswagen betreiben."

Koslowski schlug sich triumphierend mit der Faust in die hohle Hand. „Ich wusste doch, dass er es ohne sein geliebtes Lipperland nicht lange aushält. Vermutlich war das Heimweh einfach doch zu stark." Er deutete auf seinen Deckel, als es um das Anschreiben der Biere ging.

„Oder die Kohle war alle", vermutete Eugelink und stieß mit seinem Freund an.

„Weißt du denn, wo er in Lemgo seinen Standplatz hat?", wollte Koslowski wissen.

„Irgendwo im Industriegebiet am Isringhausen-Ring." Noch während er sprach, begann Eugelink plötzlich zu lächeln. Dabei deutete er mit dem Kopf zum Eingang. „Wärst du nicht mit ihr zusammen und ich nicht verheiratet, dann würde ich sie dir wegschnappen."

Soeben hatte Britta Craven den Biergarten betreten. Sie sah sich suchend um, dann erblickte sie die beiden Männer und kam winkend näher.

„Hallo!", begrüßte sie Eugelink und gab Koslowski einen Kuss auf den Mund. „Na, ihr beiden, habt ihr euch sehr nach mir gesehnt?

Koslowski grinste. „Ich besonders, was möchtest du trinken?"

Britta musste nicht lange überlegen. „Da ich ja heute hier in Hiddesen übernachte, auch ein Bier. Aber ein großes, mir klebt die Zunge am Gaumen."

„Der Sommer zeigt sich ja auch mal wieder von seiner besten Seite." Walfried lächelte Britta zu. „Na, was macht das Verbrechen in Bielefeld?" Er gab dem Wirt hinter dem Zapfhahn ein Zeichen.

„Alles ruhig, ist ja Ferienzeit. Da kommen wir endlich mal dazu, alles Liegengebliebene aufzuarbeiten. Termine vor Gericht sind zurzeit eher selten. Momentan scheinen alle in den Ferien zu sein. Egal, wo du anrufst, du kriegst keinen an die Strippe." Britta stellte ihre Handtasche auf dem Stuhl neben sich ab. Sie holte eine Visitenkarte heraus und hielt sie Koslowski hin. „Die ist für dich. Heute war ein Typ in einem Rollstuhl in meinem Büro. Er sucht jemanden, der ihm hilft, seinen verschwundenen Vater zu finden. Und komm mir jetzt nicht mit der Polizei, das habe ich dem Typen auch schon gesagt."

Koslowski hielt die Visitenkarte noch ungelesen in der Hand. „Ich glaube kaum, dass mich so etwas interessiert. Ich bin ganz ehrlich froh, dass ich zurzeit mal etwas Ruhe habe."

„Dass du so reagierst, habe ich mir gedacht und dem Mann auch gesagt." Britta nahm dankbar ihr Bier entgegen und trank sofort wie eine Verdurstende. „Ich habe ihm gesagt, dass ich dich frage und du dich dann eventuell bei ihm meldest. Aber ich habe ihm keine wirkliche Hoffnung gemacht."

Koslowski klappte die Visitenkarte auf.

„Außerdem war der Typ auch nicht mein Fall. Er hatte irgendetwas an sich, was mir unangenehm war. Sein Verhalten und seine Art wirkten suspekt. Und dann noch sein Gorilla. Ein sehr unangenehmer Zeitgenosse."

Eugelink blickte Britta interessiert an. „Was für ein Landsmann war er denn?"

„Ich vermute mal jemand vom Balkan. Der Name Dragic klingt jedenfalls danach." Britta nahm einen erneuten Schluck von ihrem Bier.

„Genaueres werden wir bald wissen."

Britta und Walfried sahen Koslowski erstaunt an.

„Willst du den Auftrag etwa annehmen?", fragte ihn seine Freundin.

„Auf jeden Fall werde ich Herrn Dragic mal anrufen, denn er hat meine Neugier geweckt.“ Koslowski reichte Britta die Visitenkarte zurück. „Sieh mal auf den Firmennamen!“, fordert er sie auf.

„*Cont-Trans*. Was ist denn damit?“

„Vermutlich nichts“, erwiderte Koslowski, „aber gerade gestern hat mich jemand genau nach dieser Firma gefragt.“

„Und wer war das?“, wollte Eugelink wissen.

„Das möchte ich noch nicht sagen“, Koslowski griff nach seinem Glas. „Aber ich habe so ein Gefühl, als ob es da einen Zusammenhang gibt – und so was macht mich, wir ihr wisst, neugierig.“ Er blickte Eugelink an. „Du kennst die Firma vermutlich nicht, oder?“

Der ehemalige Kriminalbeamte schüttelte den Kopf. „Nein, aber vielleicht fragst du mal Strunte, der hat ja früher im Transportwesen gearbeitet. Vielleicht hat der noch Connections in die Truckerszene.“

Koslowski lächelte zustimmend. „Wo, sagtest du noch mal, steht sein Imbisswagen?“

„In Lemgo.“ Eugelink schüttelte den Kopf. „Ich habe auch ein Gefühl. So eines in der Art von: Du bist mal wieder dabei, deine Nase in Sachen zu stecken, die dich nichts angehen.“

„Und ich habe auch ein Gefühl: So eines wie, du begibst dich womöglich wieder in Gefahr.“ Britta legte Koslowski warnend die Hand auf den Unterarm. „Ich bereue bereits, dass ich dir die Karte überhaupt gegeben habe.“

Koslowski streichelte ihre Hand. „Es geht doch nur um einen verschwundenen Mann, nichts Gefährliches.“

Britta schüttelte gedankenschwer den Kopf. „Ich weiß nicht, ich weiß nicht. Pass bloß auf dich auf.“

Koslowski grinste. „Komisch, den gleichen Rat habe ich gestern auch jemandem gegeben. Prost!“

Kapitel 6

Gerichtsmediziner Dr. Hamann mochte es nicht, wenn man Scherze mit seinem Namen machte. Vor allem nicht, wenn man ihn mit dem namensgleichen Massenmörder in Verbindung brachte. Deshalb sagte Polizeihauptkommissar Seibold auch nichts, als Dr. Hamann die obduzierte Leiche des dunkelhäutigen Mannes mit einem Laken abdeckte.

Seibold hatte aus dienstlichen Gründen an der Sektion teilgenommen. Obwohl er als Leiter des Verkehrskommissariats eigentlich nicht zuständig war, ließ er es sich nicht nehmen, seine Beamten ab und zu nach Münster zu begleiten. Zusammen mit Polizeikommissar Franke, der den Unfall an der Rintelner Straße aufgenommen hatte, war Seibold in der Gerichtsmedizin erschienen. Dort hatte Franke den Toten als die Person identifiziert, die sie damals am Straßenrand in dem Waldstück gefunden hatten. Danach hatte er sich verabschiedet und es vorgezogen, draußen zu warten. Seibold war bei der Obduktion dabeigeblieben. Nach über vierundvierzig Jahren Polizeidienst hatten der Umgang mit Toten und deren pathologischer Untersuchung für ihn jeglichen Schrecken verloren. Seibold erhoffte sich vielmehr Ergebnisse aus erster Hand, die sie bei der Suche nach dem unfallflüchtigen Fahrer weiterbringen würden.

„Und? Was können Sie mir Interessantes erzählen, Dr. Hamann?"

Der Gerichtsmediziner streifte die Einweghandschuhe ab und formte sie zu einem Ball, den er mit elegantem Schwung in einen etwas entfernt stehenden Abfallbehälter warf. Dann drehte er sich zu Seibold um und lehnte sich an den Sektionstisch. „Risotto ist ein norditalienisches Breigericht, das hauptsächlich aus Reis besteht, Lemuren sind eine Teilordnung der Primaten aus der Gruppe der Feuchtnasenaffen, und der FC Schalke 04 wird auch dieses Jahr vermutlich wieder nicht Deutscher Meister. Sind das genug interessante Sachen für Sie?" Dr. Hamann lachte trocken auf, als er in Seibolds erstauntes Gesicht blickte. Er stieß sich vom Tisch ab und ging hinüber zu einem der Handwaschbecken. „Wenn ich ganz ehrlich bin, dann ist mir in der letzten Zeit das Fernsehgucken so richtig zuwider geworden." Er hielt die Hände unter einen Seifenspender und cremte sie dann ein. „Anscheinend gibt es keinen Krimi mehr, in dem nicht mindestens ein Gerichtsmediziner mitspielt. Und was mich dabei noch mehr erstaunt, ist, dass diese Fernsehkollegen immer schon sofort wissen, was die Todesursache war oder wie die Tatwaffe aussah."

„Na ja, das Fernsehen richtet sich halt nach dem Publikumsgeschmack", vermutete Seibold. „Und momentan stehen anscheinend Pathologen hoch im Kurs. Damit haben Sie das *A-Team* und den *Knight Rider* deutlich abgehängt."

„Was an sich auch nicht schlecht ist", wandte Dr. Hamann ein. „Die Leute sollen ja unterhalten werden, doch anscheinend sitzen auch die richtigen Kommissare zu viel vor der Glotze." Er hielt die Hände unter den Wasserstrahl. „Und auch die scheinen die Fernsehstories langsam für bare Münze zu nehmen. Wie kommt es sonst, dass jeder meint, nur weil ich einen Toten seziert habe, wüsste ich auch sofort alles über die Todesart? Da gibt es zum Beispiel noch toxikologische Gutachten und andere Spielereien." Dr. Hamann griff nach einem Handtuch. „Also ruhig bleiben und meinen Bericht abwarten, lieber Herr Seibold."

Der Kriminalhauptkommissar grinste breit. Genauso kannte er den Gerichtsmediziner. Schließlich arbeiten sie schon lange zusammen. „Okay, werter Doktor, dann lassen wir mal das Dienstliche weg und reden von Mann zu Mann."

Dr. Hamann grinste ebenso breit zurück. Seibold war ihm sympathisch. Das war noch echtes polizeiliches Urgestein. Kantig, aber dafür auch keine Massenproduktion, wie sie heute vom Band lief. Dr. Hamann trat wieder an den Sektionstisch und schlug das Laken zurück. „Na, dann wollen wir mal reden. Dieser Mann hier ist von einem PKW angefahren worden."

Seibold nickte. Das war ihm schon vorher klar gewesen. Wichtig war, ob die Verletzungen einen Hinweis auf das Tatfahrzeug geben konnten. Daher stellte er dem Gerichtsmediziner die entsprechende Frage.

„Wenn Sie mich fragen, dann war es so eine Art Geländewagen, auf jeden Fall was Größeres. Der Mann hat vermutlich gestanden oder ist gegangen, als er mit dem Wagen in Berührung kam."

Auch nichts Neues für Seibold. Aber dann ließ der Obduzent die Bombe platzen.

„Aber der Körper des Toten weist Verletzungen auf, die nie und nimmer von dem Unfall stammen können." Dr. Hamann genoss Seibolds erstaunten Gesichtsausdruck. Und er setzte auch sofort nach. „Mal ins Unreine gesprochen und ohne offiziellen Charakter, lieber Herr Seibold. Dieser Körper weist so viele Frakturen auf, dass es unmöglich ist, dass die alle vom Unfall stammen."

Seibold starrte auf die Leiche. „Wollen Sie damit sagen ...?"

Dr. Hamann nickte. „Genau das will ich damit sagen." Er deutete auf die Leiche. „Dieser Mann hier ist massiver, stumpfer Gewalt ausgesetzt gewesen. Er wurde brutal misshandelt und dann von einem PKW angefahren."

„Das könnte womöglich bedeuten, dass er weggelaufen ist und man ihn mit dem Auto verfolgt und dann überfahren hat?"

Dr. Hammann schüttelte den Kopf. „Glauben Sie einem alten Aufschneider, dieser Mann konnte zum Unfallzeitpunkt nicht mehr laufen."

„Aber Sie sagten doch gerade ..." Seibold kam nicht mehr mit.

„Das sagte ich, richtig!" Dr. Hamann trat an die Leiche heran und drehte sie auf die Seite. „Sehen Sie hier?" Er deutete auf die Achselhöhlen des Toten. „Halten Sie ihn mal in der Position." Der Mediziner griff nach der OP-Lampe, zog sie näher heran und schaltete sie ein. „Hier!" Hamann deutete mit dem Zeigefinger auf eine bestimmte Stelle. „Abschürfungen. Minimal, aber noch sichtbar." Er ließ den Toten wieder in die Rückenlage gleiten. „Und wenn Sie wollen, zeige ich Ihnen auf der anderen Seite dieselben Spuren."

Seibold richtete sich auf, nachdem er sich interessiert zu der Leiche heruntergebeugt hatte. „Was schließen Sie daraus?"

„Dass dieser Mann mit einem Strick gefesselt war. Aber er hat nicht gehangen, denn sonst sähen diese Stellen anders aus." Dr. Hamann räusperte sich. „Immer noch inoffiziell glaube ich, dass dieser Mann mit einem oder zwei Stricken aufrecht gehalten und dann von dem Wagen überfahren wurde. Die anderen Verletzungen hat man ihm mit Knüppeln beigebracht. Ich würde aufgrund der Verletzungen auf die allseits beliebten Baseballschläger tippen."

Seibold ging langsam zurück und griff nach einem Hocker. Vollkommen konsterniert ließ er sich darauf nieder. Einen Moment lang schien er die Tragweite des Gesagten gar nicht erfassen zu können. Baseballschläger? Seile? Sofort kam ihm ein ganz bestimmter Verdacht.

„Sie sind doch immer noch im Bereich Verkehr tätig, oder?" Dr. Hamann deckte den Toten erneut ab. Als er sah, dass Seibold nickte, trat er auf ihn zu und blieb mit verschränkten Armen direkt vor ihm stehen. „Dann können Sie ab sofort aufhören, sich Gedanken über diesen Fall zu machen, denn wir reden hier nicht mehr von einem Verkehrsunfall, sondern von Mord."

Kapitel 7

Bernd Rummesrieder fluchte leise vor sich hin. Wieder war er an dieser verflixten Zeitung hängen geblieben. Dieser verdammte Kleber war aber auch überall und die Einweghandschuhe aus seinem Verbandskasten schienen geradezu dafür prädestiniert, dass alles daran haften blieb. Aber er konnte nicht auf sie verzichten, denn sie waren seine Versicherung, dass man keine Fingerabdrücke auf dem Papier finden würde. Er ging zwar nicht davon aus, dass der Empfänger des Briefes damit zur Polizei gehen würde, dafür hatte der zu viel Dreck am Stecken, doch man wusste ja nie. Rummesrieder suchte nach einem großen *K* und fand es im Sportteil. Sorgsam schnitt er es aus und klebte es auf das Blatt. Dann noch das Wort *eine* aus dem Kulturteil, *Polizei* hatte er bereits auf einer der Lokalseiten gefunden.

Rummesrieder überlegte, wie hoch er seine Forderungen wohl schrauben konnte. 50.000 Euro? 100.000? Oder gleich eine halbe Million?

Was war es seinem Opfer wohl wert, dass er die Schnauze hielt? Eine halbe Million klang gut, fand er. Und es waren Peanuts für den Mann, den er erpressen wollte.

Rummesrieder musste daran denken, dass er mit dem Geld all seine Sorgen los sein würde. Endlich schuldenfrei. Und wenn er tatsächlich eine halbe Million bekam, dann blieb noch genug Geld über, um sich aus dem Staub zu machen und irgendwo neu anzufangen. Thailand war seine erste Wahl. Er würde nachher mal nach einem passenden Domizil suchen.

Auf jeden Fall musste er nach dem Coup hier weg. Aber nicht so schnell, dass es auffiel. Eine Zeitlang abwarten, dann wegen einer Lappalie kündigen und elegant die Kurve kratzen. Vermutlich würde man später ahnen, dass er der Erpresser gewesen war, aber dann wäre er schon längst über alle Berge. Neue Papiere, neues Leben, neue Frauen.

Rummesrieder blickte wehmütig zu seinem PC hinüber. Was gab es doch im Internet für feine Seiten. Solche, auf denen man sich die tollsten Pornos ansehen konnte. Ideal für einen Single wie ihn. Seine letzte Freundin war ihm abgehauen, seine zerrüttete Ehe lag schon zehn Jahre zurück, und momentan war tote Hose, was die Weiber anging. Da musste man schon mal selber Hand anlegen. Aber das würde sich bald ändern, schwor er sich. Rummesrieder nahm sich vor, nachher mal wieder nach Pornos mit Thai-Weibern zu suchen. So eine Art Vorbereitungskurs.

Aber vorher musste dieser Brief fertig werden. Nur mühsam konnte er sich auf seine Bastelarbeit konzentrieren. Um sich abzulenken, ging er seinen Plan noch mal durch. Morgen Abend war er beruflich in Hamburg. Dort würde er den Brief, ohne ihn anzufassen, aus der Plastiktüte direkt in einen Briefkasten bugsieren. Das verschlossene Paket mit Umschlägen lag noch vor ihm. Sobald alle Buchstaben gesetzt waren, würde er es sorgfältig auftrennen, mit einer Pinzette einen der Umschläge herausziehen und seinen Brief darin verstauen. Dann würde er sich die Selbstklebevorrichtung zu Nutze machen und so auch keinen Speichel auf der Gummierung hinterlassen. Von wegen DNA und so. Er war ja nicht blöd.

Da diese Idioten von der Post momentan nicht streikten, würde der Brief vermutlich einen Tag später ankommen. Weil er plante, den Umschlag mit der alten elektrischen Schreibmaschine seines Vaters zu beschriften, würde er beim Posteingang nicht auffallen. Mit einem Grinsen im Gesicht stellte er sich die entgeisterte Miene vor, wenn sein Opfer den Brief las. Ab dann hatte der Mann genau drei Tage Zeit, um die Kohle zu besorgen und auf weitere Anweisungen zu warten. Diese würde er über Telefon erhalten.

Rummesrieder hatte lange gebraucht, bis er mit *Audacity* klarkam, einem kostenlosen Computerprogramm für Audiodateien. Doch dann gelang es ihm immer besser, seine eigene Stimme vollkommen zu verfälschen. Die letzte Version übertrug er auf einen MP 3 Player und war so in der Lage, seine Anweisungen am Telefon abzuspielen. Das hatte den zusätzlichen Charme, dass sein Opfer nicht in der Lage war, ihm Fragen zu stellen, um ihn dadurch aus dem Konzept zu bringen. Der Schwanz hatte nur zu parieren.

Auch als Übergabeort hatte er sich schon etwas Feines ausgedacht. Bombensichere Sache. Das würde nur so fluppen. Rummesrieder sah wieder sehnsüchtig zum PC hinüber. Nein, erst die Arbeit und dann das Vergnügen. Er nahm einen Schluck aus der Bierflasche, die neben ihm auf dem Schreibtisch stand, und blätterte zu den Sonderangeboten in den Werbebeilagen. Dort fand er sicherlich genügend Ziffern, aus denen er eine schöne *500.000* basteln konnte.

Rummesrieder lachte gehässig. So viel Geld für so wenig Arbeit.

Kapitel 8

Die riesige, braune Plastikbratwurst auf dem Dach des Verkaufsanhängers sah einfach nur dämlich aus. Koslowski parkte seinen Landrover ein paar Meter davon entfernt und blieb zunächst im Wagen sitzen. Vor dem fahrbaren Imbissstand wartete eine längere Schlange von Kunden. Es war Mittagszeit, und gerade machten LKW-Fahrer, Monteure und Vertreter ihre wohlverdiente Pause.

Koslowski stieg aus und schlenderte langsam näher. Der Verkäufer, von dem er nur den Rücken sah, wirbelte in seiner Würstchenbude herum, versuchte drei Dinge gleichzeitig zu machen und unterhielt sich nebenbei auch noch mit den Kunden. Um so etwas zu können, musste man schon lange Erfahrung im Kneipenbusiness haben – und über die verfügte Volkmar Strunte. Mit der einen Hand kippte er Pommes aus dem Gitterkorb der Fritteuse in eine Plastikschüssel, mit der anderen würzte er sie bereits. Und kaum hing der Korb wieder über dem siedenden Öl, schwenkte er die Pommes Frites auch schon durch und langte nach einer Siebkelle.

„Mit Majo und Sauce?" Strunte schaufelte die Kartoffelstreifen auf eine Pappschale. Sekunden später waren sie rot und weiß verziert. Der ehemalige Wirt des *Bistro Knispel* platzierte das Fastfood-Gericht auf dem Verkaufstresen und wollte soeben den Preis nennen, als er seinen neuen Kunden erblickte. Einen Moment lang stutzte er.

Koslowski war sich nicht sicher, ob Strunte gleich weinen oder loslachen würde. Doch dann verzog sich das Gesicht seines Freundes zu einem breiten Grinsen. „Mensch, dich hätte ich hier nun überhaupt nicht erwartet." Strunte verpackte die nächste Portion Fastfood in rotes Packpapier. „Woher weißt du denn, dass ich wieder im Lande bin?"

„Von Eugelink."

Strunte kassierte nebenbei einen Kunden ab. „Diese alte Quatschtante. Ich wollte mich in Kürze bei dir melden, aber nun bist du mir ja zuvorgekommen.“ Er wandte sich einem LKW-Fahrer zu, dessen Bauchumfang fast seine Latzhose sprengte. „Und was darf es für dich sein, Fridolin?“ Strunte stand mit einem Schreibblock in Bereitschaft.

„Doppelt Pommes mit doppelt Majo und Sauce, eine doppelte Currywurst und zwei Cola“; orderte der Brummifahrer.

„Normale Cola oder Light?“, begehrte Strunte zu wissen, der bereits den Kühlschrank geöffnet hatte.

„Light!“ Die Stimme des Dicken verriet Entrüstung. „In der normalen ist viel zu viel Zucker drin.“

Strunte blickte zu Koslowski hinüber und verdrehte die Augen. „Hier, Meister!“ Damit stellte er die beiden kalten Flaschen auf den Tresen und wandte sich wieder seinem Freund zu. „Schön, dich wiederzusehen. Wie geht es dir? Was macht die Liebe?“

Koslowski lehnte sich an den Imbisswagen. „Alles bestens. Ich kann nicht klagen. Und bei dir? Wie war Spanien?“

Strunte drehte mit einer großen Holzzange die Bratwürste auf dem Grill um. „Hör bloß auf, das war die größte Schnapsidee, die ich jemals hatte.“ Wütend knallte er die Zange neben den Grill. „Von wegen vereintes Europa! Du glaubst gar nicht, wie viele Knüppel da überall rumliegen, die man dir zwischen die Beine werfen kann.“ Strunte salzte neue Pommes. „Von wegen südländische Gelassenheit. Die sind noch schlimmer als unsere Bürokraten hier.“

Mit erwartungsvollem Gesicht nahm der dicke Brummifahrer sein Essen entgegen.

Strunte wusch sich die Hände und kam zu Koslowski rüber. Momentan war Leerlauf am Imbiss. „Ich sage dir, mich hat der alte Spruch eingeholt; Schuster bleib bei deinen Leisten.“ Er öffnete die Tür des Imbisswagens und trat heraus. Eine Sekunde später hatte er eine Zigarette im Mund und zündete sie an. „Aus Deutschland kriegen mich keine zehn Pferde mehr weg. Und ich sage dir noch was: Wer hier rummeckert, der sollte mal für ein paar Monate ins Ausland gehen, dann weiß er, was er an Deutschland hat." Strunte inhalierte den Zigarettenrauch tief in die Lungen. Hastig nahm er einen weiteren Zug, da sich bereits die nächsten Kunden näherten. „Was kann ich für dich tun? Willst du was essen?" Strunte drückte die Kippe unter der Schuhsohle aus und warf sie in einen Mülleimer.

„Ich wollte dich eigentlich nur was fragen." Koslowski lehnte sich wieder an den Verkaufstresen, nachdem Strunte dahinter verschwunden war.

„Typisch und ich dachte, du hättest echte Sehnsucht nach mir gehabt."

„Auch", lachte Koslowski. „aber Walfried meinte, du könntest mir weiterhelfen. Es geht um eine Speditionsfirma."

Strunte bediente bereits die nächsten Kunden. „Der gute Walfried, weiß der denn nicht, wie lange ich schon aus dem Geschäft raus bin?" Wieder wechselten Pommes und Currywürste den Besitzer. „Worum geht es denn?"

Koslowski wartete, bis die beiden Kunden sich an einen Stehtisch neben dem Imbiss zurückgezogen hatten. „Ich würde gerne was über die Firma *Cont-Trans* wissen. Wer der Besitzer ist, was die so machen und anderes."

„Wenn du anderes sagst, dann vermute ich, dass du schon wieder irgendwo drin rumschnüffelst, oder?" Strunte drehte die Leistung der Fritteuse herunter, anscheinend war der Ansturm der Gäste vorbei. „Das bedeutet doch, dass du alles wissen willst und vor allem Details, die nicht im Branchenbuch oder der Handwerksrolle stehen, oder?"

Koslowski nickte. „Genau. Wie sieht es aus, kannst du mir dazu was sagen?"

Strunte schüttelte den Kopf. „Nein, ich bin, wie gesagt, schon zu lange raus, aber ich hab noch ein paar Kontakte aus meiner Zeit als Disponent, mal sehen, ob die was wissen.“ Er begann damit, Senf- und Ketchup-Flaschen wegzuräumen. „Warum willst du denn was über *Cont-Trans* wissen?“, hakte Strunte neugierig nach.

„Das sage ich dir, wenn du Informationen für mich hast. Eine Hand wäscht die andere.“ Koslowski stieß sich vom Imbisswagen ab. „Meine Nummer hast du ja, oder?“ Er machte Anstalten, sich zu entfernen.

„Und noch eine Phosphatstange auf den Weg?“ Strunte hielt auffordernd die letzte seiner Bratwürste mit der Holzzange hoch.

Koslowski winkte ab. „Nein danke, iss die mal lieber selber, ist ’ne gute Eigenwerbung.“

Kapitel 9

An diesem Donnerstag schien die Welt unterzugehen. Auf Lippe prasselte ein Regen herunter, bei dem selbst Noah angst und bange geworden wäre. Dicke Regentropfen in großen Mengen ließen den Scheibenwischern an Koslowskis Landrover kaum eine Chance, und die Kanalisation schaffte es gerade noch, diese Wassermassen aufzunehmen. Koslowski kurvte durch das Kalletal und versuchte, nicht von der Straße abzukommen. Der Regenschauer nahm ihm fast die Sicht. Es waren zwar noch ein etliche Kilometer bis nach Langenholzhausen, aber die würde er auch noch schaffen.

Heute Morgen hatte er mit Michael Dragic telefoniert. Dieser hatte ihn gebeten, zum Firmensitz von *Cont-Trans* zu kommen, und so kurvte Koslowski gerade auf der Landstraße zwischen Heidelbeck und Tevenhausen herum und versuchte, ohne Unfall in die kleine Ortschaft zu gelangen.

Er wusste bereits, dass das Haus der Familie Dragic auf dem Firmengelände, oder besser gesagt neben dem Firmengelände lag. Als er die Ortschaft passierte, hörte der Regen plötzlich auf. Koslowski bog von der Hauptstraße auf die Bruchstraße ab, und nach knapp neunhundert Metern erreichte er die Einmündung der Straße Am Lehmstich. Bereits an der Einmündung wies ein großes Schild auf die Firma *Cont-Trans*. Koslowski rollte die Straße entlang und sah das Logo der Firma auf dem Dach eines modernen Bürogebäudes am Ende der Straße.

Als er auf den Hof der Spedition einbog, fiel ihm linker Hand sofort das weiß geklinkerte Haus auf, dessen Landhausstil sich deutlich von der nüchternen Fassade des Firmengebäudes abhob. Rund um das Haus war eine Grünanlage eingerichtet worden, und der Weg zum Eingang des Hauses führte über eine weiße Holzbrücke, an deren Enden jeweils zwei große, weiße Laternen standen. Sie wirkten wie Schlosstürme, und Koslowski empfand das Arrangement als etwas kitschig und übertrieben. Das Haus selber hatte ein Walmdach aus Reet, weiße Fenster mit kleinen Scheiben und eine doppelflügelige, weiße Haustür, die ebenfalls mit vielen kleinen Fensterscheiben verziert war. Alles schien darauf getrimmt worden zu sein, hier in Lippe den Eindruck eines norddeutschen Landhauses zu erwecken. Wenn man diesen Stil mochte, dann konnte es einem schon gefallen. Koslowski fand, weniger wäre mehr gewesen. Aber egal, jeder nach seiner Façon. Die goldenen Türgriffe, die mit goldenen Streifen durchzogenen Mamorstufen vor dem Eingang und das überdimensionale Namensschild im gleichen Farbton erwecktem bei ihm den Eindruck, als ob hier jemand schnell zu Geld gekommen wäre und diesen Reichtum nun mit aller Macht zur Schau stellen wollte.

Er parkte den Landrover am Bürogebäude und stieg aus. Der große Platz vor dem Gebäude war fast leer. Lediglich eine Zugmaschine parkte hier, wobei Koslowski schätzte, dass Platz für mindestens zwanzig weitere vorhanden war. Der Laden schien gut zu laufen. LKW, die standen, kosteten nur Geld. Gewinn brachte der ein, der rollte. Er schlenderte zum Bürogebäude hinüber und wurde von einem jungen Mann in einem teuer aussehenden Anzug und spiegelblank geputzten Schuhen in Empfang genommen, kaum dass er das Haus betreten hatte.

Artig stellte er sich vor und verwies darauf, dass er einen Termin mit Herrn Dragic habe. Der junge Mann blickte kurz auf einen Computerbildschirm, dann nickte er. „Herr Dragic ist im Moment noch unterwegs. Es hat wohl einen Stau auf der Autobahn gegeben, ich darf Sie vielleicht bitten, mir zu folgen? Herr Dragic möchte gern, dass Sie auf ihn warten, es wird nicht lange dauern, bis er hier ist.“

Der perfekt frisierte und rasierte Mann machte eine einladende Handbewegung zu einer Glastür, hinter der Koslowski einen Besuchertisch und ein paar Stühle sah. Der Mann schlängelte sich an ihm vorbei und hielt ihm die Tür auf. Koslowski roch sein Aftershave und fand es etwas zu schwul.

„Kaffee, Tee, Wasser? Oder lieber etwas Alkoholisches?“ Eilfertig zog der Mitarbeiter einen Stuhl vom Tisch ab und blickte Koslowski erwartungsvoll an. Der wollte soeben etwas erwidern, als er die Frau sah.

Sie ging nicht durch den Flur, sie schien zu schweben. Er war von ihrem Anblick wie paralysiert. Ihr Alter ließ sich schwer einschätzen. Es lag vermutlich irgendwo zwischen Mitte vierzig und fünfzig.

Sie war mindestens 1,75 Meter groß und hatte schwarze, lange Haare, die ihr bis fast zur Taille reichten. Ihr Teint war dunkel. Koslowski tippte auf einen afrikanischen Einschlag. Vielleicht ein Kind aus einer Mischehe? Die Frau sah zu ihm herüber und lächelte. Dieses Lächeln traf ihn ins Herz.

Koslowski bewunderte ihre ebenmäßigen, schneeweißen Zähne und ihre dunklen, leicht mandelförmigen Augen. Ob sie auch ein Schuss asiatisches Blut in sich hatte? Auf jeden Fall bewegte sie sich geschmeidig wie eine Katze, und ihm stockte der Atem, als sie mit wiegenden Schritten auf ihn zu kam.

„Ich hoffe, man kümmert sich bereits um Sie?“ Dabei blickte sie an Koslowski vorbei und bemerkte den Mann hinter ihm. „Ach, ich sehe, Pierre hat sich Ihrer schon angenommen.“

Pierre eilte herbei und verbeugte sich leicht. „Herr Koslowski wartet auf Herrn Dragic. Der hat einen Termin, aber leider gibt es eine Verspätung, wegen eines Staus“, erklärte er.

Die Frau blickte Koslowski an und legte dabei den Kopf leicht schräg. „Sie sind wegen Ivo, meinem Mann hier?“ Sie trat einen weiteren Schritt auf ihn zu und hielt ihm die Hand hin.

Koslowski war einen Moment lang unschlüssig, ob er sie schütteln oder küssen sollte. Diese Frau verwirrte ihn. „So ist es. Ihr Sohn hat mich gebeten, dass …“

Er wurde von ihr unterbrochen. Sie wandte sich an den jungen Mann. „Danke Pierre, ich nehme Herrn Koslowski mit hinüber ins Haus. Ich denke, diese private Angelegenheit besprechen wir lieber drüben."

„Wie Sie wünschen, gnädige Frau", antwortete Pierre. Er schob den Stuhl wieder an den Tisch und verließ das Büro. Es hatte den Anschein, als wäre er wenig begeistert darüber, dass er Koslowski nicht mehr unter Kontrolle hatte.

„Ich habe ganz vergessen, mich vorzustellen. Mein Name ist Carmen Dragic."

Koslowski erwachte aus seiner Starre und schüttelte die ihm dargebotene Hand.

„Wenn Sie mir nun folgen wollen?"

Sie machte auf dem Absatz ihrer High Heels kehrt, und Koslowski folgte ihr wesentlich lieber als vorher Pierre. Bewundernd glitt sein Blick über ihre Figur und ganz besonders über ihr Gesäß, welches sich bewegte, als schritte seine Besitzerin über einen Laufsteg. Als sie an der Eingangstür angekommen waren, warf Koslowski noch mal einen Blick zurück und sah, dass Pierre nicht nur angeregt in ein Mobiltelefon sprach, sondern auch zu ihnen herüberschaute. Augenscheinlich sprach er mit jemand über sie beide, und es war nicht schwer zu erraten, wer das sein mochte.

Carmen Dragic hielt ihm die Eingangstür auf und deutete hinüber auf das Wohnhaus. „Darf ich Sie bitten?" Sie ließ Koslowski an der Tür den Vortritt, war dann aber schnell und ging neben ihm her zum Wohnhaus. Auch an der Brücke ließ sie ihm wieder den Vortritt, und an der Haustür war sie wieder neben ihm. Genau in dem Moment, als sich die Haustür automatisch vor ihnen öffnete. Und nicht nur einer, sondern beide Flügel, als wollte man einer heranstürmenden Schulklasse den Weg freimachen.

Carmen Dragic lächelte. „Eine Spielerei meines Mannes. Ivo liebte solche elektronischen Effekte."

Koslowski betrat neben ihr das Haus und sah sich aufmerksam um. Alles war überdimensioniert, protzig und wirkte angeberisch. So wie das Haus von außen. Goldene Handläufe an den beiden Treppen, die rechts und links von der Halle ins obere Stockwerk führten. Als ob eine nicht gereicht hätte. Auf einer Treppe dieser Größe hätten sich auch Frank Sinatra oder Dean Martin wohlgefühlt. Dicke Läufer bedeckten die Böden. Geld spielte hier anscheinend keine Rolle. Er war sich sicher, dass die Gemälde an den Wänden keine Kunstdrucke oder billige Kopien waren, und dieser Eindruck wurde dadurch bestärkt, dass er neben der Haustür den Kasten für eine Alarmanlage entdeckte. Wer so reich war, der musste zwangsläufig Angst haben, dass man ihn ausrauben könnte.

Sein Blick fiel in einen übergroßen Spiegel in einem Goldrahmen und begegnete dort dem von Carmen Dragic. Koslowski stutzte, als er bemerkte, dass sie ein wenig geistesabwesend wirkte. Ihr Gesichtsausdruck drückte eine gewisse Betrübnis aus, änderte sich aber umgehend, als ihre Blicke sich trafen. Sofort lächelte sie wieder so gewinnend wie zuvor. Koslowski bewunderte es, wie schnell sie sich im Griff hatte. Diese Frau spielte ihm etwas vor. Er betrachtete sie genau. Ihr langes, rotes Kleid war am Hals geschlossen und gab ihr dadurch ein strenges Aussehen. Die schlanken Arme in den langen Ärmeln betonten zusätzlich die Zierlichkeit ihrer Hände mit den langen, schlanken Fingern. An der rechten Hand sah er einen einzelnen und schlichten, goldenen Ring. Er blickte wieder in ihr Gesicht. Sie war wunderschön, aber von ihr ging eine Form von Traurigkeit aus, die Koslowski nicht näher hätte beschreiben können.

„Bitte kommen Sie doch herein und nehmen Sie Platz!“, bat sie Koslowski und öffnete die Flügeltür zu einem Wohnzimmer mit der Größe eines halben Handballfeldes.

Etwas unsicher betrat er den Raum und zählte darin alleine drei große Sitzgruppen. Eine wuchtiger als die andere.

Auch hier viel Gold, viel Kristall und viele Kunstgegenstände, die aber anscheinend nur nach ihrem Wert ausgesucht worden waren, denn ihre Zusammenstellung ergab ästhetisch keinen Sinn.

Als er sich umsah, erblickte er die Kameras, die den Raum überwachten, und an denen kleine, rote LED-Leuchten eingeschaltet waren. Er war sich sicher, dass sie beobachtet wurden, denn eine der Kameras bewegte sich ganz langsam. Pierre sah gerne fern, vermutete Koslowski.

Er nahm in einem Sessel Platz. Kaum hatte er sich niedergelassen, ließ sie sich ihm gegenüber ebenfalls nieder. Doch dabei benutzte sie nur die vorderste Kante des Sessels. So als ob sie sich nicht traute, sich ganz hineinzusetzen, oder so als ob sie in der Lage sein wollte, sofort wieder aufstehen zu können. Äußerlich versuchte sie sich den Anschein von Ruhe zu geben, doch Koslowski bemerkte ihre Nervosität. Sie knetete ihre im Schoß verschränkten Finger zwar kaum merklich, aber dafür so fest, dass sich auf ihrer dunklen Haut weiße Stellen bildeten.

„Oh, Pardon! Ich habe ganz vergessen, Sie zu fragen, ob Sie etwas trinken möchten?“ Carmen Dragic hatte gleichzeitig mit ihrer Frage einen Knopf an einer Fernbedienung gedrückt, die auf dem Tisch lag. Sekunden später öffnete sich eine Tapetentür, und ein junges Mädchen betrat den Raum.

„Was darf ich Ihnen bringen lassen?“ Carmen Dragics Lächeln war sehenswert.

„Wenn es Ihnen nichts ausmacht, würde ich gern einen Kaffee trinken.“

„Aber nein, keineswegs. Maria? Zwei Kaffee, bitte.“

Das Dienstmädchen verließ den Raum ebenso unauffällig, wie es ihn betreten hatte.

Carmen Dragic drehte sich leicht auf ihrer Sesselkante und wandte sich Koslowski zu. „Ich komme noch einmal auf meine Frage zurück, die ich Ihnen bereits im Büro gestellt habe.“ Sie lächelte immer noch. „Sind Sie wegen des Verschwindens meines Mannes hier?“

Koslowski nickte. „Ihr Sohn hat eine Bekannte von mir angesprochen. Sie hat dann seine Bitte an mich weitergeleitet.“

„Er ist nicht mein leiblicher Sohn. Ich bin nur die böse Stiefmutter, wie im Märchen“, lächelte sie verlegen.

„Aber eine äußerst attraktive, wenn ich mir diese Bemerkung erlauben darf.“

Sie errötete leicht, überging dieses Kompliment aber sofort. „Danke, ich weiß zu schätzen, dass Sie uns helfen wollen. Mein Mann ist seit einer Woche verschwunden.“ Wir wissen nicht, wo er ist, oder ob er…?“

„Tot ist?“ Koslowski hatte es übernommen, diesen Satz zu beenden. „Ich denke, es besteht Hoffnung. Erzählen Sie mir bitte, wie und wo er verschwunden ist?“

„Das ist es ja, was die Sache so seltsam macht. Mein Mann ging am letzten Sonntagmorgen hinunter. Sie müssen wissen, wir schlafen oben, und als ich eine halbe Stunde später nach unten kam, war er verschwunden.“ Sie sah sich hilfesuchend im Raum um. „Er hat keinen Wagen mitgenommen, sein Handy liegt hier noch, genau wie seine Brieftasche.“ Sie deutete zur Tür. „Nur seine Jacke war weg und seine Schuhe, so als ob er einen Spaziergang machen wollte.“

Koslowski blickte zur Tür, denn in diesem Moment wurde der Kaffee serviert. „Wäre es ungewöhnlich, wenn er einen Spaziergang unternommen hätte?“

„Mein Mann hasst Spaziergänge, er wäre freiwillig nie auch nur einen unnötigen Meter gelaufen.“ Sie stand auf und ging zu einer Anrichte. Mit einem Bild in einem schweren, goldenen Rahmen kam sie zurück. „Das ist mein Mann Ivo.“

Als Koslowski das Bild sah, wusste er, was sie mit *keinen unnötigen Meter laufen* gemeint hatte. Das Foto war vor einem der firmeneigenen LKW entstanden. Der Firmenchef stand stolz davor und blickte in die Kamera. Irgendjemand hatte mit goldener Schrift eine 100 in das Foto eingefügt. Vermutlich handelte es sich dabei um die Anzahl der LKW und nicht um Dragic' Gewicht. Denn er mochte gut und gerne drei Zentner wiegen. Obwohl man versucht hatte, ihn auf der Fotografie vorteilhafter aussehen zu lassen, konnte man sein immenses Übergewicht, seine beiden Doppelkinne und seine Hängewangen nicht vertuschen. Auch wenn er einen sicher maßgeschneiderten und mittlerweile etwas altmodisch wirkenden Nadelstreifenanzug trug.

Carmen Dragic war Koslowskis Blick gefolgt und lächelte nachsichtig. „Ich weiß, was Sie denken. Diese Anzüge sind schon etliche Jahre aus der Mode, aber mein Mann liebte sie und hatte Dutzende davon. Er trug jeden Tag nur diese Art von Anzügen."

Ivo Dragic erinnerte Koslowski an ein Schwein. Kleine, listige Augen zwischen Fettwülsten, Wurstfinger, die er nur mit Mühe vor dem gewaltigen Bauch gefaltet hatte und auf denen mehrere goldene Ringe steckten. Seine Haare waren auffällig schwarz und wirkten wie mit Pomade an den Kopf geklebt. Kein einziges graues Haar, genau wie bei Ex-Kanzler Gerhard Schröder. Dabei schätzte Koslowski ihn locker auf über sechzig. Ein Mensch, der ihm auf den ersten Blick unsympathisch war. Wie kam so einer zu einer Frau wie Carmen? Vermutlich durch sein Geld.

„Und es gab keinen Streit, keinen Einbruch, keine Drohungen oder Ähnliches?"

Carmen Dragic schüttelte den Kopf. „Nein, alles war wie immer. Ich habe erst noch gewartet, weil ich nicht wusste, wo er sein könnte, dann bin ich rüber und habe im Firmengebäude und in den Garagen nachgesehen, aber da war er nicht. Danach habe ich seinen Sohn angerufen." Resigniert ließ sie die Schultern sinken.

Koslowski nahm dankbar seine Tasse entgegen, natürlich eine mit Goldrand.

„Michael kam sofort und hat dann Zoltan noch einmal alles absuchen lassen. Auch ohne Ergebnis."

„Hat es irgendwelche Anrufe gegeben oder Forderungen?" Koslowski blickte Carmen Dragic über den Rand der Kaffeetasse an. „Hatte Ihr Mann Streit?"

Sie schüttelten den Kopf. „Mit wem denn?"

„Mit Geschäftspartnern oder mit Konkurrenten zum Beispiel?"

„Nein, soweit ich weiß, liefen die Geschäfte sehr gut, und es gab keinen Anlass, besorgt zu sein. Aber darüber müssen Sie mit Michael reden, er ist die rechte Hand meines Mannes." Carmen Dragic hatte ihre Tasse ebenfalls in Empfang genommen, sie jedoch ohne zu trinken auf dem Tisch abgestellt. „Ich kenne mich mit den Geschäften nicht so aus, müssen Sie wissen. Ich bin eher für das Haus und die Familie zuständig."

Klassische Rollenverteilung, dachte Koslowski. „Gibt es noch mehr Kinder?"

„Nein, Michael ist der einzige Sohn meines Mannes, seine Mutter ist bei einem Bootsunfall ums Leben gekommen, als Michael vierzehn Jahre alt war."

„Und Sie?", fragte Koslowski. „Haben Sie noch Angehörige?" Er fand den Kaffee ausgesprochen köstlich und behielt die Tasse in der Hand.

„Nein, von meiner Familie lebt niemand mehr. Wir sind vor vielen Jahren aus meinem Heimatland Bosnien geflohen und meine Eltern sind auf der Flucht ums Leben gekommen." Ihr Blick verließ kurzfristig das Raum- und Zeitgefüge, doch sie hatte sich schnell wieder im Griff. „Nein, von meiner Seite gibt es keine Verwandten mehr, und ich bin froh, dass mein Mann mich geheiratet hat. Ich bin ihm dankbar, denn ich war allein und mittellos."

Koslowski hätte zu gerne gewusst, wie sie sich kennengelernt hatten, aber das hatte mit diesem Fall nichts zu tun. „Können Sie mir Ihren Mann beschreiben?"

Carmen Dragic stand auf. „Sie haben doch das Foto."

Koslowski wehrte ab. „Nein, ich meine, wie ist er als Mann und als Mensch?"

Überrascht ließ sie sich wieder auf der Sesselkante nieder. Ein ganz kurzer Blick zur Überwachungskamera verriet, dass sie Angst davor hatte, frei zu sprechen. „Er war ein guter Mann, ein guter Vater und sehr aufmerksam, aber ich weiß nicht, warum Sie das wissen wollen?"

„Wissen Sie, Frau Dragic, ich kann mich immer besser in einen Fall hineinversetzen, wenn ich die Personen kenne, um die es geht." Koslowski hatte seinen Kaffee ausgetrunken und lehnte eine weitere Tasse ab. „Sagen Sie mir nur noch, warum Michael die Polizei nicht einschalten will."

„Das hat Michael so bestimmt, weil die Firma …"

In diesem Moment öffnete sich die Tür, und Pierre trat etwas atemlos ein. „Entschuldigen Sie bitte die Störung, gnädige Frau." Er wandte sich Koslowski zu. „Herr Dragic lässt Ihnen mitteilen, dass er das heutige Treffen doch nicht wahrnehmen kann und bittet Sie, ihn wegen eines neuen Termins noch einmal anzurufen."

Carmen Dragic hatte sich bereits erhoben, und Koslowski deutete es als Zeichen, dass das Gespräch damit beendet war. Er wuchtete sich aus dem Sessel und stellte die Kaffeetasse auf den Tisch.

„Vielen Dank für den vorzüglichen Kaffee, und ich hoffe, dass ich Ihnen helfen kann." Er schüttelte die dargebotene Hand seiner Gastgeberin. Sie war feucht.

„Das heißt also, dass Sie bereit sind, uns bei der Suche zu helfen?" Sie lächelte ihn an.

„Natürlich Frau, Dragic, denn dieser Fall hat meine Neugier geweckt."

Kapitel 10

Die Stelle war einfach ideal. Rummesrieder war sich sicher, dass es der am besten geeignete Platz war, um die Übergabe des Geldes gefahrlos durchziehen zu können. Er hatte den Brief wie geplant in Hamburg eingeworfen und sein Opfer am nächsten Tag angerufen. Mit der elektronisch verzerrten Stimme hatte er ihm zwei Tage Zeit zur Beschaffung des Geldes eingeräumt. Der hatte die Knete, da war er sich sicher. Gar kein Zweifel. Wenn er sie nicht zu Hause hatte, musste er die Kohle lediglich von der Bank holen, und dafür sollten zwei Tage wohl locker ausreichen.

Rummesrieder wurde immer nervöser je näher er dem geplanten Übergabeort kam. Aber im Prinzip konnte nichts schiefgehen, denn er hatte ja alles sorgfältig geplant. Als Übergabeort hatte er die alte und längst geschlossene Raststätte Herford Süd ausgewählt. Seit die beiden Rasthöfe Lipperland Nord und Süd in Betrieb waren, lag das Gelände der alten Raststätte brach. Rummesrieder wusste, dass die Parkplätze noch in Betrieb waren, also sollte das kein Problem darstellen. Mit dem geliehenen LKW eines Kollegen würde es so aussehen, als ob ein Fahrer den ehemaligen Rastplatz für eine seiner vorgeschriebenen Pausen nutzen wollte. Er konnte nur hoffen, dass die Bullen nicht auftauchten und ihn kontrollieren wollten. Aber diese Gefahr war gering, so viel wie die zu tun hatten.

Er donnerte auf der A 2 in Richtung Westen und hielt bereits Ausschau nach der Ausfahrt. Seit der Rasthof geschlossen war, fehlten die übergroßen Hinweisschilder. Sie waren durch kleinere Rastplatzschilder ersetzt worden. Aber Rummesrieder kannte diese Strecke wie seine Westentasche.

Apropos Westentasche. Er griff sicherheitshalber noch mal in seine Jackentasche und vergewisserte sich, dass der Umschlag mit den Fotos da war. Sein Tauschobjekt im

Gegenzug für das Geld. Ein Umschlag mit fünf Fotos. Eine halbe Million Euro wert.

Ein Prickeln lief über Rummesrieders Rücken. Noch nie war er so nah dran gewesen, sorgenfrei leben zu können. Thailand!

Bislang war er mit seinem Lohn nie ausgekommen. Bald waren all seine Probleme gelöst. Kein Ärger mit dem verflixten Geld mehr. Ratenzahlungen, Unterhalt, Schulden für seinen Wagen, ein paar kleine Spielschulden, das alles würde in ein paar Minuten vorbei sein.

Sein Opfer hatte genug Geld, und außerdem stammte auch das aus Unternehmungen, die garantiert nicht alle astrein waren. Und dann kam dazu noch die Sache, die er durch Zufall beobachtet und mit seinem Handy fotografiert hatte. Seine Fahrkarte nach Thailand. Skrupel empfand er keine.

Er blieb mit seinem Fahrzeug hinter einem Kühl-LKW und achtete auf den Seitenstreifen. Da! Die alte Einfahrt. Rummesrieder setzte den Blinker, bremste den LKW ab und lenkte ihn an die rechte Fahrstreifenbegrenzung. Der Parkplatz war relativ leer. Nur zwei andere LKW und ein PKW standen dort. Rummesrieder lenkte den Lastwagen an eine Stelle, von der aus er schnell wieder starten konnte. Als der schwere Truck zum Stehen kam, blieb er zunächst sitzen und schaute sich um. Sein Blick wanderte hinüber zur anderen Autobahnseite. Er musste plötzlich laut auflachen. Der Plan war ebenso einfach wie genial. Darauf würde keiner kommen.

Rummesrieder stieg aus und tat so, als ob er sich die Beine vertreten würde. Dann zog er eine Packung Zigaretten aus der Hemdtasche und zündete sich eine an. Den Rauch tief inhalierend ging er vor dem LKW auf und ab und beobachtete dabei sowohl den Verkehr auf der A 2 wie auch den alten Rasthof Herford Nord auf der gegenüberliegenden Seite. Dort schien alles ruhig zu sein. Soeben fuhr ein LKW an, der dort als einziger gestanden hatte. Rummesrieder warf die Kippe weg und trat sie nicht einmal aus. Jetzt hieß es schnell sein.

Er klettere auf der Beifahrerseite wieder in den LKW und holte ein Fernglas aus seiner Aktentasche. Aufmerksam beobachtete er den Rastplatz. Der war nun komplett leer. Der Container für Bauschutt stand immer noch an der Stelle, an der er ihn vorgestern Abend abgestellt hatte. Wenn alles so lief, wie er es sich vorstellte, dann lag darunter bereits das Paket mit dem Geld. Aufmerksam ließ er das Glas über den Rastplatz wandern und versuchte herauszufinden, ob es einen versteckten Beobachter gab oder gar die Bullen irgendwo lauerten. Aber das war eher unwahrscheinlich. Die hätte sein Opfer garantiert als Letztes um Hilfe gebeten. Allein schon wegen der Gefahr, dass sie dann in dessen Geschäften herumschnüffelten. Und das würde ihn teurer zu stehen kommen als die halbe Million, die er hier gleich in den Sand setzte.

Rummesrieder beobachtete den ehemaligen Rasthof noch ein paar Minuten, dann packte er das Fernglas wieder weg und sprang aus dem Führerhaus. Aus dem Fußraum nahm er eine große Plastiktüte mit.

Neben dem LKW schlüpfte er in einen orangeroten Arbeitsanzug und setzte sich die gleichfarbige, typische Mütze auf, wie sie die Mitarbeiter der Straßenmeistereien trugen. Er stopfte die Tüte wieder hinter den Beifahrersitz und sah sich ein letztes Mal um. Niemand hatte ihn beobachtet. Jetzt kam der schwierige Teil der Unternehmung. Rummesrieder drückte die Schultern durch und holte noch einmal tief Luft.

Jetzt oder nie.

Einmal in Bewegung, schritt er ohne zu zögern bis an die Leitplanke, stieg darüber und blieb mit dem Rücken zu ihr stehen. Der Verkehr rauschte mit hoher Geschwindigkeit an ihm vorbei. Aufmerksam beobachtete Rummesrieder die Fahrzeuge, bis er eine große Lücke ausmachte, die ihm ausreichend erschien. Er stieß sich von der Leitplanke ab und rannte los. Ein lang anhaltend hupender BMW-Fahrer passierte ihn, als er den Mittelstreifen erreichte.

Verdammt, er hatte sich mit den Geschwindigkeiten derbe verschätzt. Bei der nächsten Fahrbahnüberquerung musste er vorsichtiger sein. Mit etwas weichen Knien überkletterte er die beiden nächsten Leitplanken, wartete auch hier eine Lücke im Verkehr ab und spurtete dann erneut los.

Diesmal gelangte er problemlos auf die andere Straßenseite, was möglicherweise auch daran lag, dass der Verkehr hier den Berg hinauffuhr und deshalb etwas langsamer war als auf der anderen Seite. Rummesrieder war erleichtert, als er endlich auf dem Parkplatz stand. Er marschierte auf den nächsten Abfalleimer los und tat so, als ob er seinen Inhalt überprüfte. Für einen unbedarften Zuschauer musste es so wirken, als ob ein Mitarbeiter der Straßenmeisterei keine Lust hatte, weite Umwege zu fahren, und deshalb verbotswidrig die Autobahn überquerte.

Er holte einen blauen Müllsack aus der Jackentasche und schüttelte ihn auf. Während er den nächsten Abfallbehälter ansteuerte, ließ er seine Augen, die durch den Schirm der Mütze verdeckt waren, umherschweifen. Niemand zu sehen. Langsam kam er immer näher.

Am dritten Müllbehälter griff er hinein und nahm die Papiertüte einer Fastfood-Kette heraus, öffnete sie und blickte hinein. Dabei hatte er Gelegenheit, seinen Blick auf den Container zu richten. Er knüllte die Tüte zusammen und stopfte sie in den blauen Müllsack. Als Nächstes zog er erneut die Zigaretten aus der Hemdtasche und zündete sich eine an. Mit der Kippe im Mundwinkel schlenderte er auf den Container zu und klemmte sich den Müllbeutel dabei unter den Arm. Als er nah genug heran war, kam sein, wie er fand, bester Einfall.

Rummesrieder stellte sich seitlich neben den Container, öffnete die Hose. Dabei beugte er sich leicht vor und sah das Paket. Es war, wie gefordert, in braunes Packpapier eingeschlagen worden und lag unter dem Container. Damit diese Lücke entstand, hatte er ihn mit einer Ecke geschickt auf einem Ziegelstein abgesetzt.

Rummesrieder wunderte sich, dass er tatsächlich pinkeln konnte. Eigentlich hatte er nur vorgehabt, so zu tun, aber die Anspannung schlug ihm anscheinend auf die Blase. Umso besser, so wirkte es noch natürlicher. Dabei beobachtete er weiterhin die Umgebung. Alles ruhig, immer noch niemand zu sehen.

Als er fertig war, schloss er die Hose und für einen möglichen Zuschauer musste es so aussehen, als ob ihm dabei der Müllsack unter dem Arm weggerutscht wäre. Rummesrieder bückte sich und grabschte nach dem Paket. So schnell es mit seinen zitternden Händen ging, stopfte er es in den Müllsack und richtete sich wieder auf.

Langsam!, forderte er sich auf, weil er am liebsten sofort losgerannt wäre. Jetzt hieß es unauffällig bleiben. Bei der Planung hatte er sich vorgenommen, noch einen Abfallbehälter zu kontrollieren, um alle Bedenken von Beobachtern zu zerstreuen, doch mit seiner Ruhe war es vorbei. Seine Anspannung war so hoch, dass ihm das Herz bis zum Halse klopfte. Mit einer halben Million Euro unter dem Arm ging er zurück zur Leitplanke.

Er musste sich wahnsinnig beherrschen, sich nicht umzudrehen oder zu rennen. Jeden Moment erwartete er, angerufen zu werden. Endlich hatte er die Leitplanke erreicht und kletterte darüber. Nach ein paar Sekunden ließ es der Verkehr in Richtung Hannover zu, dass er die Fahrbahn überqueren konnte. Auf dem Mittelstreifen fühlte er sich schon ein wenig sicherer. Jetzt bloß nicht unaufmerksam werden. Er musste hysterisch lachen, als ihm ein blöder Gedanke kam. Er stellte sich vor, wie er, so kurz vor dem Ziel seiner Träume von einem halbblinden und tauben Autofahrer von der Bahn geputzt würde und sich die halbe Million, wie ein Konfettiregen über die A 2 verteilte.

Pass auf!, riss er sich zusammen und spähte nach einer Lücke im Verkehr. Da. Jetzt. Rummesrieder rannte los und erreichte die nächste Leitplanke ohne Komplikationen. Und erst hier traute er sich, einen Blick zurückzuwerfen.

Soeben fuhr auf der anderen Seite ein dunkler Mercedes auf den ehemaligen Rasthof. Rummesrieder lachte. Sollte das sein Opfer sein, kam es zu spät. Er ging zu seinem LKW zurück und öffnete die Beifahrertür. Nachdem er das Paket in den Fußraum geworfen hatte, schlüpfte er aus Jacke und Hose. Auf seinem Rastplatz herrschte mittlerweile reger Fahrzeugverkehr. Ein dunkler SUV fuhr an ihm vorbei, und hinter ihm parkte soeben ein VW-Bus ein. Er knüllte die Bekleidung samt Mütze zusammen und stopfte sie mit dem Geldpaket in den Sack. Geschafft!

Als er sich umdrehte, setzte der dunkle SUV gerade zurück und hielt nur wenige Zentimeter vor der Stoßstange seines LKW. Der Wagen hinter ihm blockierte den Rückweg. Nur einen kurzen Moment lang glaubte Rummesrieder an einen Zufall. Dann wusste er, dass er einen schweren Fehler gemacht hatte.

Kapitel 11

„Tut mir leid, ich habe nichts Wichtiges erfahren können. *Cont-Trans* handelt mit allem Möglichen und ist Transportdienstleister. Wie du schon weißt, haben sie ihren Firmensitz in Langenholzhausen, und die Firma gehört einem Ivo Dragic, der sie zusammen mit seinem Sohn Michael leitet."

Koslowski hörte am Telefon, wie Strunte nebenbei mit Töpfen und Pfannen herumklapperte. „Das weiß ich bereits alles. Ich wäre auch mehr an Interna über die beiden und die Firma interessiert." Koslowski hörte Strunte fluchen, nachdem irgendetwas lautstark zu Bruch gegangen war. „Sag mal, reißt du gerade deine Imbissbude ab?"

„Nein, ich bin zu Hause und bereite meine weltberühmten Nackensteaks vor. Heute ist doch Donnerstag, mein Steak-Tag. Und soeben ist mir diese dämliche Schüssel mit der Marinade runtergeflogen. Verdammter Mist, hier klebt jetzt alles." Strunte fluchte noch einmal. „Pass auf, ich muss erst mal dieses Chaos hier beseitigen. Ich schicke dir gleich eine SMS mit einem Namen und einer Adresse. Der Typ kann dir womöglich mehr sagen, der kennt die Firma."

„Okay", bestätigte Koslowski, „mach du erst mal sauber und sieh zu, dass deine Kunden an ihre Steaks kommen."

Strunte grunzte verdrießlich, dann war die Verbindung unterbrochen.

Koslowski hatte das Handy noch in der Hand, als es erneut schellte.

„Hallo, hier ist Michael Dragic." Wenn man vom Teufel sprach, dachte Koslowski. „Ich muss mich wegen neulich entschuldigen. Es gab auf der A 2 einen Unfall, und ich habe keine Möglichkeit mehr gesehen, die Autobahn zu verlassen. Wir mussten also warten, bis das Hindernis beseitigt war."

„Kein Problem", entgegnete Koslowski. „Ich habe mich mit Ihrer Stiefmutter unterhalten. Sie konnte mir bereits bei einigen Dingen weiterhelfen. Ein sehr nette Frau."

Dragic ging über Koslowski Äußerung kommentarlos hinweg. „Ich denke, alles, was Sie wissen müssen, sollten Sie von mir erfahren. Wann haben Sie wieder Zeit?“

Der letzte Satz klang eher nach Befehl als nach Frage. Ein Umstand, der Koslowski gar nicht gefiel, aber er verbiss sich eine entsprechende Antwort. Er nannte Dragic einen Termin.

„Gut, da ich sehr viel zu tun habe, schlage ich vor, dass Sie wieder nach Langenholzhausen kommen.“

„Das bedeutet, dass ich wieder ins Kalletal müsste, sind Sie nicht irgendwann in der Nähe von Detmold?“

„Nein“, kam die barsche Antwort, „und außerdem werden Sie für Ihre Dienst ja gut bezahlt, da können Sie die Fahrt schon mal auf sich nehmen. Wir sehen uns.“ Damit beendete der Serbe das Gespräch.

Koslowski blickte erstaunt auf sein Handy. Na, das war ja mal ein netter Zeitgenosse. Normalerweise müsste man ihn jetzt einfach sitzen lassen. Aber dazu war Koslowski weder der Typ, noch konnte er verhehlen, dass ihn der Fall immer neugieriger machte.

Kapitel 12

Vor einiger Zeit hatte es in Lippe hitzige Diskussionen gegeben, ob die Senne und Teile des Teutoburger Waldes zu einem neuen Nationalpark umgestaltet werden sollten. Die Wellen der Entrüstung hatten in Demonstrationen und Plakataktionen der Gegner ihren Höhepunkt gefunden und das kleine Fürstentum eine Zeitlang in Pro und Contra gespalten. Einige sahen schon wieder Wölfe, Wisente und Bären durch die Wälder streifen. Die anderen vermuteten, dass man die Zufahrtsstraßen zum Hermann und den Externsteinen wegreißen würde und diese lippischen Denkmäler in zwanzig Jahren aussehen würden wie alte, versunkene Maja-Tempel im Urwald. Dann aber war das Thema vom Tisch, und die Lage beruhigte sich wieder. Kurzzeitig flackerten nochmals Kontroversen auf, als es um eine Sommerrodelbahn oder eine Downhill-Strecke für Mountainbiker ging. Aber auch diese Wellen glätteten sich wieder, und was blieb, war das neue Wanderkompetenzzentrum, welches dort oben entstehen sollte, und mit dem anscheinend alle einverstanden waren. Genauso, wie sich alle einvernehmlich zum Freilichtkino auf der Waldbühne unter dem Hermannsdenkmal einfanden. Und als dort eines Abends der Film *Jurassic World* gezeigt wurde, hallte kurzfristig sogar wieder das Brüllen von Dinosauriern durch den Teutoburger Wald.

All diese Gedanken schossen Revierförster Horst Altinger durch den Kopf, als er auf dem Weg in eines seiner Forstreviere war. Hier hatte die NRW-Stiftung einen Teil des Waldes gekauft und in eine Naturwaldzelle umgewandelt. Das bedeutete, dass in diesem Waldstück, bis auf die Wegesicherung, alle forstlichen Aktivitäten eingestellt worden waren. Zufahrten waren mittels einer Schranke versperrt worden, und auch die Jagdausübung fand hier nur sehr eingeschränkt statt. Die Jäger suchten dieses ca. neunzig Hektar große Waldstück nur selten auf, um dem Wild dort Ruhe zu gönnen und wenn, dann auch fast ausschließlich zu Fuß.

Umso mehr wunderte sich Altinger, dass eine der Schranken sperrangelweit offen stand. Er stieg aus, nachdem er seinen Terrier mit einigem Nachdruck daran gehindert hatte, ihm zu folgen. Denn sobald der Waldboden unter den Pfoten spürte, war er nicht mehr zu halten. Altinger trat an die Schranke und suchte nach dem Vorhängeschloss. Er fand es auf dem Boden. Sowohl den durchtrennter Bügel als auch das Schlossgehäuse. Gleich daneben bemerkte er Reifenspuren, die in das gesperrte Waldstück hineinführten. Irgendjemand hatte sich hier gewaltsam Zutritt verschafft. Aber wer?

Altinger schwankte, ob er das Gebiet zu Fuß oder mit dem Wagen bestreifen sollte, entschied sich aber für die motorisierte Version. Er ging zum Wagen zurück und fuhr langsam den Waldweg entlang. Schön zu sehen, dass sich hier die Natur wieder alles zurückeroberte, was der Mensch zuvor verändert hatte. Wie es hier wohl in zwanzig Jahren aussehen würde, überlegte Altinger, der es als Förster gewohnt war, in großen Zeitspannen zu denken. Er hatte gerade eine frische Fichtenverjüngung betrachtet, als er merkte, wie sein Terrier Charlie plötzlich die Vorderpfoten auf das Armaturenbrett stellte und leise drohend knurrte. Altinger blickte nach vorn und sah, dass eine Frau vor ihm den Waldweg entlanglief.

Ihr Bewegungsablauf erschien dem Forstbeamten sonderbar, es sah weder nach Wandern noch nach Walking aus – und es war auch kein Jogging. In diesem Moment hörte die Frau seinen Motor und drehte sich um. Altinger blickte in ein panisches Gesicht. „Die sieht aus, als wäre ihr der Hund weggelaufen, so wie du mir immer“, sagte er belustigt zu Charlie, der die Frau nicht aus dem Blick ließ. Was hatte die hier in seinem Wald zu suchen?

Altinger erkannte, dass die Frau zögerte. Es wirkte, als ob sie sich nicht entschließen konnte, ob sie vor ihm weg- oder zu ihm hinlaufen sollte. Vermutlich war es die Tatsache, dass der grüne Geländewagen sehr nach Jäger oder Förster aussah, die sie veranlasste, sich ihm dann doch zu nähern. Altinger fuhr ihr noch ein paar Meter entgegen und hielt dann an. Da Charlie zu bellen begann, stieg er alleine aus und ging der Frau entgegen. Je näher sie ihm kam, umso deutlicher konnte er ihren Gesichtsausdruck erkennen. Sie wirkte gehetzt und schien Angst zu haben. Das Gesicht blass, die Augen vor Schreck geweitet.

„Gott sei Dank, dass Sie kommen“, japste die Frau und blieb vor Altinger stehen. „Sie sind doch Förster oder so was, nicht wahr?“

„Ja“, antwortete Altinger, „oder so was.“

„Sie glauben gar nicht, wie ich mich erschrocken habe.“ Die Frau fasste ihn am Oberarm und beugte sich herunter, um Luft zu holen.

Jetzt wusste Altinger auch, warum ihm ihr Gang so komisch vorgekommen war, sie war vor irgendetwas weggelaufen. „Kommen Sie erst mal zu Atem und dann sagen Sie mir, was passiert ist.“

„Da hinten“, die Frau deute in den Wald hinein. „Ich wollte Bärlauch suchen und dann sah ich es.“

Altinger nickte amüsiert. August war nun wahrlich nicht die Zeit für die Bärlauchernte. Die lag eher im März und April. Aber so waren sie nun mal die Leute, wenn es etwas das ganze Jahr im Supermarkt gab, musste es auch das ganze Jahr im Wald wachsen. In Biologie und Naturkunde eine glatte Sechs, schmunzelte Altinger innerlich. „Was sahen Sie denn?“, fragte er stattdessen die Frau.

„Diesen Wagen.“ Ein Schauder lief durch ihren Körper. „Diesen grausigen Wagen.“

Sollte der Wagen der Grund für das zerstörte Schloss sein? Aber was konnte an einem Auto so grausam sein?

„Was ist denn mit dem Wagen?“

„Ich gehe da nicht mehr hin.“ Die Frau schüttelte vehement den Kopf und entzog sich seinem Griff. „Da kriegen mich keine zehn Pferde mehr hin.“ Wieder schüttelte sie sich bei dem Gedanken an das Erlebte.

Altinger schnaufte. „Nun sagen Sie doch endlich was los ist!“ Langsam wurde es ihm zu bunt, der Frau jeden Satz einzeln aus der Nase ziehen zu müssen.

„Nie, nie hätte ich gedacht, dass die auch hier ihr Unwesen treiben.“

„Ja verdammt nochmal: Wer?“ Altinger erfasste die Frau nun an beiden Oberarmen und schüttelte sie leicht, bis sie ihm ins Gesicht sah. „Wer, die?“, wiederholte er seine Frage.

„Na, diese Salafisten“, sagte die Frau und brach in Tränen aus.

Kapitel 13

In dem Raum, in dem er eingesperrt war, war es dunkel bis auf einige wenige, kleine Stellen, an denen Licht durch Löcher oder Ritzen fiel. Unter der Decke gab es ein kleines Gitter, das nach außen durch Bleche kaschiert, sodass es nicht auffiel. Eine andere Öffnung befand sich auf der gegenüberliegenden Seite, nah dem Boden. So gab es wenigstens einen kleinen Luftzug. Die Wände waren aus trapezförmig gekantetem Metall. Eine Tür gab es nicht. Der Raum war Teil eines Containers und nachdem man ihn hier hineingebracht hatte, war eine Metallwand genau in die Lücke eingepasst und verschweißt worden. Er wusste nicht, was ihm mehr zu schaffen machte. Der Gestank des verbrannten Metalls, der nur sehr langsam durch die kleinen Öffnungen abzog, oder die Angst, plötzlich lebendig begraben zu sein.

Er hatte sich auf den Boden gelegt und die Beine angezogen. Wie ein Embryo lag er bewegungslos da und hatte sich nur langsam an die Dunkelheit gewohnt. Erste Erleichterung verspürte er, als die Arbeitsgeräusche an der kaschierten Trennwand beendet wurden. Doch diese Erleichterung wurde sofort wieder zerstört, als er hörte, wie man begann, mittels Gabelstapler Gegenstände in den Container zu laden. Wieder hatte es Stunden gedauert, bis er sich wieder beruhigt hatte. Dann erst hatte er sich langsam auf die Knie hochgestemmt und begonnen, sein Gefängnis zu ertasten. Hilfreich war, dass sich seine Augen mittlerweile an die Dunkelheit gewöhnt hatten. Er richtete sich auf und ging vorsichtig rückwärts, bis er hinter sich die kalte Metallwand ertastete. Vorsichtig macht er einen ersten Schritt nach vorn und begann zu zählen. Eins … zwei …

Sekundenbruchteile später lag er wieder auf dem Boden, denn er war über etwas gestolpert. Scheppernd flog dieses Etwas durch den metallenen Raum. Zitternd vor Angst hielt er inne und lauschte. Anscheinend hatte man draußen nichts gehört. Er beschloss, die weitere Erkundung auf allen Vieren vorzunehmen. Kurz bevor man ihn in den Raum gestoßen und das Blech eingesetzt hatte, hatte man ihm die Kapuze abgenommen, die er beim Transport hatte tragen müssen. Geblendet und geschockt hatte er auf die sich schließende Öffnung gestarrt und keinen Blick mehr für seine Umgebung gehabt.

Das Erste, was er ertastete, war der große Blecheimer, gegen den er kurz zuvor gestoßen war. Er ertastete auch einen Deckel, der mit zwei Klammern auf dem Eimer gehalten wurde. Angewidert stellt er sich vor, wofür der Eimer vorgesehen war. Dann fand er die vielen Pakete mit den jeweils sechs großen PET-Flaschen.

Gierig riss er die Verpackung auf und schraubte den Verschluss einer Flasche ab. Ohne zu zögern setzte er sie an und schmeckte lauwarmes Wasser, das ihm durch die Kehle rann. Einen Augenblick später stoppte er erschrocken. Er durfte mit dem Wasser nicht so leichtfertig umgehen. Er wusste ja nicht, wie lange er damit auskommen musste. Sorgfältig schraubte er die Flasche wieder zu und stellte sie zu den anderen. Daneben fand er weitere eingeschweißte Dinge. Er hob eines der Pakte auf und schnupperte daran. Sie fühlten sich an, als ob darin getrocknete Datteln wären. Das konnte er später noch kontrollieren. Erst einmal weiter den Raum erkunden. Das jedoch ging relativ schnell, denn der letzte Gegenstand, den er fand, war eine dicke Schaumstoffmatratze, die nach Desinfektionsmitteln roch.

Er erhob sich erneut und tastete im Raum herum. Als er die Arme ausstreckte und einen Schritt zur Seite machte, stieß er bereits gegen die Wand. Da er wusste, dass seine seitlich ausgetreckten Arme circa 1,80 Meter lang waren, schätzte er den Raum auf etwa zwei Meter Breite. Bei einer Containerlänge von etwa 2,50 Metern kam sein Gefängnis auf eine Größe von knapp fünf Quadratmetern. Ihm wurde übel, wenn er daran dachte, dass er es hier drin lange aushalten musste. Sie hatten ihm zwar die Zeit gesagt, aber er hatte gar nicht richtig zugehört. Deprimiert schob er den Fuß so lange vor, bis er die Matratze ertastete, und ließ sich darauf sinken. Er fand eine alte, muffig riechende Decke und rollte sich darin ein. Verängstigt stöhnte er leise vor sich hin.

War das hier zehntausend Dollar wert?

Kapitel 14

Es würde wohl eine Zeitlang dauern, bis die Spuren verschwunden waren, welche die Polizei durch ihren Einsatz in der Naturwaldzelle hinterlassen hatte. Aber dieser Aufwand war nötig, denn hier ging es um nichts weniger als um Mord.

Altinger hatte die Frau zuvor in seinen Wagen verfrachtet und war dann zu Fuß in die Richtung gegangen, die sie ihm gezeigt hatte. Charlie ließ er bei der Frau zurück, nahm dafür aber seine Jagdwaffe mit. Er hoffte, dass er sie nicht benötigen würde, aber sicher war sicher. Und wenn sie nur dazu diente, dass er sich an ihr festhalten konnte. Denn schon mit dem ersten Schritt war ihm klar, dass sich dieser Tag von allen anderen seines Försterlebens unterschied.

Langsam und bedächtig war er losmarschiert, den Blick abwechselnd auf den Boden und in den Wald gerichtet. Etwa zweihundert Meter war er noch den Reifenspuren auf dem Hauptweg gefolgt, dann sah er, dass sie nach rechts abbogen. Altinger fasste seinen Repetierer fester und folgte den Spuren hinauf in den Wald.

Nach weiteren hundert Metern folgte eine Linkskurve, die er nicht einsehen konnte. Immerhin hatte die Dame ihren Bärlauch an der richtigen Stelle gesucht. Aber wo war der Wagen?

Er sah ihn, als er den Scheitelpunkt der Kurve durchschritt. Ein schwarzer BMW. Sein in Autos vernarrter Schwager hätte ihm vermutlich auf den ersten Blick Modell und Baujahr sagen können. Er hingegen konnte nur sehen, dass es sich um eine teure Ausführung handelte. Die nicht für Waldwege geeignet war, denn der Wagen hatte anscheinend aufgesetzt und sich dadurch festgefahren.

Altinger trat äußert vorsichtig an das Fahrzeug heran. So wie es von hinten aussah, war der Wagen leer. Was hatte die Frau denn so erschreckt? Altinger versuchte sich an der Beifahrerseite zwischen den Büschen und dem Wagen hindurchzuquetschen. Als er in Höhe der hinteren Tür war, bemerkte er plötzlich eine Schulter. Auf dem Beifahrersitz saß anscheinend jemand. Aber wo war dessen Kopf?

Die grausige Antwort darauf würde man später auf den Polizeibildern gut erkennen können. Der oder die Täter hatten ihrem Opfer den Kopf abgetrennt und in den Schoß gelegt. Altinger sah in ein von Säure zerfressenes Gesicht mit blinden Augen darin. Der Förster zuckte bei dem Anblick zurück und war eine Sekunde lang fassungslos. Dann war ihm klar, dass er sofort die Polizei benachrichtigen musste.

Nachdem er festgestellt hatte, dass es hier oben keinen Handyempfang gab, war er wie der Blitz zurückgelaufen und mitsamt Charlie und der Frau den Waldweg im Rückwärtsgang entlanggefahren, bis er wieder Empfang hatte. Dann hatte er die Polizei informiert, den Kofferraum geöffnet und aus seinem Jagdrucksack die Taschenflasche mit dem Wacholder geholt. Normalerweise trank er keinen Schnaps und hatte ihn nur dabei, um mal einem Waldarbeiter oder einem Jäger einen ausgeben zu können. Aber das heute war ein Notfall, da mussten besondere Mittel eingesetzt werden. Er hatte zuerst der Frau die Flasche hingehalten, und die hatte sein Angebot dankbar angenommen.

Jetzt war sie schon wieder auf dem Weg nach Hause. Nach ihrer ersten Befragung von einer Streifenwagenbesatzung übernommen und abtransportiert. Er hingegen hatte seinen Wagen in eine Lücke zwischen den Bäumen gefahren und saß nun mit Charlie in der offenen Hecktür. Der Hund schnupperte mit erhobenem Kopf und war sauer, dass er nicht im Wald herumlaufen konnte. Vorsorglich hatte ihn Altinger im Wagen angeleint, fehlte noch, dass der den Kripobeamten da oben zwischen die Füße lief. Die waren sicherlich schon genug mit der Spurensicherung beschäftigt.

Altinger musste aufstoßen und hatte sofort Wacholdergeschmack im Hals. Das mit dem Schnaps war vielleicht doch keine so gute Idee gewesen, dachte er und sah auf. Ein großer, untersetzter Mann kam auf ihn zu. Es war der Kriminalbeamte, der auch als Erster mit ihm gesprochen hatte, nachdem die Streifenwagenbesatzung seinen Fund bestätigt und über die Einsatzleitstelle die Kripo alarmiert hatte. Altinger schätze ihn auf fast sechzig.

„So wie es aussieht, brauchen wir Sie nicht mehr, Herr Altinger", sagte Hans-Werner Brehm. „Wenn Sie wollen, können Sie nach Hause fahren. Ihre Personalien haben wir ja, und wenn wir noch Fragen haben, melden wir uns bei Ihnen."

Altinger stand auf und schob Charlie zurück, damit er die Hecktür schließen konnte. Der Terrier machte seinem Unmut darüber, dass er vom weiteren Gespräch ausgeschlossen wurde, durch wütendes Bellen Luft.

Brehm musste lachen. „Kaum größer als ein Hase, aber ein Herz wie ein Löwe, was?" Amüsiert beobachtete er den wütenden, kleinen Hund.

„Können Sie mir … Dürfen Sie mir …?", begann Altinger, brach dann aber ab.

„Sie meinen, schon etwas dazu sagen?" Brehm deutete in den Wald hinauf und strich sich dann nachdenklich übers Kinn. „Nein, eigentlich nicht, aber da Sie ja auch Vollzugsdienstbeamter sind und das Wort Dienstgeheimnis kennen dürften, will ich mal eine Ausnahme machen."

„Ich versichere Ihnen, dass ich nichts weitergeben werde." Altinger streckte Brehm die Hand hin, um seine lauteren Absichten durch einen Handschlag zu untermauern, doch der winkte ab.

„Ich glaube es Ihnen auch so. Und wenn Ihr Chef Sie nach Einzelheiten fragt, dann sagen Sie einfach, ich hätte nichts gesagt." Brehm zog kurz sein Handy raus und blickte darauf, dann schüttelte er den Kopf.

„Kein Netz", kommentierte Altinger, „ging mir vorhin genauso, deshalb musste ich erst ein ganzes Stück zurückfahren."

Ärgerlich steckte Brehm das Handy wieder ein und sah Altinger einen Moment lang fragend an. Dann wusste er wieder, wo er gedanklich stehen geblieben war. „Ach ja, ich wollte Ihnen ja was erzählen. Also der Wagen hat ja, wie Sie sicher gemerkt haben, keine Kennzeichen. Daher wissen wir noch nicht, wem er gehört. Sobald die Spurensicherung durch ist, werden wir mal nach der Fahrgestellnummer suchen, vielleicht kommen wir damit weiter, aber ich habe die Befürchtung, dass der Wagen gestohlen ist."

Altinger schluckte, das alles war ihm in der Stresssituation gar nicht aufgefallen. „Wie kommen Sie denn darauf?"

„Weil der oder die Täter sonst eine Art Visitenkarte hinterlassen hätten. Jeder Kriminelle weiß doch, dass wir über die Fahrgestellnummer an den Halter kommen." Brehm begann auf und ab zu gehen. Er wurde dabei von Charlie durch das Heckfenster aufmerksam beobachtet. „Wir gehen auch davon aus, dass der Mann im Auto bereits tot war, als ihm der Kopf abgetrennt wurde, denn sonst hätten wir im Wagen mehr Blut gefunden. Dem Aussehen nach scheint es ein Südländer zu sein. Zumindest was man trotz des säurezerfressenen Kopfes noch erkennen kann."

Altinger reichte, was er gesehen und jetzt gehört hatte. Mehr musste gar nicht sein. Er war sich sicher, dass ihn der Anblick verfolgen würde.

„Und wir haben festgestellt, dass man dem Toten auch die Hände verätzt hat. Vermutlich, um seine Identifizierung zu erschweren." Brehm seufzte. „Tja, das war's wohl fürs Erste. Alles Weitere wird sich dann durch die Spurensicherung und die Gerichtsmedizin ergeben. Ich schlage vor, Sie machen für heute Feierabend." Brehm war stehen geblieben und blickte Altinger an. Wenn Sie wollen, rufe ich Ihren Chef deswegen an."

Altinger winkte ab. „Nicht nötig, ich teile mir meine Zeit selber ein und könnte also jederzeit nach Hause fahren. Aber ich werde zum Forstamt fahren und ihn vorsorglich informieren, denn es kann ja sein, dass morgen schon die Presse bei ihm auftaucht." Er zog fröstelnd die Jacke enger um sich, obwohl es nicht kalt war. „Und außerdem kann ich heute keine Motorsägen oder Beile mehr sehen."

Brehm nickte verständnisvoll. „Ist denn noch wer hier im Wald unterwegs? Forstarbeiter, oder so?"

„Nein, das hier war nur ein rein informativer Besuch in diesem Waldstück, ich wollte mich einfach nur mal umsehen, und da ist mir die aufgebrochene Schranke aufgefallen. Aber wer weiß, wer hier noch so alles unterwegs war? Sie wissen ja, Jogger, Hundeleute, Mountainbiker, Geocacher und wer noch so alles ein Interesse am Wald hat." Altinger ging zur Tür seines Wagens. „Ein alter Spruch sagt, der Wald hat tausend Augen. Vielleicht finden sich ja noch Zeugen."

Brehm sah ihn nachdenklich an. Vielleicht gab es ja wirklich Leute, die etwas gesehen hatten. Den reinfahrenden Wagen zum Beispiel. Man musste es vielleicht mal mit einem Aufruf in der Presse versuchen. „Wie sieht es hier mit Jägern aus?"

Altinger winkte ab. „Nein, die sind gar nicht zu Hause. Ich habe die Jagdpächter vorhin bereits angerufen und sie gefragt, ob sie zufällig ihm Wald sind. Natürlich habe ich dabei nichts von der Leiche erzählt", entschuldigte er sich vorsorglich.

„Schon gut. Und?"

„Ich habe die beiden in Brandenburg auf der Jagd erwischt. Sie sind schon eine Woche da unten." Altinger zuckte bedauernd die Achseln. „Schade, ich hätte Ihnen gerne geholfen, Herr Brehm. Aber sagen Sie mal, muss man wirklich von einem Mord durch diese Salafisten ausgehen? Ich meine, man liest und sieht ja jetzt jeden Tag so was."

Brehm schüttelte bedächtig den Kopf. „Es ist noch viel zu früh, etwas zu mutmaßen, aber wenn Sie meine Meinung hören wollen, dann ist das hier etwas anderes. Aber was, weiß ich auch noch nicht."

Altinger nickte und öffnete die Wagentür. Einen Moment später fluchte er bereits. „Charlie, du verdammter Sauköter, komm sofort wieder her.“

Kapitel 15

„Sauber!“, fluchte Kriminalhauptkommissar Hans-Werner Brehm und knallte die Akte auf den Schreibtisch. „Da wird mal eben ein Verkehrsunfall zu einem Mord, und wir haben immer noch die geköpfte Leiche, von der wir nicht wissen, wer das überhaupt ist. Dazu kommt, dass wir viel zu wenig Personal und durch die Arbeitsbelastung einen hohen Krankenstand haben.“ Brehm stand auf und holte sich einen frischen Kaffee. „Mann, bin ich froh, dass ich bald in Pension gehe. Das hier ist nicht mehr meine Polizei.“

„Tja, wie sagte schon Winston Churchill? Nie haben so viele so wenigen so viel zu verdanken gehabt.“ Sein Kollege Guda hatte die Füße auf den Schreibtisch gelegt und blätterte in einer Akte. „Aber Spaß beiseite, Hans-Werner, wir haben doch nun wirklich alles getan, was wir konnten. Der Zahnbefund des Schädels aus dem Wald wird überprüft, wir haben die DNA weggeschickt, Interpol weiß Bescheid und unsere Spurensicherung versucht, an den Händen noch Reste der Fingerabdrücke zu finden. Wenn das alles nichts bringt, können wir immer noch an die Öffentlichkeit gehen.“

Brehm ließ sich auf den Besucherstuhl vor dem Schreibtisch sinken und nippte an seinem Kaffee. „Klar, am besten mit einem Foto von dem Horrorschädel auf der Titelseite der Landeszeitung. So in der Art von: Wer kennt diesen Mann?“

Brehm war sauer, dass sie nicht weiterkamen, aber sein Kollege hatte recht, alle Mitglieder der neu gegründeten Mordkommission waren bei der Arbeit und kämpften sich durch Spurensicherungsberichte, Vermisstenanzeigen und andere Vorgänge. Aber sowohl der Tote im Wald als auch der ermordete Dunkelhäutige gaben ihnen immer noch Rätsel auf.

Warum hatte man den Mord an dem jungen Mann als Unfall getarnt? Und wer hatte ihn vorher so grausam zugerichtet, wie es das Obduktionsergebnis beschrieben hatte?

Wie war der Mann nach Deutschland gekommen? Dass er nicht von hier war, davon gingen sie mittlerweile aus, weil es auch für ihn keine Vermisstenanzeige gab. Zudem war die Auswertung seiner Fingerabdrücke auf nationaler Ebene negativ verlaufen. Brehm stellte die Kaffeetasse vorsichtig auf dem Schreibtisch ab. Der Verdacht lag also nahe, dass dieser junge Mann illegal ins Land gekommen oder geschleust worden war. Aber ergab das einen Sinn? Nur eine einzelne Person? So gingen Schleuser normalerweise nicht vor. Die große Kohle wurde doch damit verdient, dass sie Flüchtlinge in großen Mengen ins Land schmuggelten. Nein, das passte irgendwie nicht zusammen. Es blieb also die Möglichkeit, dass sich der junge Mann alleine nach Deutschland durchgeschlagen hatte. Aber er war ja nicht unsichtbar, irgendjemand musste ihn doch schon mal gesehen haben. Irgendwem musste er aufgefallen sein, denn Lippe war nicht Los Angeles. Hier im Osten Nordrhein-Westfalens erregte ein schwarzes Gesicht immer noch Aufsehen.

„Ich werde morgen mal mit der Staatsanwaltschaft sprechen, ob wir ein Foto veröffentlichen können“, sagte Brehm mehr zu sich selbst.

Guda sog erschrocken die Luft durch die Zähne. „Ich dachte, das hättest du gerade selber ausgeschlossen, bei dem Anblick?“

„Quatsch, doch kein Gesicht von dem Mann aus dem Wald, sondern das von dem Schwarzafrikaner, wenn es denn wirklich ein Afrikaner ist. „Der Kollege Seibold vom Verkehrskommissariat hat sofort richtig reagiert, als ihm Doktor Hamann erläuterte, dass es sich um Mord handelte.“ Brehm legte einen Fuß auf den anderen Besucherstuhl und griff wieder nach seiner Tasse. „Er hat umgehend beim Erkennungsdienst in Münster angerufen und um Unterstützung durch einen Fotografen gebeten. Der hat dann in der Gerichtsmedizin ein Foto von dem Opfer gemacht.“

Guda blies erleichtert die Luft aus. „Ach so. Na ja, dann geht das ja."

„Warten wir erst einmal ab, ob die anderen Ermittlungen Ergebnisse bringen", wehrte Brehm ab.

Guda streckte sich und gähnte. „Hast du eine Vermutung, was es mit diesen Fällen auf sich haben könnte? Meinst du, es gibt da eine Verbindung? Zwei Leichen in so kurzer Zeit sind für Lippe ja doch eher selten, oder?"

Brehm zuckte mit den Schultern. Für Spekulationen war es noch viel zu früh. Er hatte in all den Jahren gelernt, sich nur auf Fakten zu verlassen. Nicht selten hatten sich Ermittler von Vermutungen und Vorurteilen in eine falsche Richtung leiten lassen. Meist mit dem Ergebnis, dass dadurch der Fall an die Beweislage angepasst wurde und nicht umgekehrt. Schlimmstenfalls wurden dann auch noch Unschuldige festgenommen. Und wenn man sich einmal verrannt hatte, dann war es schwer, sich aus dieser Situation wieder herauszumanövrieren.

„Nein", sagte Brehm zwischen zwei Schlucken Kaffee. „Ich habe keine Ahnung, womit wir es hier zu tun haben, aber wie immer bin ich optimistisch, dass wir es herausbekommen."

„Dein Wort in Gottes Ohr", hoffte Guda und fuhr sich mit der Hand durchs Gesicht.

Kapitel 16

Das Haus stand etwas abseits von der Straße und machte einen verwahrlosten Eindruck. Koslowski hatte seinen grünen Landrover durch die kleine lippische Ortschaft Waterloo gelenkt und wie immer beim Lesen des Ortsnamens geschmunzelt. Nach dem Ortsausgang war er der Straße noch etwa einhundertfünfzig Meter gefolgt und dann links eingebogen. Er folgte der Straße und nach einer Rechtskurve sah er bereits das Haus.

Es war älter und sein Besitzer hatte anscheinend an allen möglichen Stellen mit der Renovierung begonnen, sie aber nirgendwo zu Ende gebracht.

In der Einfahrt stand eine alte, verbeulte und verrostete Speismaschine. Dem Garagenanbau fehlte noch das Dach, und Koslowski sah diverse Baustützen, welche die provisorische Decke hielten. Und auch wenn die Baumaßnahmen noch andauerten, war die Garage bereits mit jeder Menge Gerümpel vollgestopft. Alte Fahrräder, jede Menge Balken und Bretter, die irgendwo ausgebaut worden und noch mit rostigen Nägeln gespickt waren. In dem alten Fenster, das für die Maueröffnung viel zu klein war, fehlte das Glas. Plastikfolie sollte dessen Funktion übernehmen, flatterte aber bereits zerrissen im Wind.

Koslowski parkte den Landrover quer vor der Einfahrt und stieg aus. Aus dem alten, mit zum Teil zerbrochenen Betonplatten ausgelegten Weg zum Haus hatte sein Besitzer teilweise Platten herausgenommen und neben dem Weg aufgestapelt. Der Sand darunter war zerwühlt, und Unkraut machte sich breit. Die billige, weiße Kunststoffhaustür war anscheinend aus einem Haus ausgebaut worden. Braune Klebereste deuten darauf hin, dass sie lange Zeit eingepackt irgendwo gestanden hatte. Man hatte sie mit Montageschaum eingebaut, der nun dreckig braun zwischen Zarge und Mauerwerk hervorquoll.

Über der Tür befand sich ein altes Vordach, dessen Drahtglasscheiben zersplittert waren. Koslowski trat an die Haustür und wunderte sich, dass es überhaupt eine Klingel und sogar einen Briefkasten gab. Er drückte auf den Klingelknopf und hörte hinter der Tür einen Gong. Während er wartete, trat er ein paar Schritte zurück und blickte an dem Haus hoch. Es hatte zwei Stockwerke und war früher sicher einmal sehr ansehnlich gewesen. Heute war es eine verkommene Bauruine.

Wenn er vom Haus auf den Besitzer schloss, dann war das vermutlich ein Typ, der vollkommen planlos durchs Leben lief. Einer, der alles anfing, aber nichts fertigbekam und trotzdem alles auf einmal machen wollte. Große Pläne auf lockerem Sand gebaut.

Koslowski schellte noch einmal, hatte aber kaum Hoffnung, damit jetzt mehr Erfolg zu haben. Er blickte sich um. Ein Fahrzeug sah er nirgendwo stehen. Vielleicht war jemand im Garten?

Er umrundete das Haus, musste sich dabei unter einem provisorischen Regenfallrohr durchquetschen, das in einer überlaufenden, blauen Wassertonne endete, und sich an Stapeln von Einwegpaletten vorbeischlängeln, die anscheinend als Brennholz gedacht waren. Ein Teil war bereits zersägt, und die danebenstehende Tischkreissäge rostete sicherlich nicht erst seit gestern vor sich hin. Er spähte um die Hausecke und fand die Fortsetzung des Chaos'.

Eine Terrasse aus alten Eisenbahnschwellen, auf die teilweise Riffelbretter genagelt worden waren. Selbstverständlich alles krumm, schief und halbfertig. Vorsichtig betrat Koslowski das handwerkliche Meisterwerk und tastete sich darauf bis zu einer hölzernen Terrassentür vor, an der mehr Farbe fehlte, als an ihr haftete.

Er legte beide Handkanten an die Scheibe, um besser hineinsehen zu können, und schreckte zurück, denn in diesem Moment schwang die Terrassentür auf. Koslowski drückte sie vorsichtig weiter auf und steckte den Kopf ins Zimmer. „Hallo, ist jemand zu Hause?“

Er sah an der Tür herunter und bemerkte frische Hebelspuren im Holz. Hier war doch jemand eingebrochen. Ob der Täter noch im Haus war?

***

Etwa zweihundert Meter weiter stand ein Mann in dem kleinen Wäldchen und lächelte sardonisch. Er hatte beobachtet, wie Koslowski vorgefahren war und geschellt hatte. Als er um das Haus gegangen war, hatte der Mann ebenfalls seinen Standpunkt gewechselt und war zu einem Wagen gegangen, der versteckt in dem Waldstück stand. Er ließ sich auf den Fahrersitz fallen und nahm eine Fernbedienung in die Hand. Ebenso wie Koslowski war auch er zuvor an dem Haus gewesen. Was er gesucht hatte, hatte er jedoch nicht gefunden, und der Mann, der jetzt hineinging, war nicht der Besitzer, den kannte er. Aber all das war vollkommen belanglos, denn in wenigen Minuten würde es kein Haus mehr geben – und dann war es egal, ob es darin noch belastende Beweismittel gab oder nicht. Und auch den neugierigen Besucher wäre er mit einem Schlag los.

Der Mann hob die Fernbedienung an und drückte auf einen Knopf.

***

„Hallo?“ Noch einmal vergewisserte sich Koslowski, dass sich niemand in der Wohnung aufhielt, dann trat er vorsichtig ein. Beim ersten Blick durch die Scheibe hatte er bereits den Eindruck gewonnen, dass sich das Chaos auch drinnen fortsetzte. Dieser Eindruck bestätigte sich jetzt, denn auch hier war alles angefangen und nichts zu Ende gebracht worden. Die teilweise verputzte Wand und die halb bemalte Decke legten eindeutig Zeugnis darüber ab. Aber es gab auch noch anderen Baustellen. Schubladen waren aus dem Schrank gerissen worden, ihr Inhalt großflächig auf dem Fußboden verteilt. Sofakissen aufgeschlitzt, Bilder von der Wand gerissen und auf der Platte des Wohnzimmertisches zertrümmert worden. Diese Unordnung hatte nichts mit Planlosigkeit zu tun, hier hatte jemand gezielt nach etwas gesucht. Koslowski war unmittelbar hinter der Tür stehen geblieben und ließ das Durcheinander auf sich wirken.

Sein Blick blieb an einem Computergehäuse hängen, welches mitten im Raum lag. Der Deckel fehlte und die elektronischen Innereien waren brachial zertrümmert worden. Vorsichtig ging er näher heran, dabei bemüht, nicht auf irgendwelche Gegenstände zu treten, und blickte in das Gehäuse. Es sah aus, als ob jemand, nachdem er das Gerät auf den Boden geworfen hatte, den Deckel entfernt und sich dann am Innenleben zu schaffen gemacht hatte. Die Schublade des CD-Laufwerkes war abgebrochen, eine Festplatte suchte Koslowski vergebens. Augenscheinlich hatte das Gerät vorher auf einem klapprigen alten PC-Tisch gestanden. Der Monitor lag daneben und ein paar Kabel ragten noch über den Tisch hinaus. Koslowski ging darauf zu und sah sie sich genauer an. Kabel für den Drucker, das Monitorkabel und eines mit einem USB-Stecker. Er zog daran und spürte einen Widerstand.

Als er den Tisch etwas von der Wand abrückte, konnte er das Kabel samt Anhängsel dahinter hervorziehen. Vermutlich hatte der Täter den PC vom Tisch gerissen, wobei sich die Kabel gelöst hatten. Dabei hatte die externe Festplatte das USB-Kabel, an dem sie hing, nach unten gezogen. Vorsichtig griff Koslowski nach der Festplatte und wiegte sie in der Hand. Und was sollte er damit machen? Die Polizei informieren und ihr die Platte übergeben? Doch dann würde er nie erfahren, welche Informationen sich darauf befanden. Er war sicher, dass der Einbrecher genau so etwas gesucht hatte. Und es war garantiert kein Zufall, dass in das Haus desjenigen Mannes eingebrochen worden war, dessen Name ihm Strunte als Informant in Bezug auf *Cont-Trans* genannt hatte. Anscheinend wollte jemand verhindern, dass Informationen durchsickerten. Aber welche?

Er ging weiter durch die Wohnung und ließ die externe Festplatte dabei in seine Jackentasche gleiten. Auch die angrenzenden Räume waren durchwühlt worden. Dem Täter hatte der Fund der Festplatte aus dem PC noch nicht gereicht. Anscheinend hatte er angenommen, dass es auch noch schriftliche Aufzeichnungen gab. Aber wie wollte man so einen Berg von Papieren durchsuchen, um das Richtige zu finden?

Denn der Besitzer dieser Wohnung hatte anscheinend auch jedes Blatt Papier, das er seit seiner Geburt erhalten hatte, gesammelt. Wenn man nicht genau wusste, wie das, was man suchte, aussah, dann war es ein unmögliches Unterfangen, das richtige Schriftstück zu finden.

Koslowski gab die Hoffnung von vornherein auf, da er nicht einmal wusste, wonach er suchen sollte. Er drang weiter in das Haus ein, dabei sehr angespannt, da er kein gutes Gefühl hatte. Erstens hielt er sich hier unberechtigt auf – und Hausfriedensbruch war dabei die kleinste Straftat, die man ihm anlasten könnte. Zweitens wurde er das Gefühl nicht los, dass er wieder einmal mitten in ein Wespennest gestochen hatte. Die durchwühlte und zerstörte Wohnung sprach eine deutliche Sprache.

Am Treppenabsatz blieb er stehen. Hatte er von oben nicht gerade ein scharrendes Geräusch gehört? War doch noch jemand im Haus? Koslowski blickte sich um und bemerkte einen alten Spazierstock aus massivem, schwerem Holz, der in einer Milchkanne stand. Vorsichtig zog er ihn heraus. Besser der als gar keine Waffe.

Behutsam stieg er die Stufen hinauf. Auf jeder zweiten Stufe blieb er kurz stehen und lauschte erneut. Oben blieb es still. Sollte er sich doch getäuscht haben? Hatten ihm seine überreizten Nerven einen Streich gespielt?

Wieder zwei Stufen. Eine davon knarrte und sofort hielt er inne. Keine Reaktion.

Als er die letzten Stufen hinter sich hatte, stand er vor der Wahl, ob er nach rechts oder links gehen sollte. Auf beiden Seiten waren je zwei Türen zu sehen. Koslowski zögerte nur kurz, dann wandte er sich nach rechts. Und da war es wieder!

Ein leises Scharren, so als ob jemand in Sand herumkratzen würde. Und es kam eindeutig aus der ersten Tür. Koslowski hob den Spazierstock mit beiden Händen über den Kopf und stieß mit dem Fuß die Tür auf. Im selben Moment hörte er ein entsetzliches Kreischen, und eine fette, rote Katze sprang aus einem Katzenklo. Koslowski war zusammengefahren und ließ dann erleichtert, aber noch ein wenig zittrig den Spazierstock sinken. Blödes Vieh!

Auch die Katze hatte sich von ihrem Schreck erholt und kam auf ihn zu. Sie strich ihm um die Beine, vermutlich froh darüber, wieder mal einen Menschen zu sehen. Denn nach dem Zustand der Katzentoilette zu urteilen, war die letzte Begegnung schon länger her.

Koslowski blickte sich kurz in dem Badezimmer um, in dem das Katzenklo stand, und ging zurück in den Flur. Hinter der nächsten Tür befand sich ein Schlafzimmer. Zumindest ließ das ungemachte und schmuddelig aussehende Bett darauf schließen. Überall lagen Kleidungsstücke verteilt, die Schranktüren standen offen, die Schubladen einer Kommode waren herausgezogen und ausgeschüttet worden.

Er schloss die Tür und bemerkte dahinter einen vollgepackten Koffer. Dieser ordentlich geschlossene Koffer wirkte irgendwie störend in diesem chaotischen Bild. Sein Besitzer hatte anscheinend vor zu verreisen, und derjenige, der das Haus durchsucht hatte, schien den Koffer übersehen zu haben. Koslowski bückte sich und drehte mit der Hand das Namensschild am Koffergriff um. In diesem Moment kam die Katze ins Zimmer. Sie schnurrte und warf sich neben dem Koffer auf den Boden. Dort rollte sie sich auf den Rücken und sah Koslowski zu, wie der versuchte, den krakelig geschriebenen Namen zu entziffern. *B. Rummesrieder*, las er.

Das hier war also der Koffer seines Informanten, aber wo war er? Langsam ging er in das Badezimmer zurück. Warum hatte der Mann gepackt, überlegte Koslowski. Und wo war dieser Rummesrieder? In dem Moment, da ihm diese Gedanken durch den Kopf gingen, explodierte das Haus.

Kapitel 17

„Was für eine Sauerei“, schimpfte Brehm und versuchte, in keine der Pfützen zu treten, die das Löschwasser der Feuerwehr verursacht hatten. Junge, Junge, hier hatte das Feuer aber reinen Tisch gemacht.

Brehm und sein Kollege Guda hatten Bereitschaftsdienst gehabt und waren von den Kollegen aus Lemgo zum Brandort gerufen worden. „Hausbrand in Waterloo!“ hieß es über Funk, und missmutig hatte Brehm sein halbes Hähnchen in den Mülleimer geknallt, der neben dem Imbisswagen stand. Er hätte nicht mehr sagen können, wie viele Essensportionen er im Laufe seiner Dienstzeit bereits auf diese Art hatte entsorgen müssen. Aufheben und später essen kam für ihn nicht in Frage. Denn wenn er beim Essen gestört wurde, dann verging ihm der Appetit so gründlich, dass er für den Rest des Tages nichts mehr brauchte. Vor allem aber keine kalten Reste. Aber so war er nun mal, wenn die Kollegen ihn anforderten, dann ließ er alles stehen und liegen und beeilte sich.

Jörg Guda stocherte mit einer Eisenstange in einem Haufen verbrannter Kleidung herum. Man konnte den Kollegen von der Feuerwehr nur ein Kompliment aussprechen, denn kaum, dass ein aufmerksamer Autofahrer das Feuer bemerkt und sie alarmiert hatte, waren sie bereits auf dem Weg und kurze Zeit später vor Ort.

Brehm blickte auf die Reste der Treppe, die nach oben geführt hatte. Er sah sich um und wandte sich dann dem Einsatzleiter der Wehr zu, der soeben hereinkam. Der Mann nahm seinen Helm ab und wischte sich den Schweiß von der Stirn. „Hugo, wart ihr schon oben?“

Brandmeister Hugo Wegener nickte. „Alles leer. Oben war keiner. Aber eine Katze haben wir vom Dachboden geholt, das Fell von dem armen Vieh war schon angesengt.“ Er setzte den Helm wieder auf. „Einer meiner Männer kümmert sich um sie. Seine Frau ist bei einer Tierärztin angestellt.“

Brehm rümpfte die Nase. Die Luft hier hatte einen deutlichen Benzingeruch. „Super oder Normal?“, fragte er Wegener.

Guda sah die beiden erstaunt an. Er war erst seit zwei Monaten in Lippe, zuvor hat er in Duisburg Dienst gemacht. Hier in Ostwestfalen war es bedeutend ruhiger, auch wenn sie nun in einer Brandruine standen. Mit Grausen dachte er an so manchen Nachtdienst im Duisburger Stadtteil Marxloh zurück.

„Keine Ahnung“, antwortete Wegener. „Aber deine Nase hat dich nicht getäuscht. Wir hatten auch sofort das Gefühl, dass hier jemand mit Brandbeschleuniger nachgeholfen hat.“

Guda schnupperte und nahm jetzt auch Benzingeruch wahr. Also Brandstiftung! Aber wer zündete so einen alten Kabachel an? Warmer Abriss? Nein, außerdem war hier noch jemand gemeldet. Ein gewisser Bernd Rummesrieder. Baujahr 1960. Geschieden.

Brehm drehte sich zu Guda um. „Hast du schon mit den Kollegen vom Streifendienst gesprochen?“

Guda nickte. „Detlef und Silke. Sie schreiben einen Bericht. Aber sie haben mir schon gesagt, dass sie nichts Auffälliges bemerkt haben. Als sie ankamen, brannte die Hütte schon so hell wie ein Osterfeuer. Sie haben auch schon mit einem Nachbarn gesprochen, der etwas weiter weg wohnt, aber der hat auch nichts gesehen.“

„Den kenn ich“, wandte Feuerwehrmann Wegener ein. „Das ist ein alter Postbeamter, der sich das Haus nebenan als Alterssitz gekauft hat. Nach all den Jahren auf Lemgos Straßen wollte er seine Ruhe haben, aber die haben wir ihm heute gründlich versaut.“ Wegener grinste.

Brehm kratzte sich nachdenklich am Kinn. „Kennt er den Besitzer dieses Hauses hier und weiß er, wo er sein könnte?“

„Er sagte mir vorhin, das sei ein komischer Vogel. LKW-Fahrer, immer auf Achse und ein Eigenbrötler. Lässt nie jemanden ins Haus, und spricht kaum." Wegener scharrte mit dem Fuß einen Aschehaufen auseinander. „Manchmal ist der wohl tagelang weg. Und wenn er da ist, brennt bis spät in die Nacht hinein das Licht. Er hat ihn aber jetzt schon längere Zeit nicht mehr gesehen."

„Hat er Familie?" Brehm hatte die Hände tief in die Hosentaschen gesteckt und die Schultern vorgeschoben.

Es war an Guda zu antworten. „Gemeldet ist er hier alleine. Und das solange er hier wohnt. War wohl mal verheiratet, aber das ist schon länger her. Die Frau ist anscheinend weggezogen."

„Wo steckt der bloß?" Brehm wandte sich an Guda. „Versuch mal rauszufinden, ob der Nachbar weiß, wo der genau arbeitet. Vielleicht ist er ja auf Achse." Brehm schnaufte verächtlich. „Na, der wird sich freuen, wenn er wieder nach Hause kommt."

Guda stiefelte los und auch Wegner machte Anstalten zu gehen.

„Was meinst du, Hugo? Warum hat man diese Hütte hier angezündet?" Brehm ließ den Blick über die verbrannten Reste schweifen.

Wegener zuckte ahnungslos mit den Schultern. „Was weiß ich? Die Welt ist doch heute voller Bekloppter. Warum halten Leute ohne Grund einen Rettungswagen an und verprügeln meine Kollegen?" Er knöpfte seine schwere Jacke auf und suchte nach Zigaretten. „Uns ist heute jegliche Form von Werten verloren gegangen. Es gibt keinen Respekt mehr vor dem Eigentum anderer, keinen Respekt mehr vor der Umwelt, keinen Respekt mehr vor dem Alter und auch nicht vor Rettungskräften." Wegener zündete sich eine Zigarette an und stieß erbost den Rauch aus. „Diese Chaoten haben ja nicht mal mehr vor euch Respekt."

Brehm nickte bestätigend. „Ich reiße auch nur noch meine letzten Jahre ab, und dann kann mich die ganze Gesellschaft mal am Hobel blasen. Dann bin ich weg. Ab nach Spanien."

„Willste auswandern?“ Wegener blickte den Polizeibeamten interessiert an.

„Nee, aber ich habe dann das Geld für ein schönes, großes Wohnmobil zusammen und dann machen Jutta und ich uns aus dem Staub. Monatelang.“

„Du hast es gut, ich muss noch ein paar Jährchen länger“, maulte Wegener.

„Tja, hättest eben reich heiraten sollen“, gab Brehm zu bedenken. „Und schmeiß deine Kippe gleich nicht hierhin, der Brandort ist nämlich beschlagnahmt.“

Kapitel 18

Koslowski hatte in dem Moment, als die Explosion im Erdgeschoss erfolgte, den einzig richtigen und rettenden Gedanken. Geistesgegenwärtig hatte er sich in die alte, gusseiserne Badewanne geworfen. Er spürte die Hitzewelle, die durchs Haus rollte, und merkte, dass der Holzboden des Badezimmers durch die Explosion schwer erschüttert wurde. Hoffentlich würde er mit der Wanne nicht durch die Decke brechen, bangte er. Doch der Fußboden hielt, und als der Knall der Explosion verklang, hörte er ein klägliches Miauen. Als er über den Wannenrand blickte, sah er, wie die Katze mit angesengtem Fell auf das Fensterbett sprang und nach draußen verschwand. Koslowski stemmte sich in der Wanne hoch. Putzreste der Decke und Glassplitter rutschten von seinem Rücken.

Als er sich umdrehte, erschrak er. Vor der Tür des Badezimmers loderten Flammen. Kein Wunder, dass die Katze das Weite gesucht hatte. Er stieg aus der Wanne und machte einen Schritt in Richtung Tür. Er erkannte jedoch sofort, dass dieser Weg komplett versperrt war. Auf dem Absatz kehrtmachend erreichte er das Fenster. Die Scheibe war rausgeflogen und der Rahmen hing nur noch in einem Scharnier. Koslowski blickte nach draußen und sah, dass sich das Fenster über der Garage befand.

Die näher kommenden Flammen im Rücken schwang er sich auf die Fensterbank und hoffte, dass das provisorische Dach der Garage hielt, wenn darauf sprang. Immerhin betrug der Höhenunterschied rund zwei Meter. Doch das Feuer in seinem Rücken ließ ihm keine andere Wahl. Er schloss die Augen und ließ sich fallen.

Dann geschah genau das, was er befürchtet hatte. Er durchschlug die morschen Bretter und landete in der Garage auf einem Stapel Zementsäcke. Die waren im Laufe der Zeit steinhart geworden, aber ihre abgerundete Form sorgte dafür, dass er daran herunterrutschte und der Sturz glimpflich verlief.

Unten angekommen rappelte er sich auf und machte, dass er aus der Garage kam. Das Haus stand bereits lichterloh in Flammen. Koslowski rannte auf die Straße und blieb atemlos stehen. Irgendwem hatte die Durchsuchung des Hauses nicht ausgereicht. Derjenige wollte sichergehen, dass auch von ihm übersehene Beweise restlos vernichtet wurden. Dieser Plan schien soeben in Erfüllung zu gehen.

Er musste weiter zurücktreten, da die Hitze immer stärker wurde. Verdammt, da hatte jemand ohne Rücksicht auf Verluste dieses Feuer gelegt und ihn dabei fast umgebracht. Koslowski roch starken Benzingeruch. Vermutlich hatte man Kanister im Haus platziert und dann per Zeitschaltuhr gezündet. Ein Gedanke jedoch ließ ihn nicht los. Hatten der oder die Täter gesehen, dass er ins Haus gegangenen war? Dann war es durchaus möglich, dass man die Brandsätze ferngezündet hatte. Aufmerksam blickte er sich um. War es so, dann hatte die Sache jetzt einen ganz anderen Charakter bekommen. Wenn der oder die Täter seinen Tod beabsichtigt oder in Kauf genommen hatten, dann war es keine Ermittlung mehr, sondern eine persönliche Angelegenheit.

Auf der Straße unter dem Haus sah er, dass ein Auto anhielt, der Fahrer ausstieg und ein Handy ans Ohr hob. Der rief garantiert die Feuerwehr, vermutete Koslowski und war froh darüber, dass er es nicht selbst tun musste. Immerhin hatte er sich hier unberechtigt aufgehalten.

Und nicht nur das, er fühlte soeben auch das Gewicht der Festplatte in seiner Jackentasche. Es wurde Zeit, dass er hier wegkam. Raschen Schrittes ging er zu seinem Wagen und schwang sich hinein.

Dabei wandte er dem nahe liegenden Waldstück den Rücken zu. Deshalb bemerkte er den Wagen nicht, der sich soeben langsam daraus hervorschob. Sein Fahrer hielt ein Fernglas in der Hand und betrachtete aufmerksam Koslowskis Landrover.

Als er das Fernglas auf den Beifahrersitz warf und das Kennzeichen notierte, fluchte er vor sich hin. Dieser Typ hätte das Haus nie verlassen dürfen. Ein schwerer Fehler, den er seinem Boss nun schweren Herzens würde beichten müssen. Er wusste, dass das Ärger bedeutete, denn sein Chef war jähzornig und unberechenbar.

Kapitel 19

Wie viele Tage befand er sich nun schon in diesem stählernen Gefängnis? Er lag wie meist zusammengerollt auf der Matratze und hielt sich den Bauch. Vorgestern war der Container vom LKW auf ein Schiff umgeladen worden. Er hatte die Geräusche des Hafens gehört. Das Tuten der Schiffssirenen, das Quietschen der stählernen Räder auf den Schienen, auf denen die Kräne liefen, Motorengeräusche und ab und zu menschliche Stimmen. Manchmal sehr nah an seinem Versteck, manchmal weiter weg.

Die Luft war immer stickiger und schwüler geworden. Nachts wurde es im Container empfindlich kalt, und die kratzige Decke, die er auf der Matratze gefunden hatte, war voller Löcher und viel zu kurz, um seinen Körper zu bedecken. Der Toiletteneimer war bereits halbvoll, und er traute sich nicht ihn auszuschütten. Er hatte ein kleines Loch im Boden ertastet, als ihm ein Flaschenverschluss aus der Hand gefallen war, aber er wusste nicht, ob ihn die durchsickernde Flüssigkeit vielleicht verraten würde.

Nein, das würde er erst machen, wenn er das Gefühl hatte, dass sie auf See waren. Mittlerweile hatten sie zwar abgelegt, aber noch ließen die Bewegungen des Schiffes nicht darauf schließen, dass sie sich bereits auf dem offenen Meer befanden.

Wieder übermannte ihn eine Welle bohrenden Schmerzes in seinen Eingeweiden. Er hatte sich geschworen, nicht zu viele von den Datteln zu essen, doch am zweiten Tag hatte ihm der Hunger so zugesetzt, dass er die erste Packung aufgerissen und sich den Inhalt mit beiden Händen in den Mund gestopft hatte. Danach hatte er eine ganze Flasche Wasser hinterher geschüttet. Ob davon die Magenkrämpfe kamen? Er schwor sich erneut, vorsichtiger zu sein. Ächzend drehte er sich auf die andere Seite und drückte seine Stirn an die stählerne Wand. Die

Anspannung forderte ihren Tribut, und er sank dankbar in einen Dämmerschlaf.

Als er einige Zeit später erwachte, wusste er nicht, wie lange er geschlafen hatte. Er hatte schon längst jegliches Zeitgefühl verloren. War es Tag oder Nacht? Seit der Container auf dem Schiff stand, war es immer dunkel. Das lag sicher daran, dass er zwischen anderen Containern stand und seit dem Verladen kein Licht mehr durch die kleinen Öffnungen fallen konnte.

Aber egal, ob Tages- oder Nachtzeit herrschte. Zeit hatte für ihn ohnehin jeden Wert verloren. Er hatte sich auf ein Geschäft eingelassen, von dem er mittlerweile glaubte, dass er letztendlich dafür mit seinem Leben bezahlen würde. Er erinnerte sich noch an das verlockende Angebot und verfluchte sich, dass er es angenommen hatte.

Wieder sank er in eine Art Dämmerzustand und fand sich plötzlich in dieser Bar in Accra wieder. Er sah sich vor der Theke sitzen und diesen dunkelhaarigen, weißen Hünen hereinkommen. Wie ein Turm hatte er mitten in der Bar gestanden und sich provokant umgesehen. Dann war er zur Theke gekommen und hatte den Wirt herangewunken.

„Eine Runde Drinks für alle!“, hatte er lautstark gerufen und einige nagelneue Dollarscheine auf den Tresen geworfen. Gierig hatte Mustafa, der Besitzer dieser Kaschemme, danach gegriffen und erst dann die Flasche entkorkt und Gläser auf den Tresen gestellt.

Als die braune Flüssigkeit hineinschwappte, waren auch die anderen neugierig nähergekommen. Der Fremde hatte nach einem der Gläser gegriffen und es hochgehalten. „Cheers!“ Dann hatte er einladend auf die anderen gezeigt und den Inhalt seines Glases in einem Zug hinuntergestürzt.

Zufrieden sah er zu, wie alle ihren Schnaps tranken. „Na Jungs, noch einen?“ Wieder flogen Dollarscheine auf die Theke, und wieder schnappte der Wirt danach wie die Schlange nach der Maus. Wieder wurde getrunken. Der

Fremde schaute einen nach dem anderen an, und seine dunklen Augen schienen jeden von ihnen durchbohren zu wollen.

Dabei hatte er ein Lächeln auf seinen Lippen, das keinerlei Spur von Freundlichkeit zeigte. Langsam war er zu einem Tisch gegangen und hatte sich dahinter niedergelassen. Seine breiten Schultern schienen seinen Anzug sprengen zu wollen. Der helle Stoff bildete einen deutlichen Kontrast zu seinem dunklen Teint.

„Kommt her, Jungs!“, forderte er die Anwesenden auf. Alle waren ausnahmslos junge Männer. Unverheiratet, arbeitslos, perspektivlos. Jeder von ihnen hätte nur zu gerne gearbeitet und seine Familie unterstützt, doch es gab keine Arbeit.

Ab und zu kam ein Arbeitsvermittler in diese Bar und rekrutierte ein oder zwei von ihnen für kleine Jobs, aber meistens lungerten sie hier nur rum und hörten Musik, die aus einem alten Radio dudelte.

„Und du, bring die Flasche!“ Der Mann winkte dem Wirt mit einem dicken Bündel Dollar. Er schien überhaupt nicht zu bemerken, wie die grünen Scheine von allen angestarrt wurden. Dann fiel es ihm plötzlich auf und er grinste. „Na, hat einer von euch Bock, sich ein paar von diesen Lappen zu verdienen?“

Das Schiff schaukelte jetzt etwas stärker. Er wälzte sich zurück auf die andere Seite und zog die Decke enger um seinen Leib.

Zuerst hatte der Mann ausgerechnet ihn angesehen und er bekam ein Gefühl, als ob er gerade ertappt worden sei. Ertappt bei dem Gedanken, ihm das Bündel zu entreißen und zu flüchten. Doch diesen Plan gab er sofort wieder auf. Alle anderen würden sich sofort wie die Schakale auf ihn stürzen und ihn möglicherweise dabei sogar umbringen. Sie waren hier alle immer zusammen und mittlerweile ein eingeschworener Haufen, aber bei Weitem nicht alle waren auch seine Freunde. Dann schon lieber hören, was der Fremde zu bieten hatte.

„Na, du guckst so interessiert, wie heißt du?“ Der bullige Kerl sah ihn an und ließ die Scheine wieder in die Innentasche seines Jacketts verschwinden.

„Kwame“, entgegnete er. Sein Vater hatte ihm bei seiner Geburt den Namen des ersten Präsidenten und Gründers der CPP-Partei, der *Convention People's Party*, gegeben. „Kwame Maduro“, vervollständigte er seine Antwort.

„Hättest du Lust, dir 50 Dollar zu verdienen?“ Der Mann nahm dem sprachlosen Wirt die Flasche aus der Hand und schenkte Kwames Glas erneut voll.

„Wer würde das nicht gern?“, antwortete er wahrheitsgetreu und sah dabei in die Augen seiner Freunde, die ihm nicht gönnten, dass ausgerechnet er gefragt worden war. „Was soll ich dafür machen? Einen umlegen?“ Er lachte albern und der Mann sah zwei Reihen blendend weißer Zähne in dem dunklen Gesicht.

„Keine schlechte Idee, aber so wild ist es nicht.“ Er schüttete sich selber ein und reichte dann die Flasche weiter. Doch bevor der Nächste sich bedienen konnte, wollte der Wirt sie wieder an sich bringen. „Lass nur!“, forderte der Fremde ihn auf und warf einen weiteren Schein auf den Tisch. Schein und Flasche tauschten augenblicklich den Besitzer.

„Es geht darum, dass ich etwas von euch haben möchte!“ Der Fremde lehnte sich zurück und verschränkte die Arme vor der Brust. „Doch dafür müsst ihr bestimmte Voraussetzungen erfüllen, und die sind nicht einfach.“ Er grinste. „Um herauszufinden, ob einer von euch mir das geben kann, was ich will, müsstet ihr euch einem Test unterziehen.“

Die Anwesenden sahen sich verwundert an. Noch größer wurde ihr Erstaunen, als sie hörten, dass jeder, der an diesem Test teilnahm, dafür fünfzig Dollar bekommen würde. „Und was ist, wenn wir nicht geeignet sind?“, fragte ein junger Mann mit etlichen Narben im Gesicht.

„Dann seid ihr um fünfzig Dollar reicher, und ich habe eben Pech gehabt." Der Mann griff nach seinem Glas und ließ den Inhalt langsam darin kreisen. Alle sahen ihn gespannt an. „Und wenn einer von euch bei diesem Test gut abschneidet, dann biete ich ihm 10.000 Dollar für einen kleinen Job."

In diesem Moment hätte man die berühmte Stecknadel fallen hören können. 10.000 Dollar! Die Erwähnung dieser Summe klang in ihren Köpfen nach wie ein riesiger Gong. 10.000 Dollar!

Soeben setzten erste stampfende Schiffsbewegungen ein. Anscheinend hatten sie die offene See erreicht. Er wälzte sich zurück auf die andere Seite der Matratze. Hätte er damals gewusst, was ihm bevorstand, hätte er sein Glas ausgetrunken und auf die fünfzig Dollar verzichtet.

Er würgte nur ganz kurz, dann übergab er sich.

Kapitel 20

„Ich hoffe, Sie sind nicht zu böse auf mich?“ Michael Dragic kam im Rollstuhl auf Koslowski zugerollt. Ein breitschultriger Hüne hielt sich in seiner Nähe auf und ließ ihn nicht aus den Augen. Zuvor hatte er Koslowski intensiv gemustert und als ungefährlich für seinen Chef eingestuft.

Dragic hatte sich heute Vormittag noch einmal gemeldet und ihn auf den Containerhof der Firma *Cont-Trans* bestellt. Dieser lag verdeckt durch das Bürogebäude und die daran angrenzenden LKW-Hallen hinter ihnen. Daher war Koslowski der riesige Containerlagerplatz bei seinem ersten Besuch auch überhaupt nicht aufgefallen.

Dragic hatte ihn zum verabredeten Zeitpunkt von einem jungen Mann am Tor abholen lassen. Der war zu Koslowski in den Landrover gestiegen und hatte ihn zwischen der großen Wartungs- und Reparaturhalle für die Lastzüge und einem zwei Meter hohen Drahtzaun mit Stacheldraht obendrauf auf das Containergelände dirigiert. Dort hatte Dragic sie bereits erwartet.

„Ich muss mich noch mal für meinen verpassten Termin entschuldigen“, bedauerte er und streckte Koslowski eine manikürte Hand hin, an deren Fingern drei goldene Ringe glitzerten. Er drehte den Rollstuhl etwas und blickte Koslowski von unten her an. „Diesmal war es der Stau, aber oft sind es auch geschäftliche Probleme, die ich lösen muss.“

„Oh ja, ich kann mir vorstellen, dass sie als Chef häufig gefragt sind. Gibt es oft Schwierigkeiten mit den LKW?“ Er deutete auf einen großen Lastwagen, der soeben unter eine Containerbrücke fuhr.

„Nein“, winkte Dragic ab, „die laufen meist wie geschmiert, oft sind es die Fahrer, die mir Sorgen bereiten.“ Er deutete zu den abgestellten Containern hinüber. „Ich wäre Ihnen dankbar, wenn Sie mich begleiten, ich muss mir einen Containerinhalt ansehen. Es hat Bruch gegeben, und jetzt will die Versicherung nicht bezahlen." Koslowski folgte dem Rollstuhlfahrer, der nun von seinem Bodyguard geschoben wurde.

„Ich freue mich übrigens, dass Frau Craven Sie überreden konnte, uns bei der Suche nach meinem Vater zu helfen. Sie haben ja schon mit meiner Stiefmutter gesprochen."

Koslowski nickte. „Warum wenden Sie sich nicht an die Polizei, wenn ich fragen darf?"

Ohne aufzusehen antwortete Dragic. „Meinem Vater würde es nicht gefallen. Er ist sehr schlecht auf die Polizei zu sprechen."

„Wegen der vielen Knöllchen für die LKW?", schmunzelte Koslowski.

Dragic blickte ihn ernst an. „Nein, das hat damit zu tun, dass er aus Serbien stammt und damals dort unliebsame Bekanntschaft mit korrupten Polizisten gemacht hat. Er hat einmal angedeutet, dass ihn das fast das Leben gekostet habe. Seitdem hasst er alle Polizisten."

„Na ja, ich denke, unsere Polizei kann man schlecht mit der in Serbien vergleichen, oder?"

„Das sagen Sie ihm mal. Ich habe keine Vorurteile, aber der Wunsch meines Vaters ist mir heilig, auch wenn er ihn aktuell nicht äußern kann."

„Wann haben Sie ihn das letzte Mal gesehen?"

„Einen Tag bevor er verschwand." Dragic deutete nach links. „Da hinüber!"

„Gab es vorher irgendetwas Auffälliges in seinem Verhalten? Hat er irgendwas gesagt? War er deprimiert?"

„Nein, nichts dergleichen, und das ist ja das Seltsame daran. Es gibt keinen Hinweis, warum er verschwunden ist. Er ist morgens aufgestanden, hat das Haus verlassen – und seitdem wurde er nicht mehr gesehen." Dragic ließ sich weiter auf einen blauen Container zuschieben, an dessen Türen zwei Arbeiter warteten.

„Halten Sie es für möglich, dass er entführt worden ist? Ich meine, bei so einer Firma wie Ihrer, da könnte ein Entführer doch viel Geld vermuten."

Dragic schüttelte den Kopf. „Es hat keinerlei Forderungen gegeben, wenn Sie das meinen."

Koslowski schob die Hände die Hosentaschen. „Rache vielleicht? Alte Feinde?"

Wieder schüttelte Dragic den Kopf. „Nein, nicht, dass ich wüsste. Mein Vater lebte sehr zurückgezogen und hatte keinen Kontakt mehr in seine alte Heimat." Sie hatten den Container fast erreicht. „Und geschäftlich gab es auch keine Probleme. Die Transportbranche ist zwar ein hartes Geschäft, aber es geht zivilisiert zu. Aufmachen!", befahl er, als sie vor dem Container ankamen.

Die beiden Männer schienen große Angst vor ihrem Boss zu haben, denn sie waren überaus eifrig und überschlugen sich geradezu vor Demut.

Als die Türen des Containers aufschwangen, fielen ihnen ein paar Kisten entgegen. Anscheinend war der Innenraum des Containers nass geworden und hatte die Kartons aufgeweicht. Der Inhalt, der aus chinesischen Dekorationsartikeln bestand, ergoss sich vor ihre Füße. Grüne Porzellandrachen, bunte Schirme, Lampions und anderes Zeug, was vermutlich für die Ausstattung von China-Restaurants gedacht war. Relativ wertloser Plunder, doch jetzt vermutlich gänzlich unbrauchbar geworden.

Koslowski kam zu der Überzeugung, dass hier nicht nur Bestandsaufnahme gemacht, sondern auch ein Strafgericht abgehalten wurde. Die beiden Männer, welche den Container geöffnet hatten, schienen auch für den Zustand der Ladung verantwortlich zu sein. Ihre Blicke waren zu Boden gerichtet. Sie trauten sich nicht, ihrem Chef in die Augen zu sehen.

Dragic blickte von einem zum anderen. „Wie ist das passiert?"

Er hörte sich die teilweise gestotterten Ausreden an, dann sagte er in paar Sätze in einer Sprache, von der Koslowski vermutete, dass es Serbisch war. Er verstand zwar kein Wort, sah aber, dass sich die Männer bei den Worten wie unter Peitschenhieben duckten. Und er hätte schwören können, dass die Sätze etliche Schimpfworte und Beleidigungen beinhalteten. Der Kleiderschrank sagte kein Wort, sondern musterte die Männer nur mit einem Blick, als ob er sie gleich auffressen wollte. Koslowski war sich nicht sicher, was für die Männer schlimmer war, die Gardinenpredigt ihres Chefs oder der Blick des Hünen.

Nach ein paar Minuten hatte sich Dragic anscheinend ausgetobt. Plötzlich und ohne Erklärung wendete er den Rollstuhl und fuhr in Richtung Bürogebäude. „Sie müssen schon entschuldigen, aber wenn man solche Kretins für sich arbeiten lässt, dann platzt einem manchmal der Kragen. Die Jungs denken nicht, das ist ihr eigentliches Problem. Das wiederum kostet meine Zeit und vor allem mein Geld."

Koslowski nickte, sagte aber nichts. Solche Wutausbrüche kannte er von früher. Als Kind hatte er mal eine ordentliche Tracht Prügel von einem einbeinigen Hausmeister erhalten, weil er übermütig gegen einen Papierkorb getreten hatte. Als er das damals seinem Vater erzählte, hatte dieser den Hausmeister am nächsten Tag zur Rede gestellt. Und das mitten auf dem Schulhof vor den Lehrern und den Schülern. Er hatte ihm mit einer Strafanzeige gedroht und zusätzlich mit einer saftigen Dienstaufsichtsbeschwerde. Dann hatte er verlangt, dass der Mann sich vor allen Leuten beim seinem Sohn entschuldigte.

Das hatte gefruchtet, denn seitdem hatte der Hausmeister einen großen Bogen um ihn gemacht. Seinen Jähzorn und seine Wut ließ er von da ab an anderen Kindern aus. Sein Vater hatte ihm erklärt, dass so etwas oft eine Reaktion auf ein unzufriedenes Leben sei. Zusätzlich hatte er ihm einen Rat mit auf den Weg gegeben: Hüte dich vor den von Gott

Gezeichneten! An genau diesen Spruch musste Koslowski in diesem Moment denken.

Dragic hielt an und blickte zu Koslowski hoch. „Wo wollen Sie bei der Suche nach meinem Vater ansetzen?“ Er legte die Hände in den Schoß, doch er konnte nicht verheimlichen, dass sie immer noch vor Wut zitterten. „Wenn Sie Hilfe brauchen, sagen Sie es bitte, Zoltan“, er deutete auf den Hünen im Hintergrund, „er wird Ihnen bei allen Problemen helfen und Ihnen alle Schwierigkeiten aus dem Weg räumen. Außerdem spielt Geld keine Rolle.“

Koslowski war sich sicher, dass Zoltan ein Typ war, der nicht nur Schwierigkeiten aus dem Weg räumte. In dieser Firma herrschte ein Klima der Angst, und daran war dieser Muskelberg sicherlich nicht ganz unschuldig.

„Ich glaube, ich komme alleine klar, aber danke für Ihr Angebot. Wenn Sie einverstanden sind, dann würde ich mich gerne zunächst im Privathaus Ihres Vaters umsehen.“

Dragic zuckte mit den Schultern. „Meinetwegen, aber ich denke, Sie werden dort nichts finden. Ich werde aber meiner Stiefmutter Bescheid sagen lassen, dass Sie kommen und von mir freie Hand haben.“ Er nickte Zoltan zu, der sofort ein paar Schritte zur Seite trat und sein Handy zückte.

„Sie werden nur mir berichten, keinem anderen, auch nicht meiner Stiefmutter. Sie ist nicht Teil unserer Familie.“ Dragics letzte Worte klangen abfällig.

„Es hat den Anschein, als ob Sie sie nicht sonderlich mögen.“ Koslowski blickte Dragic direkt in die Augen und bemerkte ein kurzes Aufblitzen.

„Ich finde, sie ist viel zu jung für meinen Vater und meiner Mutter kann diese Schla...“ Er biss sich auf die Zunge. „Sie hätte meiner Mutter nie das Wasser reichen können.“

Eifersucht, dass der Alte sich so eine Frau geangelt hatte? Frust darüber, dass er sich nicht mehr als richtiger Mann fühlte und wenn überhaupt nur wegen seines Geldes geliebt wurde?

„Ich habe noch eine Frage“, lenkte Koslowski das Gespräch von Carmen Dragic ab. „Sagt Ihnen der Name Rummesrieder etwas? Bernd Rummesrieder?“

„Aber sicher, das ist einer unserer Fahrer. Er hat mir in den letzten Tagen etliche Schwierigkeiten bereitet. Er hat mehrere Ladetermine nicht eingehalten und wir haben seinen LKW auf einem Rastplatz in der Nähe von Hannover gefunden. Leer. Rummesrieder ist wie vom Erdboden verschluckt. Aber das sollte er besser auch bleiben, denn sobald er wieder auftaucht, wird er gefeuert.“ Dragic knirschte mit den Zähnen.

„Der Idiot hat mich mehrere tausend Euro gekostet, weil er die Terminfrachten verbummelt hat. Wieso fragen Sie ausgerechnet nach ihm?“

„Ach, nur so. Er und ich haben einen gemeinsamen Bekannten, und als ich bei dem erwähnte, dass ich zu *Cont-Trans* fahre, bat er mich, Rummesrieder zu grüßen, wenn ich ihn sehe.“

„Wenn Sie ihn tatsächlich sehen, können Sie ihm auch gleich schöne Grüße von mir bestellen, er soll sich hier besser nicht wieder sehen lassen. Er bekommt demnächst Post von meinem Anwalt.“

Koslowski nickte. Aber er wurde das Gefühl nicht los, das er Rummesrieder nicht mehr begegnen würde. Zumindest nicht lebend. Erst dessen sonderbares Verschwinden, dann das durchsuchte Haus und das alles vernichtende Feuer. Rummesrieder steckte in Schwierigkeiten, wie einst Münchhausen im Sumpf. Nur würde er sich vermutlich nicht mehr am eigenen Schopf rausziehen können. Es wurde höchste Zeit, dass er sich mit dem Inhalt von Rummesrieders Festplatte beschäftigte.

„Wenn Sie keine weiteren Hinweise für mich haben, dann würde ich mich gerne verabschieden.“ Koslowski streckte Dragic die Hand hin.

„Ich hoffe inständig, Sie finden meinen Vater. Ich mache mir große Sorgen.“ Er ergriff Koslowskis Hand und deckte sie mit der anderen ab. „Helfen Sie mir bitte, denn ohne meinen Vater werde ich diesen Betrieb kaum halten können. Er war derjenige, der die wichtigen Kontakte hatte, und schon bald werden sich die Geier der Konkurrenz auf unsere Kunden stürzen und versuchen, sie uns abspenstig zu machen.“ Er kniff die Augen zusammen und senkte den Kopf. Koslowski hatte den Eindruck, als ob er gegen Tränen ankämpfen musste. Doch als Dragic den Kopf wieder hob, war davon nichts mehr zu sehen. Er war wieder der eiskalte Geschäftsmann.

„Es wäre nett, wenn Sie mir noch den Namen Ihres Anwaltes geben würden, vielleicht brauche ich auch dessen Hilfe.“ Er hatte den Satz kaum ausgesprochen, da nickte Dragic bereits und Zoltan drückte ihm kurz darauf eine Visitenkarte in die Hand.

„Ich erwarte Ihren Bericht schnellstmöglich“, verabschiedete sich Dragic und gab seinem Begleiter ein Zeichen. Dieser schnappte sich die Griffe des Rollstuhles und schob seinen Chefs auf das Bürogebäude zu.

Koslowski stand noch einen Augenblick lang regungslos da, die Visitenkarte in der Hand. Er hatte oft ein Gefühl dafür, wenn etwas nicht stimmte. Jetzt war er relativ ratlos, denn wenn er genau in sich hineinhörte, dann fühlte er nichts.

Kapitel 21

Wenn es etwas gab, das er gar nicht mochte, dann waren das Pressekonferenzen. Kriminalhauptkommissar Hans-Werner Brehm hasste es, wenn er seine Ermittlungen liegen lassen musste, nur um den Medien Rede und Antwort zu stehen, aber sein Chef hatte es so angeordnet, und Brehm hatte sich zu fügen. Nun saß er also neben Staatsanwalt Grimm und wartete darauf, dass die Damen und Herren der Presse ihre Plätze einnahmen. Hinter der Gruppe der schreibenden Journalisten wurden soeben mehrere Kameras auf ihn gerichtet. Vor dem Tisch kniete jemand, der sein Mikrofon noch unbedingt in die Reihe der bereits aufgestellten quetschen musste.

Staatsanwalt Grimm beugte sich zu ihm herüber. „Wir hatten ja seit gestern keine Möglichkeit mehr zu telefonieren. Gibt es noch etwas Neues?“ Grimm stammte aus Paderborn und reiste jeden Tag von dort an. Detmold war nicht sein Traumziel als Staatsanwalt, lag aber immerhin schon mal in der Nähe seiner Heimatstadt. Er träumte davon, mal im Hochstift als Jugendstaatsanwalt zu arbeiten.

Aber noch war er hier in Detmold und mit der Bearbeitung der aktuellen Fälle beschäftigt. Er schaute noch einmal zu Brehm hinüber, der in seinen Unterlagen blätterte. Es war immer gut, bei einer Pressekonferenz einen älteren und erfahrenen Ermittler neben sich zu wissen. Diese Leute ruhten meist in sich selbst und hatten keine Ambitionen mehr, sich vor der Presse zu profilieren. Nicht wenige junge, aufstrebende Kriminalbeamte hatten sich bei Pressekonferenzen schon um Kopf und Kragen geredet. Einmal zu weit aus dem Fenster gelehnt und etwas gesagt, was besser nicht oder noch nicht gesagt würde, schon schnappte die Presse danach wie die Forellen nach den Fliegen. Da war es schon sicherer, der Beamte mauerte und erst am Ende wurden alle Karten aufgedeckt.

Grimm schaute hoch und nickte dann dem Pressesprecher der Staatsanwaltschaft zu, der neben ihm am Tisch saß und für die ganze Veranstaltung verantwortlich zeichnete. Der räusperte sich vernehmlich, und sofort kehrte Schweigen ein. Man hörte lediglich das Summen der Aufzeichnungsgeräte und das vereinzelte Klicken einer Kamera.

„Meine sehr verehrten Damen und Herren der Medien. Ich darf Sie hier im Haus der Staatsanwaltschaft zu unserer heutigen Pressekonferenz begrüßen. Weiterhin darf ich Ihnen Staatsanwalt Markus Grimm vorstellen sowie Herrn Hauptkommissar Hans-Werner Brehm von der Kriminalpolizei Detmold.“ Er hatte sich vorgebeugt, um an Grimm vorbeisehen zu können und Blickkontakt mit Brehm aufzunehmen. Dieser nickte bestätigend und ließ den Pressesprecher weiterreden.

„Ich würde vorschlagen, dass zunächst Herr Grimm beginnt. Dann wird Herr Brehm sprechen, und anschließend haben Sie wie immer die Möglichkeit, Fragen zu stellen.“ Der Pressesprecher setzte sich und lehnte sich zurück. Jetzt hatte er erst mal Pause.

Grimm erhob sich und begrüßte die Medienvertreter, dann erläuterte er den Stand der Ermittlungen. Kugelschreiber flogen über Schreibblöcke und Aufnahmegeräte wurden ihm entgegengestreckt. Alle Kameras liefen, und es herrschte noch aufmerksame Stille.

Zunächst sprach Grimm über die geköpfte Leiche aus dem Wald, dann ging er auf den toten Farbigen ein. Er gab das Ergebnis der gerichtsmedizinischen Untersuchung bekannt und damit platzte die Bombe. Bislang hatte die Öffentlichkeit keine Ahnung davon gehabt, dass es sich dabei um Totschlag oder sogar Mord gehandelt hatte. Jetzt wurde die Sache plötzlich überaus interessant.

Der Pressesprecher musste eingreifen, da es plötzlich Fragen hagelte. „Meine sehr verehrten Damen und Herren, bitte gedulden Sie sich, bis die Vorträge beendet sind, dann können Sie Fragen stellen.“

Grimm beteuerte zum Schluss, dass die Staatsanwaltschaft mit Hochdruck ermittle, und gab dann das Wort an Brehm weiter. Der war angefressen. Erst wurde Blut ins Wasser gegossen, dann musste er ins Haifischbecken springen. Gut, dass er bald pensioniert wurde.

Er erhob sich und begann, den Stand der Ermittlungen aus Sicht der Polizei zu erläutern. Zumindest den Teil, der für die Öffentlichkeit bestimmt war. Nachdem er geendet hatte, brach ein Sturm von Fragen los. Der staatsanwaltschaftliche Pressesprecher hatte Mühe, die Leute in der richtigen Reihenfolge zu Wort kommen zu lassen.

„Wissen Sie schon, um wen es sich bei dem Toten im Wald handeln könnte?“ Ein junger Mann von der ortsansässigen Zeitung mit kurzgeschorenen Haaren und Brille wartete auf eine Antwort.

„Nein, wir haben zwar die DNA des Opfers, aber wir konnten keine Fingerabdrücke sichern. Sie haben ja bereits durch den Herrn Staatsanwalt davon gehört, dass man die Leiche mit Säure bearbeitet hat. Wir kennen also die Identität des Mannes immer noch nicht. Was uns weiterhelfen könnte, ist sein Zahnschema. Wie immer haben wir alle Zahnärzte angeschrieben, aber es dauert eben, bis die Antworten kommen.“

„Was ist denn mit dem Wagen, in dem die Leiche gefunden wurde?“ Eine junge Frau streckte Brehm ein Diktiergerät entgegen.

„Der wurde vor drei Wochen in Bad Nenndorf gestohlen. Der Besitzer hat angegeben, dass er nachts aus der Einfahrt entwendet worden sei. Wir haben das Fahrzeug natürlich kriminaltechnisch untersuchen lassen, auch hier warten wir noch auf Auswertungen von Faserspuren et cetera.“

„Sobald wir da Näheres erfahren, lassen wir es Sie natürlich sofort wissen“, schaltete sich Grimm ein, um nicht in Vergessenheit zu geraten. Das hier war keine Pressekonferenz, mit der man als Staatsanwalt Ruhm ernten konnte, denn es gab noch nichts Wichtiges zu verkünden. Wie immer steckten die Ermittlungen noch in den Anfängen und nahmen erfahrungsgemäß erst gegen Ende Fahrt auf. Wenn man dann Täter und Tatwaffen präsentieren konnte, stand man gut da.

„Deutet denn der abgetrennte Kopf der Leiche nicht auf eine Aktion der Terrorgruppe *Islamischer Staat* hin? Die sind doch für Enthauptungen bekannt“, wollte eine ältere Dame wissen.

Das waren die Anführer der französischen Revolution auch, dachte Brehm, behielt es aber für sich. Stattdessen räusperte er sich. „Dafür gibt es keinerlei Hinweise. Nur aus der Tatsache, dass der Kopf abgetrennt wurde, kann man noch keine Rückschlüsse ziehen. Ich …“

In diesem Moment polterten zwei Leute in den Raum. Einer von ihnen startete sofort bis zum Tisch durch, hinter dem Brehm und die anderen saßen, und sprang knipsend davor herum. Erste Unmutsrufe seiner Kollegen wurden laut, was die beiden aber nicht störte. Sein Kollege hatte sich ebenfalls nach vorne gedrängt und blieb in dem Gang zwischen den beiden Stuhlreihen stehen. „Was gedenkt die Polizei gegen die Neonazis zu unternehmen, die diesen jungen Schwarzen totgeschlagen haben?“

Brehm glaubte sich verhört zu haben. „Welche Neonazis?“

„Na, die, die dem jungen Mann mit Baseballschlägern den Schädel eingeschlagen haben. Oder wollen Sie abstreiten, dass es so war?“

Brehm blickte hilfesuchend zu Grimm. Doch der war ebenso überrascht wie der Kriminalbeamte. Von dem konnte er keine Hilfe erwarten. Da musste er alleine durch. Er kannte den Fragesteller zwar nicht, konnte sich aber ohne Probleme vorstellen, zu welcher Zeitung er gehörte. „Erstens wurde dem jungen Mann nicht der Schädel eingeschlagen, zweitens gibt es noch keinen einzigen Hinweis auf den oder die Täter, wenn es denn überhaupt mehrere gewesen sind. Und das bedeutet, dass es auch keinen Hinweis auf eine ausländerfeindliche Straftat geben kann, geschweige denn Hinweise auf eine mögliche Tatbeteiligung von Personen der rechten Szene."

Der junge Mann von der Zeitung mit den vier großen Buchstaben lächelte überlegen. „Aber Sie wollen den Menschen doch nicht verheimlichen, dass hier in Lippe zur Zeit ein Religionskrieg tobt, oder?"

Allgemeines Raunen ging durch den Raum. Brehm musste zweimal schlucken, bevor er antworten konnte. „Wie kommen Sie denn darauf?"

Der junge Mann wedelte mit der Hand, als ob er eine Fliege verscheuchen wollte. „Wir sind wie immer bestens informiert. Wir gehen sicher davon aus, dass der Mann im Wald der rechten Szene angehört hat und von Salafisten getötet wurde. Seine Kameraden haben sich nun gerächt, indem sie den jungen Neger umgebracht haben."

Mit dem Wort Neger erntete der Mitarbeiter des Boulevardblattes einiges an Missfallensäußerungen seiner Kollegen, was ihn aber nicht weiter störte. Er trat einen Schritt auf Brehm zu und zog aus seiner ledernen Umhängetasche ein Buch hervor. „Ich habe Ihnen ein Lesezeichen hineingelegt, schauen Sie doch mal, was auf der rechten Seite ganz unten steht."

Ehe er sich versah und ohne, dass er es eigentlich nehmen wollte, hatte Brehm das Buch von dem Reporter in die Hand gedrückt bekommen. Brehm drehte es und blickte erstaunt auf den Einband. „Das ist ja der Koran", wunderte er sich. „Was soll ich denn damit?" Er hielt ihn fragend hoch.

In diesem Augenblick sprang der Kollege des Reporters hinzu und machte Fotos von Brehm mit dem heiligen Buch der Muslime in der Hand. Brehm wollte es sofort zurückgeben, doch der Reporter hatte grinsend einen Schritt nach hinten gemacht und war für Brehm so außer Reichweite.

Der Hauptkommissar warf das Buch auf den Tisch und stand wütend da, weil er auf diesen alten Scheißtrick hereingefallen war.

Weder der Koran noch die Muslime hatten nach momentanem Stand der Dinge irgendetwas mit diesen Fällen zu tun. Doch das Foto würde eine ganz andere Sprache sprechen und er wusste bereits jetzt, wie der Text darunter und der Artikel darum herum aussehen würden. *Polizei im Krieg zwischen Nazis und Islamisten machtlos!*

Brehm hätte dem Reporter den Koran am liebsten um die Ohren gehauen, aber das wäre für den nur ein gefundenes Fressen gewesen und die Schlagzeile wäre noch dicker ausgefallen.

Kapitel 22

Sie sah wieder hinreißend aus. Carmen Dragic trug ein knöchellanges, hochgeschlossenes schwarzes Kleid, welches ihre atemberaubende Figur durch seine Schlichtheit noch mehr betonte. Auch dieses Kleid hatte lange Ärmel, die diesmal in Rüschen endeten. Koslowski fühlte sich an eine spanische Flamencotänzerin erinnert. Sie lächelte ihn an, als sie ihm die Haustür öffnete. „Michael hat Sie bereits angekündigt. Er hat mir aufgetragen, Ihnen jegliche Art von Unterstützung zukommen zu lassen." Sie trat einen Schritt zur Seite und machte eine einladende Bewegung ins Haus.

Koslowski blieb im Flur stehen und wartete, dass sie ihm folgte. „Ich hoffe, ich mache Ihnen keine Umstände, aber ich würde mich hier gerne noch einmal umsehen." Er roch ihr Parfüm, als sie auf ihn zutrat. Es ähnelte dem von Britta. Nicht ganz so blumig, eher mit einem etwas herberen Grundton. Aber es roch sehr angenehm und passte ausgezeichnet zu ihrem Typ. Ihr langes schwarzes Haar hatte sie zu einem Pferdeschwanz zusammengebunden und ihre High Heels gegen ein paar flache, bequem aussehende Mokassins aus schwarzem Leder getauscht. Koslowski war sich sicher, dass sich viele Männer nach ihr umdrehten, wenn sie durch die Stadt ging. „Ich dachte, wenn ich schon einmal hier bin, dann nutze ich auch gleich die Gelegenheit, noch etwas mehr über Ihren Mann zu erfahren."

Als er ihr dabei in die Augen schaute, senkte sie ihren Blick. Es war sicherlich für keine Frau besonders angenehm, sich mit dem Verschwinden ihres Gatten auseinandersetzen zu müssen. Koslowski vermutete, dass sie die letzten Nächte wachgelegen und sich Sorgen gemacht hatte. Darüber nachgedacht, ob er noch lebte und was aus ihr würde, wenn das nicht mehr der Fall wäre. Ihre müden Augen waren ein Indiz dafür. Er war sich sicher, dass sie in diesem Haus nur geduldet war, weil sie die Frau von Ivo Dragic war. Ebenso sicher war er, dass Michael sie postwendend vor die Tür setzen würde, wenn sich herausstellte, dass sein Vater nicht mehr lebte. Nur zu deutlich hatte Koslowski dessen Abneigung gegen sie gespürt.

„Wie auch immer ich Ihnen helfen kann, bitte sagen Sie es mir." Ein schüchternes Lächeln erschien auf ihrem Gesicht. Um die Augenwinkel bemerkte er kleine Lachfältchen. Koslowski war kein Freund von makellosen und maskenhaften Gesichtern. Für ihn durfte sich das Leben darin schon widerspiegeln. Genau wie jetzt in ihrem. Doch die Lachfältchen standen im krassen Gegensatz zu ihren traurigen Augen.

„Hat Ihr Mann eine Art Arbeitszimmer oder ein Büro gehabt?"

„Ja, wenn Sie wünschen, zeige ich es Ihnen. Es ist oben." Sie deutete auf die rechte der beiden Treppen. Koslowski folgte ihr. Sie schwebte die Stufen förmlich hinauf, sodass er gänzlich davon abgelenkt wurde, die Bilder an der Wand zu betrachten. Dabei hätte er an ihnen sicherlich große Freude gehabt, zumal sie alle echt und wertvoll waren. Ivo Dragic hatte eine ausgesprochene Vorliebe für Zeichnungen von Pablo Picasso. Von dem Geld, das hier an der Wand hing, könnte man sich gut und gerne eine Luxuslimousine kaufen. Erst als sie oben angekommen waren und sie sich umdrehte, schaute Koslowski zur Seite und bemerkte, was er zuvor übersehen hatte.

Carmen Dragic schmunzelte. „Ich weiß schon, wie Ihre nächste Frage lautet, und die Antwort darauf ist: Ja, sie sind alle echt."

Koslowski nickte anerkennend mit dem Kopf. „Eine außergewöhnliche Sammlung." Er trat näher heran und betrachtete eines der Bilder genauer. Als er es anfassen wollte, hielt ihn Carmen zurück. „Bitte nicht! Wenn Sie es anfassen, haben wir innerhalb kürzester Zeit unseren Sicherheitsdienst hier. Eine Alarmanlage, Sie verstehen?"

Koslowski ließ die Hand sinken und lächelte. „Na, das muss ja nicht sein. Ich wusste gar nicht, dass Sie einen eigenen Sicherheitsdienst haben."

„Wir beschäftigen insgesamt zehn Männer. Sie sorgen für die Sicherheit unseres Betriebsgeländes, übernehmen ab und zu den Schutz für besonders wertvolle Transporte, kümmern sich darum, wenn unsere Fahrer im Ausland mal Probleme haben und sichern selbstverständlich auch unser Wohnhaus."

Koslowski rechnete im Kopf hoch, was so eine Truppe im Monat kostete. Die Geschäfte der Firma *Cont-Trans* mussten eine Menge Geld abwerfen, wenn man sich das alles leisten konnte. Und es war sicherlich nicht schlecht, wenn man Leute hatte, die Probleme beseitigten. Aber auch sie hatten nicht verhindern können, dass ihr Seniorchef verschwunden war.

Carmen Dragic drehte sich um und ging wieder voran. Sie bogen nach rechts in einen Flur ab und kamen an mehreren Türen vorbei. Zwei Badezimmer, ein Ankleidezimmer, ihr Schlafzimmer. Unaufgefordert hatte sie jeden Raum benannt. „Ivos Schlafzimmer befindet sich auf der anderen Seite des Gangs. Wir haben getrennte Räume." Sie war stehen geblieben und hatte sich zu ihm umgedreht. „Wollen Sie es sehen oder zuerst das Büro?"

„Ich denke, zunächst einmal das Büro." Koslowski lächelte und folgte ihr weiter. Am Ende des Flures befand sich vor Kopf eine einzelne Tür. Carmen Dragic steuerte darauf zu, öffnete sie und ließ Koslowski den Vortritt in das geräumige Arbeitszimmer.

Dieser blieb überrascht stehen, kaum dass er den Raum betreten hatte. Die gesamte gegenüberliegende Wand bestand aus Glas. Rechts vor dieser riesigen Glaswand stand ein wuchtiger Schreibtisch mit einem schweren, hohen Ledersessel. Wer hier saß, hatte einen traumhaften Ausblick auf die umliegende Landschaft. Da das Firmengelände an

Felder angrenzte, störte keine Bebauung die Sicht. Koslowski war sich sicher, dass Ivo Dragic Vorsorge getroffen hatte, dass dies so blieb.

Den Platz auf der linken Seite vor dem Fenster dominierte ein glänzend weiß lackierter Steinway-Flügel mit passendem Hocker. Beides passte ausgezeichnet zu einem gleichfarbigen Marmorkamin an der Wand. Der Rest der anderen Wände verschwand hinter deckenhohen Bücherregalen. Koslowski bemerkte, dass er auf dicken, weichen Teppichen stand und bewunderte eine riesige Deckenlampe, welche die Form einer Baumkrone hatte. Die Früchte wurden durch Glühbirnen ersetzt.

Er trat an den Flügel und ließ eine Hand über die polierte Oberfläche gleiten. „Wer von Ihnen spielt denn Klavier? Sie oder Ihr Mann?"

Carmen schüttelte lächelnd den Kopf. „Weder noch. Er stammt noch von seiner ersten Frau." Sie deutete auf ein Foto, welches in einem silbernen Rahmen auf dem Kaminsims stand. „Das ist sie." Ihre Stimme war dabei auffallend neutral. Keine späte Eifersucht, kein Neid, keine Trauer.

Koslowski warf einen Blick auf das Foto und sah das genaue Gegenteil von Carmen. Eine ältere Frau mit einem etwas verhärmten Gesichtsausdruck, blassen Augen und blonden Haaren in Form eines Pagenschnittes. Er schätzte, dass sie um die 50 Jahre gewesen sein mochte, als das Bild entstanden war. Vom Äußerlichen her betrachtet, hatte sich Ivo Dragic mit Carmen deutlich verbessert, dachte Koslowski. Von den inneren Werten her auch?

„Wenn ich darf, würde ich mich hier gerne ein wenig umsehen."

„Brauchen Sie mich dazu?" Carmen hielt die Arme vor ihrem Körper, die Finger ineinander verschränkt. So wie sie jetzt dastand, wirkte sie fast zerbrechlich, fand Koslowski.

„Nein, ich glaube das schaffe ich schon alleine. Lassen Sie sich durch mich nicht stören."

„Wenn Sie etwas brauchen, dann rufen Sie einfach." Carmen Dragic nickte ihm leicht zu und verließ den Raum.

Koslowski blickte ihr einen Moment lang nach, dann schlenderte er durch den großen Raum und ließ sich in den großen Sessel hinter dem Schreibtisch fallen. Solch einen Sitzkomfort hatten die meisten Leute nicht einmal im Wohnzimmer. Er legte die Hände auf die dicken Armpolster und ließ den Blick durch den Raum wandern. Ob Dragic all die Bücher gelesen hatte? Wohl kaum, dachte er, dazu hatte der garantiert keine Zeit gehabt.

Koslowski zog die mittlere Schreibtischschublade auf und blickte hinein. Der Inhalt ähnelte dem in vielen anderen Schreibtischen. Büromaterial, Kassenbelege, Kugelschreiber, ein Telefonbuch und ähnliche Dinge. Nacheinander überprüfte er auch die anderen Schubladen. Er stieß auf einen alten, ungültigen Führerschein von Dragic, fand ein paar harmlose Medikamente und zwei Bildbände mit Fotos vom Betrieb. Koslowski lehnte sich wieder zurück und drehte sich mit dem Sessel um. Was hoffte er eigentlich hier zu finden? Er suchte eine Spur von Ivo Dragic, aber er wusste ja nicht einmal, wo er ansetzen sollte. Eigentlich war es Blödsinn gewesen, diesen Auftrag anzunehmen, entweder erledigte so was die Polizei, oder man beauftragte einen Privatdetektiv.

Er stand auf und begann, im Raum auf und ab zu gehen. Wer konnte ein Interesse am Verschwinden des alten Dragic haben? Seine Ehefrau? Was für ein Motiv sollte sie haben? Gier? Er war sich sicher, dass der Alte sie in seinem Testament ausreichend bedacht hatte, aber er war sich auch sicher, dass sein Sohn sie sofort aus dem Haus werfen würde. Dann wäre das luxuriöse Leben vermutlich relativ schnell vorbei.

Sein Sohn Michael? Der hatte allerdings davon gesprochen, dass er die Firma ohne seinen Vater nicht würde halten können. War das die Wahrheit, dann hatte er kein Motiv. Traute man allen anderen Aussagen, dann gab es niemand anderen, der es gewesen sein könnte. Was war mit diesem Zoltan? Nein, der war seinem Chef ergeben. Der würde seine Stellung nicht ohne Grund riskieren.

Ein Entführer hätte sich bereits gemeldet und es gab keinen einzigen Hinweis auf einen Selbstmord. Dragic war so verschwunden, wie der 100-Jährige, der aus dem Fenster stieg. Koslowski blieb stehen und kratzte sich nachdenklich am Kinn.

Auf einem Regal im Bücherschrank standen diverse gerahmte Fotografien. Eine davon zeigte ein großes, weißes Haus an einem Berghang. Koslowski tippte auf Spanien. An der Vorderseite des Gebäudes las er die Aufschrift *Casa de Mencey Acaymo*. Darunter gab es die Jahreszahl 2009 gefolgt von einem Bindestrich.

Auch die anderen Fotos zeigten Gebäude unterschiedlichster Art. Eine luxuriöse Berghütte, ein Haus auf Pfählen ins Meer gebaut und ein gepflegtes Stadthaus, vermutlich irgendwo in den USA.

Auch diese Bilder waren alle mit Jahreszahlen versehen, doch sie hatten nicht nur ein Anfangs-, sondern auch ein Enddatum. Und sie waren alle vor 2009 aufgenommen. Vermutlich Häuser aus dem Besitz der Familie. Die Jahreszahlen schienen daran zu erinnern, wie lange sie jeweils im Besitz der Familie waren. Das fehlende Enddatum bei dem Haus am Berghang schien zu belegen, dass man es noch besaß.

Er schlenderte weiter am Bücherregal entlang und hielt dabei den Kopf etwas schräg, um die Titel auf den Buchrücken besser lesen zu können. Hemingway, Faulkner, Swift, Dickens, Poe, Greene, Follet, Forsythe. Alle möglichen Autoren, quer durch alle Sparten der Literatur. Ganz rechts im Regal stand der Roman *Shogun* von James Clavell. Irgendjemand schien ihn besonders zu mögen, denn dieser war anscheinend schon häufig herausgeholt worden. Der Buchrücken war an der Oberkante, wo man ihn zum Herausziehen anfasste, bereits eingerissen, und an der Seitenwand des Regales waren Spuren zu sehen, die entstanden waren, weil man das Buch öfter herauszogen hatte. Koslowski erinnerte sich noch an die Fernsehverfilmung mit Rachel Chamberlain und Toshiro Mifune in den Hauptrollen. Damals war der Mehrteiler ein echter Straßenfeger gewesen. Er legte den Zeigefinger auf den Roman und wollte ihn aus dem Regal ziehen. Doch das Buch kam nicht heraus, sondern klappte lediglich ein Stück nach vorne. Was war das denn?

Er stutzte noch, als ihm eine Episode einfiel, die er zusammen mit Siggi Gründler, einem ehemaligen Safeknacker, in einem Haus in Horn erlebt hatte. Damals hatten sie durch dessen Erfahrung einen versteckten Tresor gefunden. Handelte es sich hier um etwas Ähnliches?

Er klappte das Buch wieder zurück, doch es tat sich nichts. Keine Geheimtür ging auf, keine Wand verschob sich, keine Mechanik wurde in Gang gesetzt. Koslowski drehte sich um und sah zur Tür. Niemand da.

Er trat näher an das Bücherregal heran und betrachtete das Buch genauer. Dann zog er die Bücher links von ihm heraus und entdeckte das Scharnier, das mit dem Buch verbunden war. Daran befestigt war eine hauchdünne Nylonschnur, die im Regalboden nach unten verschwand. Er zog daran und stellte fest, dass es einen leichten Widerstand gab. Anscheinend war irgendetwas an der Schnur befestigt. Plötzlich hörte er ein leises Klicken aus dem unteren Teil des Bücherregals. Als er das Buch zurückklappte, verschwand die Schnur wieder im Regalboden. Vorsichtig stellte er die anderen Bücher wieder an ihren alten Platz und wandte sich nun dem unteren Teil zu. Bis zu einer Höhe von sechzig Zentimetern waren die Bücherregale im unteren Bereich mit Schranktüren versehen. Koslowski ging auf die Knie und öffnete die Tür direkt unter dem fraglichen Bücherregal. Der gesamte Schrank war voller Aktenordner. Er las Aufschriften wie *Hypotheken, Darlehen* und *Kredite.*

Es musste sich um private Unterlagen handeln, ansonsten wären sie sicherlich im Büro der Speditionsfirma gelagert worden. Wahllos zog er einen der Ordner heraus und klappt ihn auf. Zuoberst war ein leeres Blatt abgeheftet. Koslowski ließ die anderen Blätter durch den Daumen laufen und stutzte. Auch sie waren leer. Wer heftete einen dicken Stapel leere Blätter in einen Ordner mit der Aufschrift *Darlehen*?

Neugierig geworden überprüfte er die anderen. Mit dem gleichen Ergebnis. Das hier waren Attrappen. Noch einmal schaute er zur Tür, dann begann er, die Ordner aus dem Regal zu räumen. Doch bis auf diese Potemkinschen Dörfer war der Schrank leer. Seltsam. Einer Eingebung folgend klopfte er mit dem Fingerknöchel an die Rückwand und stutzte erneut. Das war keine reguläre Schrankrückwand aus dünner Hartfaserplatte, das hier war eine massive Spanplatte. Sollte etwa ...?

Er stand auf und klappte Clavells Bestseller erneut heraus. Diesmal war das Klicken lauter und stammte eindeutig aus dem geöffneten Schrank. Als er sich wieder davorkniete, bemerkte er, dass die Platte sich ein wenig verschoben und einen Schlitz freigelegt hatte. Breit genug, um die Finger hindurchzustecken. Er konnte der Versuchung nicht widerstehen und wurde davon überrascht, dass die gesamte hintere Wand sich kinderleicht verschieben ließ. Dahinter fand er eine Reihe von schwarzen und unbeschrifteten CD-Hüllen. Das waren mindestens fünfzig Stück.

In diesem Moment hörte er, wie unten eine Tür klappte. Ohne zu überlegen, nahm er eine der Hüllen heraus und ließ sie in der Innentasche seiner Jacke verschwinden. Hastig räumte er die Ordner wieder ein, schloss die Tür, sprang auf die Beine und klappte das Buch wieder zurück.

Keine Sekunde zu spät, denn soeben betrat Carmen Dragic wieder den Raum.

„Haben Sie gefunden, was Sie gesucht haben?“ Sie schien nicht bemerkt zu haben, dass er das Versteck gefunden hatte. Wenn Sie es selber überhaupt kannte? Das hier war Ivos Zimmer.

„Ich habe ein paar interessante Anhaltspunkte gefunden, kann aber noch nicht sagen, ob sie uns weiterhelfen werden.“ Bedauernd hob er die Schultern.

Carmen Dragic kam auf ihn zu und legte ihre Hand auf die seine. „Meine Ururgroßmutter soll eine Hexe gewesen sein. Und mir sagte man schon immer nach, dass ich einige von ihren Fähigkeiten geerbt hätte. Unter anderem die, in die Zukunft sehen zu können. Vielleicht liegt es daran, dass ich mir sicher bin, dass Sie diesen Fall lösen werden.“

Koslowski hatte plötzlich das Gefühl, durch ihre Berührung würde Strom in seinen Körper fließen. Vielleicht war das Einbildung, aber dass sich seine Nackenhaare aufrichteten, war Realität.

Kapitel 23

Koslowski hatte gerade seinen Rechner hochgefahren und die Festplatte aus Rummesrieders Haus angeschlossen, als Britta Craven hereinkam. Sie schleppte zwei Einkaufstaschen, in denen es verdächtig klimperte.

„Rot oder weiß?“, fragte Koslowski und kam ihr entgegen. Bevor er ihr die Taschen abnahm, gab er ihr einen Kuss und schleppte die Einkäufe dann brav in die Küche.

„Vorsicht mit den Taschen, da ist ein wunderbarer Spätburgunder drin.“

Koslowski begann bereits, die Taschen auszupacken. „Schweinefilets, eine Ingwerwurzel, frische Ananas, fehlt nur noch …“ Er wühlte weiter und hielt ein paar Sekunden später triumphierend eine Packung Currypulver in der Hand. „Ich wette, dass es heute Schweinefilet mit Ananas in Curry-Ingwersauce gibt.“ Er packte den Rest aus und stellte zwei Flaschen Rotwein auf die Arbeitsplatte.

„Na, das war jetzt auch schwer zu erraten“, lachte Britta und streifte die Schuhe von den Füßen. Dann stellte sie sich hinter ihn, legte die Arme um ihn und küsste seinen Nacken. „Dazu gibt es noch gebratenen Reis.“

Er löste sich aus ihrer Umarmung, drehte sich um und schlang seinerseits die Hände um sie. Nach einem langen Kuss löste sie sich von ihm und angelte nach dem Korkenzieher. „Ich brauche erst mal einen Schluck Wein. Das war heute ein fürchterlicher Tag im Büro.“ Sie entkorkte die Flasche und füllte zwei langstielige Weingläser, die Koslowski zwischenzeitlich aus dem Wohnzimmer geholt hatte. „Und was gibt es bei dir Neues?“

Er schilderte ihr, wie er die CD in dem Versteck in Ivo Dragic Arbeitszimmer gefunden hatte. „Aber ich habe damit ein Problem. Die Dateien darauf sind mit einem Passwort geschützt. Ich muss mal sehen, wer so was knacken kann.“

„Das alles klingt wieder mal sehr sonderbar“, gab die Anwältin zu bedenken. „Und ich habe dich da reingezogen.“ Sie packte den Rest der Einkäufe aus.

„Ach, lass mal stecken, ich habe mich ja freiwillig für diese Mission gemeldet“, sagte Koslowski grinsend und schwenkte seinen Wein im Glas. Dann erzählte er Britta von seinem Erlebnis im Haus von Rummesrieder.

Sie blickte ihn entgeistert an und vergaß dabei völlig das Trinken. „Das kann doch wohl nicht wahr sein. Sag mal, hört das eigentlich nie auf mit dir? Warum musst du eigentlich immer in solche Sachen verwickelt werden?“ Empört stemmte sie die Hände in die Seiten.

Koslowski zuckte mit den Schultern. „Keine Ahnung, anscheinend bin ich für so was prädestiniert. Vielleicht ist es das, was die Araber als Kismet bezeichnen? Vielleicht muss mein Leben so verlaufen?“ Er stieß mit seinem Glas an das ihre, und beide lauschten einen Moment auf den klingenden Ton.

„Wie bist du denn an diesen, wie hieß er noch gleich, gekommen?“

„Rummesrieder. Strunte kennt den und hat mir die Adresse gegeben. Der arbeitet als LKW-Fahrer für *Cont-Trans* und somit für die Familie Dragic. Die ich im Übrigen auch besucht habe. Du siehst also, ich bin auch fleißig gewesen.“

„Das weiß ich doch.“ Britta gab ihm einen Kuss auf die Nasenspitze und stellte ihr Glas ab. „Was sagt denn die Polizei zu den Vorfällen in dem Haus von diesem …? Ich kann mir diesen blöden Namen einfach nicht merken.“

„Rummesrieder. Denen habe ich noch gar nichts gesagt.“ Koslowski nippte an seinem Wein.

„Was? Jemand fackelt dich fast in die Luft, und du gehst nicht zur Polizei?“ Britta stand wie angewurzelt in der Küche, in jeder Hand ein Schweinefilet. „Hol mal bitte die große Pfanne raus!“

„Ich war doch unerlaubt in diesem Haus." Koslowski stellte die schwere Gusspfanne auf den Herd und suchte im Kühlschrank nach Bratfett.

„Also hör mal, was ist denn schon so ein kleiner Hausfriedensbruch im Vergleich zu einem versuchten Mord?"

„Hausfriedensbruch und Diebstahl", korrigierte er sie. Er deutete zu seinem Laptop hinüber, der auf dem Esstisch stand. „Ich habe da vor dem Brand nämlich noch eine Festplatte mitgehen lassen."

Wieder drehte sich Britta verdutzt um. Diesmal mit der Ananas in der Hand. „Du hast bei diesem …?"

„Rummesrieder."

„Bei diesem Rummesrieder eine Festplatte gestohlen?" Dabei trennte sie den Strunk der Ananas ab.

„Genau. Was bedeutet, dass du heute Abend für einen Dieb kochst." Koslowski strich ihr zärtlich durch den Nacken und Britta lief ein wohliger Schauer über den Rücken.

„Und es bedeutet, dass ich heute Nacht auch noch mit einem Dieb ins Bett gehe." Sie wandte den Kopf und lächelte ihn an. „Hat es sich wenigstens gelohnt, die Platte zu klauen?"

„Auf jeden Fall habe ich sie dadurch vor dem Zugriff des Brandstifters gerettet. Der hatte sie nämlich übersehen."

„Und was ist drauf?" Britta hatte begonnen, die Ananas zu schälen.

Koslowski stellte das Weinglas auf die Spüle. „Ich war gerade dabei, den Inhalt zu sichten, als du kamst." Er ging hinüber zum Tisch und ließ sich daran nieder.

„Na los, mach schon! Wenn du sie schon geklaut hast, dann kannst du auch nachsehen, was drauf ist." Dabei hatte Britta mit dem großen Küchenmesser auf den Computer gedeutet.

Und so was rät einem eine Anwältin", lachte Koslowski, während er den Dateimanager aufrief. Das Verzeichnis wurde geöffnet, und er war enttäuscht, dass es auf dieser Ein-

Gigabyte-Festplatte nur zwei Ordner gab. Der eine trug die Bezeichnung *Thailand*, der andere die Bezeichnung *DCT4*.

Koslowski öffnete den Ordner mit dem Namen *Thailand* und fand dort drei weitere Ordner. Der erste enthielt Bilder von einem superteuren Hotel und Korrespondenz mit einem Immobilienmakler. Dabei ging es um eine Penthouse-Wohnung in Bangkok. Koslowski las den Schriftverkehr und wunderte sich, dass Rummesrieder bereit war, für dieses Objekt einen sechsstelligen Betrag zu zahlen. Woher hatte der als Brummifahrer denn so viel Kohle? Nach seinem Haus zu urteilen, liefen sich dort die Mäuse im Kühlschrank Blutblasen und dann plötzlich ein Luxus-Apartment in Bangkok? Das passte überhaupt nicht zusammen.

Der zweite Ordner enthielt eine Art Verzeichnis mit Namen und Anschriften aus Thailand. Anscheinend verfügte Rummesrieder dort bereits über etliche Bekanntschaften. Das alles machte den Eindruck, als wollte er irgendwann dorthin auswandern.

Als Koslowski den dritten Ordner öffnete, fand er weitere Unterverzeichnisse. *Anal, oral, Dreier* waren nur einige der Dateinamen. Noch bevor er eines der Unterverzeichnisse öffnete, wusste er bereits, was er darauf finden würde. Pornos – und alle mit jungen, asiatischen Frauen oder Mädchen.

Britta kam aus der Küche herübergeschlendert. „Und schon was Interessantes gefunden?“

Koslowski schloss hastig die Bilddatei. „Das willst du gar nicht sehen“, sagte er.

Britta schaute ihm über die Schulter und las nur die Dateinamen. „Pornos?“

Koslowski nickte. „Und zwar von der übelsten Sorte.“

„Du meinst Kinder?“ Britta schnaufte verächtlich.

„Nein, so einer war Rummesrieder nicht, aber er stand auf brutale Sachen. Sado-Maso und so ein Zeug. Außerdem sieht es so aus, als ob er nach Thailand auswandern wollte. Er hat sich für ein Penthouse in Bangkok interessiert.“

Britta staunte. „Ich dachte, der ist LKW-Fahrer. Verdienen die heute so viel?“ Britta ging wieder in die Küche zurück und setzte Wasser für den Reis auf.

„Nicht, dass ich wüsste.“ Koslowski steuerte den Mauszeiger auf den Ordner mit dem Namen *DCT4* und öffnete ihn. Diesmal gab es keine Unterverzeichnisse, sondern nur vier Bilddateien. Er war gespannt und klickte die erste an. Dann die zweite, die dritte und die vierte. „Komm mal her, das musst du dir ansehen.“ Koslowski drehte den Monitor so, dass Britta die Bilder besser sehen konnte, und zeigte ihr alle vier Bilder.

Die Anwältin blieb wie erstarrt stehen. Entsetzt schlug sie die Hand vor den Mund. „Ich glaube, jetzt wissen wir, woher Rummesrieder sich das Geld für das Penthouse besorgen wollte.“

Koslowski nickte. „Und noch zwei Dinge wissen wir jetzt.“

Britta blickte ihn erstaunt an. „Und die wären?“

„Dass Rummesrieder vermutlich nicht mehr unter den Lebenden weilt und dass sich plötzlich alles geändert hat.“

Kapitel 24

Das Schaukeln verringerte sich langsam. Er hatte das Gefühl, als ob das Schiff wieder unter Land war. Mittlerweile hatte er sich an die Luft im Container gewöhnt. Er hätte nie gedacht, dass er dazu in der Lage sein würde. Er war die Weite gewohnt. Er war gewohnt, Freiheit zu atmen. Immer wieder, wenn er glaubte, in der Enge seines Gefängnisses dem Irrsinn zu verfallen, hatte er an die Weiten gedacht. An die Unendlichkeit seines Landes, die bis an den Himmel reichte. Das war der Platz, an den er sich sehnte, wenn ihn die Einsamkeit, die Übelkeit und die Angst zu übermannen drohten. Die Stelle, wo der Himmel die Erde küsste.

Doch manchmal, wenn es ganz besonders schlimm war, dann half ihm auch das nicht mehr, dann kam die Erinnerung zurück an die Tage, die er heute verfluchte. Wieder sah er sich in Accra. Er saß in der kleinen Krankenstation am Rande der Stadt. Wieder und wieder sah er in seinen Träumen, wie sie ihm Blut abnahmen und ihn untersuchten. Manchmal glaubte er keinen Tropfen Blut mehr in seinem Körper zu haben. Und dabei hatte alles so vielversprechend angefangen …

Nachdem sie alle zugestimmt hatten, sich dem Test zu unterziehen, hatte der Hüne ihnen eine Adresse gegeben. Es war die der Krankenstation. Dort sollten sie sich ein paar Tage später einfinden. Gewaschen und sauber gekleidet. Es würde schnell gehen, hatte ihnen der Hüne versprochen und jedem von ihnen einen halben Fünfzig-Dollar-Schein gegeben. Die andere Hälfte sollten sie bekommen, wenn sie sich dort meldeten. Logisch, dass nicht einer fehlte.

Er war als Vierter dran. Man führte ihn in einen weißen Raum und hielt ihm ein Glas hin. Erst verstand er diesen Wink nicht, doch dann wurde ihm klar, was sie von ihm wollten. Seinen Urin. Er traute sich nicht, sie zu fragen, wozu das gut sein sollte. Sie, das waren eine Schwester und ein Doktor. Ebenso wie er Schwarzafrikaner, aber gebildete Menschen und nicht so dumm wie er. Er füllte das Glas und gab es ihnen zurück. Dann musste er sich hinlegen, und der Doktor horchte ihn ab. Er tastete seine Brust und seinen Rücken ab, ließ ihn aufstehen und umhergehen, dann maß er seinen Blutdruck und am Ende zapfte er ihm Blut ab. Eine ganze Menge Blut. Der Doktor füllte einige Röhrchen und legte sie beiseite, nachdem er ihn nach seinem Namen gefragt und die Röhrchen damit beschriftet hatte. Dann schickte er ihn weg. Er solle in drei Tagen wiederkommen.

Als er ging, saß der fremde, weiße Mann mit den dunklen Augen und den dunklen Haaren vor der Krankenstation. Er grinste ihn an. „Und, was hat der Doktor gesagt?"

Kwame blickte auf ihn hinab. Mit einer Hand presste er immer noch den Verbandsmull auf seinem Arm, dort, wo der Doktor hineingestochen hatte. „Ich soll in drei Tagen wiederkommen", antwortete Kwame wahrheitsgetreu.

Der Fremde nickte. „Das klingt gut. Das klingt sehr gut." Der Mann stand auf und ging ein paar Schritte auf und ab. „Es sieht so aus, als ob du und Mogamo das große Los gezogen hättet. Ihr seid die beiden Einzigen, die noch übrig bleiben." Er ging um Kwame herum und betrachtete ihn. „Du siehst auch sehr gesund aus, das ist gut."

Kwame begriff jetzt, was der Fremde soeben gesagt hatte. Er und Mogamo seien die Letzten. Hieß dass, das er vielleicht …? „Mister, bekomme ich jetzt mein Geld? Ich war hier wie versprochen und habe mich auch untersuchen lassen. Sie haben gesagt, dass wir unser Geld kriegen, wenn wir herkommen." Er hielt ihm den halben Geldschein hin.

Der Hüne lächelte, doch es sah nicht mehr so freundlich aus. „Sei nicht so gierig! Du bekommst dein Geld in drei Tagen. Dann wird der Doktor noch einen letzten Test mit dir machen, und dann wird sich entscheiden, was geschieht. Er holte einen weiteren Fünfzig-Dollar-Schein aus der Tasche und zerriss auch ihn. „Hier, als Anreiz für deinen nächsten

Besuch. Du bist nah dran, dir die zehntausend Dollar zu verdienen. Und jetzt geh! Aber vorher noch eins: Ab sofort trinkst du keinen Alkohol mehr, haben wir uns verstanden?“

Kwame verstand diese Anweisung nicht, nickte aber. Er konnte nur noch an die zehntausend Dollar denken. Wie betrunken stolperte er davon, die beiden durchgerissenen Scheine noch immer in der Hand. Was konnte er mit dem Geld alles machen? Seine Familie unterstützen, seine Brüder zur Schule schicken, ihnen Bücher kaufen und dafür sorgen, dass sie etwas lernten. Damit sie später die Chance hatten, Accra zu verlassen und woanders zu leben. Weit weg von Giftmüll und Armut. Von Krankheit und Gewalt. Zehntausend Dollar. Was er mit seinem Geld machen würde, wusste er bereits. Er würde sich einen Computer kaufen, so einen kleinen, tragbaren, und damit würde er die Welt bereisen. Durch ihn in fremde Länder sehen, andere Musik hören und mit anderen schreiben. Und vielleicht würde er diese Länder und diese Menschen irgendwann einmal persönlich besuchen.

Zu Hause angekommen, hatte ihn seine Mutter damals gefragt, warum er so glücklich aussah. Ob er endlich ein Mädchen habe? Er hatte nur vielsagend gelächelt und geschwiegen. Er wollte, dass es für alle eine große Überraschung war, wenn er ihnen das Geld auf den Tisch legen würde. Nur noch drei Tage, dann war es soweit, dann wusste er, ob sich sein Traum erfüllte. Er oder Mogamo, einer von ihnen würde diese elenden Slums hier für immer verlassen.

Kapitel 25

Genau zwölf Stunden später lag Ingo Maiwald nur cira einhundert Meter von der Stelle entfernt, an der sich Koslowski und Dragic getroffen hatten. Entlang des Zaunes, der das Betriebsgelände der Spedition umschloss, stand das Gras derart hoch, dass man sich ungesehen bis an den Zaun heranarbeiten konnte. Maiwald richtete sich ein wenig auf und spähte auf das Grundstück. Niemand war zu sehen. Drei Stunden zuvor war der letzte LKW vom Hof gerollt und gegen 22.00 Uhr erlosch das letzte Licht im Bürogebäude. Genau drei Minuten später stieg ein junger Mann in einen Sportwagen und verließ das Firmengelände.

Nachdem er das Rolltor am Eingang passiert hatte, setzte es sich in Bewegung. Maiwald wartete, bis es sich ganz geschlossen hatte, dann zog er einen kleinen Bolzenschneider aus seiner Jacke und machte sich am Zaun zu schaffen. Stück für Stück schnitt er den Draht durch und schaffte sich so eine Öffnung.

Doch bevor er hindurchkroch, lauschte er in die Nacht. Hunde hatte er keine gesehen, doch das Risiko, dass sie nur nachts auf dem Platz patrouillierten, wollte er nicht eingehen. Maiwald steckte sich eine Ultraschallpfeife in den Mund und blies hinein. Nach ein paar Sekunden wiederholte er den Vorgang. Gäbe es Wachhunde, hätten sie spätestens jetzt auf den nur für sie hörbaren Schall reagieren müssen, doch alles blieb ruhig.

Maiwald ließ den Bolzenschneider im Gras liegen und robbte durch die Öffnung. Hinter dem Zaun ging er wieder auf die Knie und blickte sich erneut um. Alles war still, und der Betriebshof lag immer noch verlassen da. Maiwald war vor allem an den Containern interessiert. In einem von ihnen musste er das finden, was er suchte.

Wüsste er nicht, um welchen Container es sich handelte, dann wäre das hier ein unmögliches Unterfangen, denn auf dem Gelände standen sicherlich Hunderte von diesen Dingern. Aber er wusste ja, nach welchem er suchen musste. Er ließ kurz seine Taschenlampe aufleuchten und lief dann nach rechts. Er würde systematisch vorgehen müssen, damit er den fraglichen Container nicht übersah. Dieser war blau und trug die weiße Aufschrift *Helikon*. Maiwald lief an der ersten Reihe entlang und ließ dabei den Blick ständig auf und ab schweifen. Die Stahlboxen standen in zwei Lagen übereinander. Er umrundete die erste Reihe und lief in den Gang, der sie von der zweiten trennte.

Da, ein blauer. Nein, falsche Aufschrift. Weiter!

Reihe um Reihe suchte er nach dem Container ab. Was, wenn der gar nicht hier stand? Wenn er schon wieder unterwegs war? Dann wäre all die Mühe umsonst gewesen, und das Loch im Zaun würde ihnen verraten, dass jemand hier gewesen war. Er musste an die Informationen denken, die er sich in Accra unter Lebensgefahr beschafft hatte. Was waren sie wert, wenn er keine zusätzlichen Beweismittel hatte? Er musste den Container unbedingt finden. Er musste einfach!

Damit er überhaupt hier recherchieren konnte, hatte bereits ein Mann sterben müssen. Dem alleine war er es schon schuldig, dass er herausfand, was *Cont-Trans* mit der illegalen Entsorgung von Elektroschrott zu tun hatte.

Transportierten sie das Zeug nur, oder handelten sie damit? Wenn er hier auf dem Hof Container fand, die bereits beladen waren, dann war er schon ein ganzes Stück weiter. Auf dem abgerissenen Zettel, den er in Accra einem Sterbenden aus der Hand gerissen hatte, war *Cont-Trans* als Transporteur angegeben gewesen, doch der Teil, auf dem der Auftraggeber notiert war, fehlte. Er hatte darauf noch das Wort *Helikon* gefunden und im Internet ein Foto von einem dieser Container. Und als was war der Elektroschrott hier deklariert? Als Second-Hand-Ware oder als Abfall?

Maiwald schlich weiter zwischen den Containern hindurch. Da drüben, wieder ein blauer Container. Er lief darauf zu und atmete tief durch. Da war auch die Aufschrift: *Helikon.* Das musste der gesuchte Container sein. Maiwald betete, dass der Container nicht verschlossen war. Vorsichtig umrundete er ihn und lenkte den Strahl seiner Lampe auf die beiden Türen. Die Kipphebel der schweren Drehriegel steckten in den Schlosshaltern, aber es waren keine Schlösser vorhanden. Der Container war also unverschlossen.

Maiwald klappte den rechten Schlosshalter hoch und den Drehriegel nach oben. Jetzt konnte er den schweren Stahlriegel drehen. Die Haltebolzen oben und unten an der Tür bewegten sich, und die Tür ließ sich öffnen. Maiwald zog sie auf und erschrak zu Tode, als sie plötzlich laut quietschte. Verdammt! Sofort hielt er inne und lauschte.

Anscheinend hatte aber niemand etwas gehört. Wer sollte das auch? Hier war doch niemand mehr. So weit wie die Tür momentan geöffnet war, konnte er noch keinen Blick hineinwerfen und vor allem kein Foto machen. Aber er brauchte Beweise. Wieder zog er an der Tür und wieder quietschte sie. Zum Glück etwas leiser. Nur noch ein kleines Stück.

Maiwald ließ die Tür los und zückte seine Kamera. Sie war zwar extrem lichtempfindlich, aber um in dem dunklen Container etwas zu fotografieren, reichte es dann doch nicht. Er biss sich nervös auf die Fingerknöchel. Sollte er es wagen, den Blitz einzusetzen? Was nutzte ihm all das hier, wenn er keine Fotos für seine Reportage hatte? Er zögerte noch ein paar Sekunden, dann ließ er den kamerainternen Blitz aufklappen und machte ein weiteres Foto. Ein Blick auf das Kameradisplay sagte ihm, dass er hatte, was er wollte. Bergeweise alte Elektrogeräte, auf einen großen Haufen gekippt. Das war Abfall, so behandelte man keine Second-Hand-Ware. Das war eindeutig der Schrott für Accra.

Er griff zur Tür und wollte sie gerade schließen, als er Schritte hörte. Verflixt, er war doch nicht alleine. Wie angewurzelt blieb er stehen. Plötzlich hörte er Stimmen in einer ihm fremden Sprache.

Verdammt, sie kamen immer näher. Maiwald überlegte fieberhaft, was er tun konnte. Sich im Container verstecken? Er konnte die Tür weder von innen schließen, noch wollte er Gefahr laufen, dass man ihn dort in die Enge treiben oder gar einsperren konnte. Er musste weg. Die offene Tür würde jedem sofort auffallen, sie zu schließen würde aber wieder Lärm verursachen. Maiwald entschloss sich, einfach abzuhauen. So leise wie möglich lief er die Gasse zwischen den Containern entlang.

Wenn er Glück hatte, war er am Zaun, bevor sie etwas bemerkten. Er hatte das Ende der Gasse fast erreicht, als er hinter sich eine Stimme hörte, die ihn anrief. Er musste weiter! Schnell!

Nur noch zehn Meter bis zum Ende der Gasse. Eine Sekunde später wusste er, dass er es nicht schaffen würde, denn ein Hüne von einem Mann bog von vorn in die Gasse ein. Maiwald registrierte die Waffe in seiner Hand und stoppte ab. Der Mann sah ihn, grinste breit und kam langsam auf ihn zu.

Der Journalist drehte sich um und sah zwei weitere Männer von hinten kommen. Er saß in der Falle. Der Hüne war ihm nun schon sehr nahe. Maiwald wusste, dass er gegen den Mann keine Chance haben würde. Der andere sah brutal aus und hatte ganz sicher auch keine Skrupel, die Waffe in seiner Hand einzusetzen.

Als er zwei Meter vor Maiwald war, sprach er ihn an. „Die Hände hoch!“

Maiwald hatte keine Chance mehr. Langsam hob er die Hände. In der einen hielt er immer noch die Kamera. Plötzlich kam ihm ein Gedanke. Der Mann war sich seiner Sache so sicher, dass er die Waffe nur locker in der herunterhängenden Hand hielt. Maiwald tastete nach dem Auslöser der Kamera.

„So ist es brav!“, grinste der Hüne und trat bis auf einen Meter an Maiwald heran. Als er ihn an der Jacke fassen wollte, betätigte Maiwald den Auslöser der Kamera und hielt ihn gedrückt. Das Blitzlicht löste in rascher Folge mehrfach aus und bereits nach dem ersten Blitz sah er, dass der Hüne davon völlig überrascht worden war. Reflexartig riss der seinen linken Arm hoch und hielt ihn schützend vors Gesicht.

Maiwald benötigte keine Aufforderung, um diese Gelegenheit zu nutzen. Er riss sich los, tauchte unter dem erhobenen Arm des Hünen hindurch und rannte so schnell er konnte. Der Hüne warf sich herum und gab einen ungezielten Schuss in Maiwalds Richtung ab. Die Kugel traf ein Stahlteil und summte wie eine wilde Hornisse durch die Nacht. Da ihnen ihr Kollege im Weg war, konnten seine Kumpane ihre Waffen nicht einsetzen.

Maiwald rannte um sein Leben. Als der nächste Schuss fiel, bog er bereits um die Ecke des letzten Containers und spurtete auf das Loch im Zaun zu. Er warf sich förmlich hindurch und rannte gebückt am Zaun entlang. Bloß nicht auf das freie Feld, dort wäre er wie auf einem Präsentierteller zu sehen. Seine Verfolger kamen nun ebenfalls aus der Containergasse heraus und sahen sich um. Der Hüne schrie etwas, und seine beiden Komplizen rannten nach links. Er selber wandte sich nach rechts und kam damit in Maiwalds Richtung.

Der sah vor sich Dickicht und wich ein paar Schritte weit auf das Feld aus. Mit diesem Gestrüpp im Rücken traute sich Maiwald nun, in Richtung der Straße zu laufen. Sie hieß *Alte Siedlung,* und dort stand auch sein Wagen. Lieber Gott, gib mir noch eine Minute, betete er im Stillen. Er hörte, wie der Draht klingelnd gegen die Zaunpfosten schlug, und wusste, dass sein Verfolger ebenfalls durch das Loch geschlüpft war.

Er gab sich einen Ruck und holte die letzte Kraft aus seinen Lungen heraus. Augenblicke später sah er bereits seinen

Wagen. Zum Glück hatte er bereits bei der Ankunft gewendet, sodass die Karre bereits in Fluchtrichtung stand. Maiwald kramte im Laufen nach seinem Schlüssel und betätigte die Fernbedienung. Warum ging die Scheißkarre noch nicht auf? Er versuchte es noch zweimal, bis er nah genug heran war und die Zentralverriegelung endlich reagierte. Maiwald riss die Fahrertür auf und warf die Kamera auf den Beifahrersitz. Nervös fummelte er den Schlüssel ins Zündschloss, und endlich gelang es ihm, den Wagen zu starten.

Mit Mordsgetöse hämmerte er den Gang ins Getriebe, und der Peugeot machte einen Satz nach vorne. Im Rückspiegel sah er nichts und hoffte inständig, dass sein Verfolger noch weit genug entfernt war. Mit durchdrehenden Reifen jagte er die *Alte Siedlung* entlang, bog am Ende rechts ab und schleuderte förmlich auf die Bundesstraße. Nur mit Mühe konnte er verhindern, dass der Wagen dabei von der Fahrbahn rutschte, und sein Herz schien ihm aus der Brust zu springen. Er rumpelte über die Verkehrsinsel und war froh, als er rechts auf die Hauptstraße eingebogen war und Gas geben konnte. Bloß weg!

Kapitel 26

Als Ingo Maiwald endlich in Lemgo ankam, war er fix und fertig. Er steuerte eine Tankstelle an und wollte sich dort etwas zu trinken kaufen. Sein Mund war staubtrocken, und seine Hände zitterten immer noch. Während der ganzen Fahrt hatte er überlegt, ob man ihm irgendwie auf die Spur kommen konnte. Sein Kennzeichen konnten sie nicht gesehen haben. Dafür hatte er zu viel Vorsprung gehabt, und sein Verfolger war im Rückspiegel nicht zu sehen gewesen, als er losgebraust war. Außerdem hatte er erst auf der Umgehungsstraße von Langenholzhausen das Licht eingeschaltet. Je weiter er sich vom Gelände der *Cont-Trans* entfernt hatte, desto sicherer war er geworden, unerkannt geblieben zu sein. Während der Fahrt hatte er nebenbei die Kamera gecheckt.

Glücklicherweise hatte sie die grobe Handhabung überstanden, und mit einem Seitenblick auf den Monitor konnte er sich überzeugen, dass auch das Bild vom Inhalt des Containers noch vorhanden war. Fast schon komisch, dass es auch ein paar Bilder vom Gesicht des Hünen gab. Stark überbelichtet durch den viel zu nah ausgelösten Blitz, aber immer noch gut erkennbar. Zwei Sekunden nachdem er noch über den erschrockenen Gesichtsausdruck gelacht hatte, verging es ihm auch schon wieder. Als er an die Waffe und den Querschläger dachte. Erst jetzt wurde er sich richtig bewusst, dass der Mann ihn, ohne mit der Wimper zu zucken, getötet hätte. Und das nur wegen eines falsch deklarierten Containers und dessen Inhalt? Es musste doch mehr dahinterstecken. In welches Wespennest hatte er da gestochen? Maiwald überholte einen nächtlichen Radfahrer mit einem leeren Bierkasten auf dem Gepäckträger. Der Radfahrer fuhr Schlangenlinien und war anscheinend ebenfalls auf dem Weg, um zu tanken.

Was sollte er jetzt tun? Zur Polizei gehen? Aber was sollte er denen erzählen? Dass er in ein Betriebsgelände eingebrochen, in fremdem Eigentum herumgeschnüffelt hatte und dann beschossen worden war? Das Projektil würde man sicher nicht finden, aber das Loch im Zaun. Außerdem hatte er dummerweise auch noch den Bolzenschneider dort liegen lassen. Und darauf würde man garantiert seine Fingerabdrücke finden. Nein, die Polizei kam nicht infrage. Es musste einen anderen Weg geben.

Vor sich sah er die Lichter der Tankstelle und atmete auf. Sofort war auch sein Durst wieder da. Er würde sich ein paar Flaschen *Detmolder* gönnen. Möglichst aus dem Kühlschrank. Er parkte den Wagen und ging zum Nachtschalter hinüber. Eine junge Frau mit stark geschminktem Gesicht saß hinter der Glasscheibe und manikürte sich die Nägel. Im ersten Moment erinnert ihn der Anblick an die Hamburger Herbertstraße. Doch dafür war sie noch zu bekleidet. Maiwald klopfte an die Scheibe und innen platze eine große Kaugummiblase.

Die junge Frau drückte gelangweilt auf den Knopf der Sprechanlage. „Jaaaa?"

Maiwald war sonst jemand, der sich über solche Manieren aufregen konnte, doch heute war es ihm egal. Er brauchte sofort etwas Trinkbares. „Vier Detmolder bitte. Kalte, wenn es geht."

Die junge Frau blickte ihn mit halboffenem Mund an. „Herb, Land oder Tusnelda?"

Er stutzte einen Moment lang, bis er wusste, dass sie die Biersorte wissen wollte. „Herb, bitte."

Die Tankstellenprinzessin wälzte sich von ihrem Hocker und schlurfte zum Kühlschrank. Mit vier Flaschen im Arm kam sie zurück und scannte eine von ihnen. Dann drehte sie sich um, nannte ihm den Preis und stellte die Flaschen auf die Ablage über der Schublade.

Maiwald griff an seine Gesäßtasche, um sein Portemonnaie zu zücken und erstarrte. Es war weg! Noch einmal griff er in die Tasche. Dann tastete er sein Jacke ab. Scheiße!

„Moment“, sagte er zur der Verkäuferin. „Mein Portemonnaie. Ich habe es wohl im Wagen liegen lassen.“ Er rannte zu seinem Peugeot hinüber und durchsuchte den Innenraum. Einmal, zweimal, dreimal. Nichts. Es war weg. Verdammt, sollte er es auf dem Betriebsgelände verloren haben? Er war sich sicher, dass er es heute Abend eingesteckt hatte.

Ingo Maiwald wurde übel. Wie oft hatte er schon über dumme Einbrecher gelacht, die ihren Ausweis am Tatort verloren hatten und so von der Polizei ermittelt werden konnten? Und jetzt passierte ausgerechnet ihm so etwas. Er begann fieberhaft nachzudenken. Wo konnte er es verloren haben? Wenn, dann doch nur am Zaun. Entweder als er hineingekrochen war oder als er das Gelände fluchtartig verlassen musste. Die zweite Möglichkeit erschien ihm wahrscheinlicher. Vielleicht hatte er ja Glück und es lag so versteckt, dass sie es nicht fanden. Immerhin war es dunkel und das Gras am Zaun war hoch.

Aber wenn sie es fanden, dann rückten sie ihm garantiert auf die Pelle. Er musste schnellstmöglich weg. Egal wohin. Nur noch einmal schnell in seine Wohnung und ein paar Sachen und Geld holen. Aber was, wenn sie schon auf dem Wege dorthin waren? Ach was, dieses Risiko musste er eingehen. Er warf sich in den Wagen und startete den Motor. Mit quietschenden Reifen wendete er und verließ das Tankstellengelände. Dabei hätte er fast den betrunkenen Radfahrer gerammt, der mittlerweile auch dort angekommen war.

Die Bedienung sah Maiwald nur mäßig interessiert hinterher. Man glaubte kaum, mit wie vielen Spinnern man es hier nachts zu tun hatte. „Blöder Wichser“, murmelte sie und schlurfte mit den vier Flaschen zurück zum Kühlschrank.

Kapitel 27

Koslowski tastete schlaftrunken nach seinem Handy. Dummerweise hatte er vergessen, es auszuschalten, und so dröhnte *Mission Impossible* durchs Schlafzimmer. Britta gab ein unwilliges Brummen von sich und zog sich die Bettdecke über den Kopf. Im selben Moment, als er das Handy in die Hand bekam, fiel es ihm auch schon runter. Er sprang aus dem Bett, schnappte es sich und verließ schnell das Schlafzimmer. Leise schloss er die Tür und blickte auf das Display. Unbekannter Anrufer.

Normalerweise würde er das Gespräch nicht annehmen, aber momentan war das wieder eine Zeit in seinem Leben, in der alles und nichts passiert sein konnte. Er ließ sich in einen Sessel fallen und legte die Füße auf den Couchtisch. Ausdauer hatte der Anrufer, das musste man ihm lassen. Koslowski drückte die Sprechtaste und meldete sich.

„Gott sein Dank!“ Maiwalds Stimme klang total gehetzt. „Ich fürchtete schon, Sie nicht zu erreichen.“

Koslowski vermutete anhand der Nebengeräusche, dass Maiwald von einem Auto aus telefonierte. „Was ist denn los? Sie klingen ja, als ob der Teufel hinter Ihnen her wäre.“

„Er selber nicht, aber seine Handlanger.“ Der Journalist schilderte hastig seine Erlebnisse auf dem Gelände der Firma *Cont-Trans,* seine Beobachtungen und seine Flucht. Dann folgte die Episode mit dem verlorenen Portemonnaie. „Was soll ich denn jetzt machen?“ Man hörte, wie der Wagen beschleunigte.

„Vor allen Dingen klaren Kopf bewahren.“ Koslowski war mittlerweile hellwach. Die Sache nahm Fahrt auf. Da war was Dickes im Busch. Er hätte Maiwald nun von seinen Ermittlungen und dem Auftrag, Ivo Dragic zu suchen, erzählen können, aber dazu war ein anderes Mal noch Zeit. „Ich würde vorschlagen, Sie bleiben Ihrer Wohnung fern. Wenn die Ihre Adresse gefunden haben, dann sind sie möglicherweise schon dort und warten auf Sie. Können Sie irgendwo untertauchen?"

Maiwald hustete. Sein Mund war immer noch staubtrocken. Für eine kalte Flasche Bier würde er jetzt einen Mord begehen. „Ich habe eine gute Bekannte in Detmold, da kann ich erst mal untertauchen. Aber in meiner Wohnung sind noch wichtige Unterlagen zu dem Fall. Wenn die gefunden werden, bin ich ein toter Mann." Maiwald verfluchte sich, dass er so leichtfertig gewesen war. „Ich muss da noch mal hin."

„Auf gar keinen Fall", wehrte Koslowski ab. „Sie bleiben da weg." Er überlegte kurz. Wieder eine dieser Entscheidungen, die sein Leben, wie schon so oft, verändert hatten. Sie konnten auch die Polizei rufen, aber was hätten sie denen erzählen sollen? Dass ein erwachsener Mann Angst hatte, alleine seine Wohnung zu betreten? „Wie komme ich an den Schlüssel für Ihre Wohnung ran?"

„Ich kann ihn vorbeibringen." Maiwald schien erleichtert, dass Koslowski diesen gefährlichen Job übernehmen wollte.

„Nein, keine gute Idee. Wo wohnt Ihre Bekannte?"

Maiwald nannte ihm die Adresse.

„Wir gehen folgendermaßen vor", sagte Koslowski und stand auf. „Sie schicken Ihre Bekannte mit dem Schlüssel zu McDonald's in Detmold. Was für einen Wagen fährt sie?"

„Einen roten Mini."

„Okay, sie soll auf dem Parkplatz auf mich warten. Ich selber fahre einen grünen Landrover. Sie rufen mich kurz vorher an und teilen mir mit, wann sie losfährt. Wenn ich nicht zwei Minuten nach ihr auf dem Parkplatz eintreffe, ist etwas faul und sie soll sofort zur Wache an der Bielefelder Straße fahren. Haben Sie mich verstanden?"

„Ja, ja." Maiwalds Stimme zitterte. „Wenn sie losfährt, rufe ich an, und wenn Sie nicht zwei Minuten nach ihr bei McDonald's eintrudeln, soll sie abhauen, richtig?"

Koslowski bestätigte und zog einen Schreibblock zu sich heran. „Welche Art von Informationen muss ich wo suchen?“

Maiwalds Stimme klang nun kleinlaut. „Sie müssen gar nichts suchen. Auf dem Wohnzimmertisch liegt ein Schnellhefter mit der Aufschrift *Dragic* und *Cont-Trans*.“

Koslowski schüttelte den Kopf. Wie konnte man nur so leichtfertig sein. Aber Maiwald Vorwürfe zu machen, brachte jetzt auch nichts mehr. „Ich mache mich jetzt sofort auf den Weg. Wann sind Sie da?“

Maiwald überlegte kurz. „Schätze mal, in einer Viertelstunde.“

„Okay, dann telefonieren wir gleich wieder.“ Ohne Maiwalds Antwort abzuwarten, drückte Koslowski das Gespräch weg und zog den Schreibblock zu sich heran. Er überlegte eine Weile, bis er den Text hatte, durch den er Britta informieren konnte, ohne sie zu ängstigen. Da war so eine Notlüge mit einer Reifenpanne eines Bekannten doch ganz hilfreich. Wenn er Glück hatte, dann war er ja wieder hier, bevor sie aufwachte.

Er stand auf und ging leise ins Schlafzimmer zurück. Dort angelte er seine Jeans und das Hemd und schlich wieder hinaus. Im Flur zog er sich an und schnürte seine Trekkingschuhe. Dann schloss er leise die Wohnungstür und verließ das Haus. Seit einiger Zeit hatte er eine Garage gemietet, in der nicht nur sein Landrover stand. Leise und automatisch öffnete sich das Garagentor, und Koslowski drückte sich an seinem Wagen vorbei. Dahinter stand ein alter, schmaler Kleiderschrank, der schon bessere Jahre gesehen hatte. Seine Tür zierten diverse Aufkleber, und der Schlüssel hing schief im Schloss.

Koslowski öffnete ihn, räumte im untersten Regal einen Pappkarton zur Seite. Dahinter standen auf einem schmalen Tablett mit Motoröl verschmierte Flaschen und Scheibenreiniger. Er zog das Tablett heraus und legte dadurch eine kleine, graue Stahltür frei, die zu einem Tresor gehörte. Mittels Schlüssel öffnete er ihn und griff hinein. Der Innenraum war klein, aber groß genug, um einen Revolver vom Typ Ruger Redhawk .44 Magnum und eine Schachtel Munition zu beherbergen. Er legte den Revolver und die Munition auf den Boden und sorgte dafür, dass das Versteck wieder unsichtbar wurde. Dann setzte er sich in seinen Wagen, klappte die Trommel auf und lud sechs Patronen mit Teilmantelgeschossen in die Kammern. Weitere sechs Patronen ließ er in die Jackentasche gleiten, den Rest verstaute er samt Schachtel unter dem Sitz. Als er die Garage verließ und das Tor sich schloss, lag der .44er versteckt unter einer gefalteten Decke auf dem Beifahrersitz.

Koslowski fuhr in Richtung Innenstadt und war froh, dass er seit seinem letzten Abenteuer einen Waffenschein besaß. Es war ein Zugeständnis der behördlichen Stellen gewesen, weil er mit ihnen zusammengearbeitet hatte. Nach Erteilung der Genehmigung durch die Polizei hatte er sich für den schweren Revolver entschieden. Er war der Meinung, wenn er irgendwann noch mal eine Waffe einsetzen musste, dann aber eine vom richtigen Kaliber. Bislang hatte er gehofft, dass der Revolver nur ein nettes Accessoire bleiben würde. Ab und zu war er damit zwar mal auf dem Schießstand gewesen, aber nun schien es so, als ob er doch nützlich sein könnte.

Koslowski hoffte, dass er ihn nicht würde benutzen müssen. Dazu fiel ihm ein passender Spruch ein, über den er schmunzeln musste. Die Hoffnung stirbt zuletzt.

Kapitel 28

Er sah den Mini vor sich auf das Gelände des Schnellrestaurants an der Klingenbergstraße einbiegen und blickte in den Rückspiegel. Bis hierher war ihnen niemand gefolgt. Beim schottischen Millionär war noch jede Menge Betrieb. Maiwalds Bekannte fuhr auf den Parkplatz, hielt an und löschte das Licht. Eine Minute später parkte Koslowskis seinen Landrover so ein, dass er den Blick von der Straße auf den Mini verdeckte. Er stieg aus und ging langsam zu dem Wagen hinüber.

Als die junge Frau ihn kommen sah, ließ sie das Fenster herunter. „Sind Sie Koslowski?"

Er nickte.

„Mein Name ist Tina Watermann. Was ist überhaupt los? Ingo ist total verängstigt und dann diese Nummer hier. Wie in einem Agentenfilm." Sie zögerte einen Moment, als sie ihm den Schlüssel reichte. „Wäre es nicht besser, die Polizei zu benachrichtigen?"

Koslowski hielt die Hand auf. „Das sollten Sie mit Herrn Maiwald besprechen. Ich wäre Ihnen dankbar, wenn Sie mir jetzt schnell die Schlüssel für seine Wohnung geben, denn uns bleibt nicht viel Zeit."

Wieder insistierte sie. „Warum bleibt nicht viel Zeit? Warum müssen Sie so schnell in seine Wohnung?"

Koslowski drohte der Geduldsfaden zu reißen. „Sie stellen Fragen wie eine Lehrerin. Und nun geben Sie mir endlich den Schlüssel."

„Vielleicht liegt es ja daran, dass ich tatsächlich Lehrerin bin", antwortete sie schnippisch. „Und ich mache mir eben Sorgen."

„Ich auch!" Koslowski nahm ihr den Schlüssel aus der Hand und ging zu seinem Wagen zurück. Als er die Autotür öffnete, stand sie plötzlich hinter ihm. „Wann kriegen wir den Schlüssel zurück?"

„Wenn ich es für richtig halte“, entgegnete Koslowski kühl. Er hatte keinen Bock, mit ihr über Nebensächlichkeiten zu diskutieren. Entschlossen kletterte er auf den Fahrersitz und wollte die Tür schließen, doch sie trat dazwischen.

„Ihre Art gefällt mir gar nicht. Ich bin es nicht gewohnt, dass man mich so abfertigt. Ich verlange Auskünfte.“ Ihr Gesicht rötete sich langsam.

„Das ist Ihr gutes Recht, aber Sie werden trotzdem keine bekommen. Vielleicht ist alles auszudiskutieren heute in der Schule die übliche Vorgehensweise, hier bleibt dafür keine Zeit. Und jetzt entschuldigen Sie mich bitte.“ Er zog die Tür heran, und sie musste ihr ausweichen. Als er losfahren wollte, klopfte sie noch einmal an die Scheibe. Koslowski zögerte erst, dann kurbelte er das Fenster hinunter.

„Ich mag Sie nicht.“ Man sah ihr deutlich an, dass sie so einen Umgang nicht gewohnt war.

„Danke gleichfalls“, antwortete Koslowski und haute den Rückwärtsgang ins Getriebe.

***

Den Zusatz Hansestadt verband man eher mit Bremen, Lübeck oder Hamburg als mit Lemgo. Und dennoch war Lemgo im Spätmittelalter Mitglied der Hanse und nannte sich deshalb „Alte Hansestadt Lemgo“. Die im Jahre 1190 durch die Herren zu Lippe gegründete und an einer Wegekreuzung gelegene Ortschaft erhielt bereits im Jahre 1245 die Stadtrechte. Bis 1975 war Lemgo Verwaltungssitz des Kreises Lemgo und ging dann in dem Kreis Lippe auf. Eine Tatsache, die mancher alte Lemgoer bis heute anscheinend noch nicht gänzlich verkraftet hatte. In seiner wunderschönen Altstadt mit den stattlichen Bürgerhäusern fand man unter anderem das Krüwelhaus an der unteren Breiten Straße. Besser bekannt war das Haus unter dem Namen „Hexenbürgermeisterhaus“. Das Haus und das darin befindliche Museum erinnerten an die dunkelste Zeit in Lemgos Geschichte, denn im 17. Jahrhundert wohnte hier Bürgermeister Hermann Cothmann, der bei der Hexenverfolgung eine führende Rolle gespielt hatte. Die Folgen von Dreißigjährigem Krieg und Pestepidemien hatten dazu geführt, dass zahlreiche unschuldige Frauen und Männer der Zauberei angeklagt und hingerichtet worden waren.

Heute war Lemgo eher für seinen Handballverein TBV und als einer der Standorte der Hochschule Ostwestfalen-Lippe bekannt. Jedoch war das Museum im Hexenbürgermeisterhaus immer noch Anlaufpunkt für Touristen, Schulklassen und Hobbyhistoriker.

An diesem Morgen um kurz nach drei Uhr, als Koslowski darauf zusteuerte, lag es verlassen und dunkel da. Aber das Hexenbürgermeisterhaus war auch nicht sein Ziel, sondern ein anderes Gebäude. Er hatte seinen Wagen auf dem großen Parkplatz am Langenbrücker Tor abgestellt und dann zu Fuß die Brücke über die Bega genommen. Er passierte die VHS und ließ das Hexenbürgermeisterhaus links liegen. Vor dessen imposantem Giebel hatte er schon öfter gestanden, doch jetzt fehlt ihm der Blick für solche Schönheiten.

Er passierte die Heustraße und wandte sich nach rechts. Maiwalds Wohnung befand sich in der Orpingstraße, die etwa fünfzig Meter weiter rechts von der Breiten Straße abging. Nach wenigen Metern in der Straße sah Koslowski das Haus. Sicherheitshalber blieb er auf der anderen Straßenseite und ging ohne hinüberzublicken daran vorbei. Aus den Augenwinkeln beobachtete er die Umgebung. Alles schien ruhig zu sein. Kein Wagen, in dem dunkle Typen saßen, keine Männer mit hochgeschlagenem Mantelkragen in düsteren Hauseingängen.

An der Ecke Hüttenstraße blieb er stehen und blickte zurück. Ihm gegenüber lag der Abteigarten, rechts davon Maiwalds Haus. Alle Fenster waren dunkel, nirgends sah er einen verräterischen Lichtschein hinter Gardinen.

Anscheinend waren Dragics Leute noch nicht hier. Sollten sie das Portemonnaie doch nicht gefunden haben? Koslowski wusste nicht, wo er dran war. Er gab sich noch zehn Minuten Zeit, dann stieß er sich von der Hauswand ab, an der er gelehnt hatte, und ging schnellen Schrittes über die Straße. Ohne zu zögern steuerte er auf die Haustür des Zweifamilienhauses zu und hielt bereits den Schlüssel in der Hand.

Maiwalds Vermieter war so freundlich gewesen, die Haustür und die Wohnungstür seines Mieters mit einer Schließanlage auszustatten, was Koslowski langes Suchen ersparte, denn es gab nur einen Schlüssel. Er schlüpfte in den Hausflur und klemmte die Fußmatte in die Tür, so würde er nachher das Haus lautloser verlassen können. Er blieb stehen und lauschte. Keinerlei Geräusch. Langsam und ohne die Treppenhausbeleuchtung einzuschalten ging er weiter. An der Wohnungstür im Erdgeschoss las er den Namen *Bolte*. Maiwalds Wohnung musste also im Obergeschoss liegen. Koslowski trat auf die erste der hölzernen Treppenstufen und erschrak. Sie knarrte laut und vernehmlich. Er hielt einen Moment lang inne, dann wagte er die zweite zu benutzen. Langsam und ohne weiteres Knarren arbeitete er sich nach oben. Im oberen Stockwerk angekommen, blieb er erneut stehen. Von der letzten Stufe aus hatte er einen guten Blick auf die Tür von Maiwalds Wohnung. Sie war geschlossen und augenscheinlich noch unbeschädigt. Er steuerte darauf zu und öffnete sie. Den Schlüssel ließ er außen stecken. Wieder lauschte er ohne einzutreten, doch auch hier war es totenstill. Lediglich das Ticken einer Uhr war zu hören. Koslowski huschte in den Flur und schloss die Tür hinter sich. Er schlich ins Wohnzimmer und blickte auf den Tisch. Da lag er noch! *Dragic und Cont-Trans*, genau wie von Maiwald beschrieben. Ohne zu zögern griff er zu, rollte den Hefter zusammen und stopfte ihn in die Innentasche seiner Jacke. Jetzt nichts wie weg.

In diesem Moment hörte er, wie unten ein Auto anhielt. Verdammt! Koslowski spurtete zum Fenster, schob äußert vorsichtig die Gardine ein kleines Stückchen zur Seite und blickte hinunter auf die Straße. Vor dem Haus stand nun ein schwarzer Geländewagen mit laufendem Motor, aus dem soeben zwei Personen ausstiegen. Das sah gar nicht gut aus.

Er rannte zur Wohnungstür, öffnete sie und hörte, wie unten soeben die Haustür geöffnet wurde. Und er selbst hatten ihnen auch noch die Tür offen gelassen, verfluchte er sich. Runter konnte er jetzt nicht mehr, denn da würde er ihnen direkt in die Arme laufen. Lief er zurück in die Wohnung, dann säße er dort in der Falle. Er zog die Tür leise zu und benutzte dazu den Schlüssel. Dann schlich er auf Zehenspitzen zur Treppe und hoffte inständig, dass die Stufen ins Dachgeschoss nicht knarrten. Er hatte kaum die Wendelung der Treppe umrundet, als er auch schon ihre Schritte auf dem Holzfußboden vor der Wohnungstür hörte. Dann ein, zwei gedämpft gesprochene Worte und Sekunden später das Splittern von Holz. Als Nächstes Schritte, die in der Wohnung verhallten. Jetzt oder nie. Koslowski war sich sicher, dass die Leute das ganze Haus auf den Kopf stellen würden, um Hinweise oder Aufzeichnungen zu finden.

Draußen würde er sich viel freier bewegen können, hier im Haus war es zu eng und seine Handlungsmöglichkeiten eingeschränkt. Leise stieg er die Treppe hinunter und behielt Maiwalds Wohnungstür dabei ständig im Blick. Er sah Taschenlampenstrahlen in den Räumen hin und her wandern und war in zwei Sätzen an der Treppe. Einer plötzlichen Eingebung folgend setzte er sich rittlings auf das Treppengeländer und rutschte darauf hinunter. So würde ihn keine knarrende Stufe verraten.

Dass er dennoch auffiel lag an dem erschrockenen Aufschrei einer dunklen Gestalt, die am Fuß der Treppe Schmiere gestanden hatte. Koslowski stieß mit dem Mann zusammen und sein Schwung schleuderte ihn gegen die

Wand des Treppenhauses. Die Schrecksekunde dauerte bei beiden nur sehr kurz. Koslowski spurtete zur Haustür und der Mann begann erneut zu schreien. Sofort hörte man von oben Getrampel.

Aber da war er schon an der Haustür. Er riss sie auf und stürzte auf die Straße. Sein Blick fiel in das beleuchtete Innere des wartenden Geländewagens. Der dunkelhaarige Mann hinter dem Steuer war gerade dabei, die Autotür zu öffnen, als er Koslowski sah. Vermutlich war auch er durch die Geräusche im Haus aufmerksam geworden. Dann hörte Koslowski eine Stimme aus einem Funkgerät. Er warf sich nach links und begann zu rennen. Hinter sich hörte er, wie die Haustür aufgerissen wurde und innen gegen die Wand schlug. Dann gedämpfte Schreie und Schritte hinter ihm. Er rannte so schnell er konnte und zog dabei den Revolver aus dem hinteren Hosenbund, weil er Angst hatte, ihn beim Laufen zu verlieren.

Wieder einmal war man hinter ihm her.

Er erreichte die Breite Straße und lief sie zurück in Richtung Bega. Hinter sich hörte er die quietschenden Reifen des wendenden Geländewagens und die Schritte von mehreren Personen. Er wagte nicht, sich umzusehen, sondern konzentrierte sich voll darauf, sein Tempo beizubehalten. Wenn er Glück hatte, schaffte er es vielleicht noch bis zu seinem Wagen. Plötzlich erhellten Scheinwerfer hinter ihm die Straße. Der Geländewagen war soeben in die Breite Straße eingebogen, als Koslowski die doppelläufige Treppe der Alten Abtei passierte, in der jetzt die Volkshochschule residierte. Er schätzte, dass es bis zum Parkplatz nur noch knapp hundert Meter waren. Sein Vorsprung war recht komfortabel und er war zuversichtlich, dass er seinen Häschern entkommen würde. Doch schon wenige Sekunden später wurde diese Hoffnung zunichte gemacht.

Mitten auf der Brücke über die Bega stand ein schwarzer PKW. In diesem Moment flammten die Scheinwerfer auf, und der Wagen machte einen Satz nach vorne. Sie nahmen ihn in die Zange!

Ohne groß zu überlegen rannte Koslowski hinter dem Gebäude um die Ecke und war kurze Zeit später im Abteigarten. Sofort wandte er sich wieder nach links, spurtete über den Rasen an der alten Säule vorbei. Er musste hier weg, sonst sah er schwarz.

Hinter ihm bog soeben der Geländewagen ebenfalls in den Abteigarten ab, hielt aber sofort an. Was sollte das denn jetzt?

Die Lichter am Fahrzeug erloschen und Koslowski hörte eine Tür klappen. Wollte der Fahrer ihn nun zu Fuß verfolgen? Sein Fluchtweg führte quer durch den Park und so zurück in Richtung Orpingstraße. Wenn er es bis dorthin schaffte, standen seine Chancen nicht schlecht, sich auf der anderen Straßenseite in einen Hausgarten zu schlagen und dort zu verstecken.

Gehetzt blickte er nach links und rechts. Wo waren die beiden anderen Fahrzeuginsassen geblieben, die ihn zu Fuß verfolgt hatten?

Die Antwort auf diese Frage ließ nicht lange auf sich warten, denn als er die Orpingstraße erreichte, sah er, wie sie von links angelaufen kamen. Verdammt, sie hatten umgedreht und waren zurückgelaufen. Koslowski hatte den Eindruck, dass irgendwer sie dirigierte. Wenn das nicht mal der Fahrer des schwarzen Fahrzeuges war, das auf der Brücke gewartet hatte. Aber wo war das jetzt?

Er erreichte die Straße, sah von links die beiden Typen kommen und hörte schräg rechts hinter sich Schritte und Keuchen. Sich in einem der Gärten zu verstecken, kam nicht mehr infrage. Mit Glück schaffte er es, die Orpingstraße zu überqueren und in die Hüttenstraße zu rennen. Er hatte am anderen Ende fast die quer verlaufende Stiftstraße erreicht, als der dunkle Wagen im Einmündungsbereich auftauchte. Er bremste stark ab, die Beifahrertür flog auf und eine Person wälzte sich, für ihre bullige Statur erstaunlich schnell, aus dem Wagen. Dann stellte sie sich breitbeinig in Positur und hob die Arme. Beide Hände umklammerten dabei den Griff einer Waffe. Koslowski sah es mit erstaunlicher Klarheit. Die matt schimmernde schwarze Pistole und dahinter Dragic' Handlanger Zoltan.

Sollte das hier das Ende sein?, fragte sich Koslowski. Eine kleine, unbedeutende Straße in einer alten Stadt? Ein rücksichtsloser Mörder mit einer Pistole in der Hand? Das Aufblitzen des Schusses und im selben Moment das Ende seines Lebens? Er reagierte wie ein Automat, riss den Arm hoch und feuerte bereits, als seine Waffe in Brusthöhe war.

Überrascht darüber, dass er getroffen hatte, sah er, wie der massige Serbe wie von einer Geisterhand angehoben und nach hinten gegen das schwarze Fahrzeug geschleudert wurde. Sein Hinterkopf prallte dabei mit einem hässlichen Knall an die Dachkante. Dann rutschte er mit immer noch weit gespreizten Armen langsam am Fahrzeug herunter.

Koslowski blieb stehen und drehte sich um. Seine drei Verfolger hatten mit ansehen müssen, wie er ihren Chef erschossen hatte. Unschlüssig blieben sie stehen und griffen nur zögerlich zu ihren Waffen. Es schien so, als ob er dem Rudel den Leitwolf genommen hatte.

Als er die Waffe in ihre Richtung schwenkte, warfen sie sich herum und rannten davon. Keiner von ihnen hatte Lust, sich ein Teilmantelgeschoss aus einer .44er einzufangen. Sofort wandte sich Koslowski wieder dem schwarzen Wagen zu. Der Fahrer hatte die Tür geöffnet und war halb ausgestiegen. Mit einem Bein im Wagen und vor Schreck geweiteten Augen versuchte er zu erkennen, wie es seinem Boss ging. Aber auch er wusste offenbar nicht, was er nun tun sollte. Koslowski rannte auf ihn zu. Als der Fahrer das sah, sprang er zurück in den Wagen. Mit immer noch offener Tür gab er Gas.

Zoltans Körper, der am Fahrzeug gelehnt hatte, verlor den Halt und fiel einfach um. Koslowski erreichte die

Einmündung und sah nur noch die Rücklichter. An ihnen erkannte er, dass es sich um einen Mercedes handelte, der die Stiftstraße entlangjagte.

Er drehte sich um und sah auf Zoltan hinunter, der nun auf dem Rücken lag, in einer Hand immer noch seine Waffe. Seinen Revolver im Anschlag näherte sich Koslowski ihm vorsichtig und schob dem Toten mit dem Fuß die Waffe aus der Hand. Daran, dass Zoltan tot war, bestand kein Zweifel. Die gebrochenen Augen, die in den Lemgoer Nachthimmel gerichtet waren, und das große Loch in seiner Brust sprachen eine eindeutige Sprache. Dazu kam der größer werdende Blutfleck, der langsam unter der Leiche hervorsickerte.

Koslowski ging rückwärts, bis er eine Hauswand im Rücken spürte. Er lehnte sich daran und rutschte hinunter. Erst als er saß, ließ er den schweren Revolver los, der klappernd auf dem Boden landete. Er bemerkte, wie seine Hände anfingen zu zittern und er konnte den Blick nicht von Zoltans Leiche abwenden. Er hatte soeben einen Menschen erschossen. Und auch der Gedanke, dass er nur lebte, weil er schneller reagiert und Glück gehabt hatte, verschaffte ihm dabei keine Erleichterung.

Mit einer fahrigen Bewegung fuhr er sich mit der Hand durchs Gesicht und wurde sich in diesem Moment klar darüber, dass alle Erlebnisse der letzten Jahre nicht in seinen Kleidern stecken geblieben waren. Er war dünnhäutiger geworden. Und ihm wurde plötzlich klar, dass er für solche Dinge nicht mehr die notwendige Kraft besaß. Und jetzt auch noch der Tod eines Menschen.

Über ihm wurde es hell, weil jemand durch den Schuss aufgeweckt worden war, und kurze Zeit später öffnete sich ein Fenster. Koslowski hörte einen erstickten Schrei, dann wurde das Fenster schnell wieder geschlossen. Jetzt würden sie die Polizei rufen. Höchste Zeit, dass er verschwand. Am besten machte sich einfach aus dem Staub und meldete sich erst später. Es war doch eindeutig Notwehr gewesen. Er hatte gar nicht anders reagieren können. Entweder der oder ich.

Aber wenn er weglief, würde er das nur schwerlich beweisen können. Er erhob sich und trat auf die Fahrbahn der Stiftstraße. Die beiden Waffen ließ er liegen, wo sie lagen. Er griff in die Tasche und holte sein Handy heraus. Nachdem er den Notruf gewählt hatte, sagte er nur einen einzigen Satz. „Mein Name ist Koslowski. Ich habe soeben jemanden erschossen."

Kapitel 29

„Ich bin so schnell gekommen, wie es ging." Noch völlig außer Atem ließ sich Kriminalhauptkommissar Brehm auf den Stuhl sinken. Sein Kollege Guda schloss die Tür und blieb daran angelehnt stehen. Die beiden Kriminalbeamten waren zur Wache nach Lemgo gerufen worden, nachdem man Koslowski auf der Stiftstraße festgenommen hatte.

Alles war vergleichsweise unaufgeregt vonstattengegangen, da Koslowski die Polizeibeamten bereits mit erhobenen Händen erwartete. Dann hatte er sich widerstandslos Handschellen anlegen und zur Wache bringen lassen. Hier hatte er darum gebeten, dass Kriminalhauptkommissar Brehm informiert wurde. Auch das ging schnell, da Brehm und Guda zufällig Nachtdienst hatten.

Nun befanden sich die drei gemeinsam in einem Büro der Lemgoer Wache, und Brehm ließ sich von Koslowski noch einmal den Hergang schildern. Was er Brehm nicht sagte, war, dass er wusste, wen er da erschossen hatte. Dazu war es noch zu früh.

„Dann sagen Sie mir mal, welchen Grund der Täter gehabt haben könnte, Sie zu erschießen?" Brehm und Koslowski kannten sich aus einem anderen Fall, und der Kriminalbeamte wusste, wen er mit Koslowski vor sich hatte.

„Keine Ahnung. Vielleicht wollte er mich überfallen, oder hat mich mit irgendjemand verwechselt." Koslowski streckte die Beine unter den Tisch und verschränkte die Arme vor der Brust. Dann schloss er für einen kurzen Moment die Augen und atmete tief durch. Der Knall der Magnum dröhnte ihm immer noch in den Ohren, und vor seinem inneren Auge sah er Zoltan noch einmal durch die Luft fliegen.

„Wer soll das denn glauben?", warf Guda von der Tür aus ein. „Wir sind doch hier nicht in Chicago. Hier in Lemgo laufen doch nachts keine Revolverhelden rum." Brehm blickte seinen Kollegen an und schüttelte unmerklich den Kopf.

„Warum haben Sie eigentlich Ihre Waffe dabeigehabt?“, fragte er. „Ich meine, tragen dürfen Sie sie ja, aber ungewöhnlich ist es doch, oder?“

Koslowski drehte den Kopf, sah zuerst Guda und dann Brehm an. „Ich weiß auch nicht, ich hatte in den letzten Tagen öfter das Gefühl, als ob ich beobachtet würde. Da dachte ich, dass ich sie vorsichtshalber vielleicht mal einstecken sollte.“ Es gefiel ihm nicht, dass er Brehm anlügen musste, aber noch war die Zeit nicht reif, um mit der Wahrheit herauszurücken. Wenn er jetzt die Polizei einschaltete, dann würde er seine Gegenüber möglicherweise verschrecken und er hatte jetzt noch ganz andere Möglichkeiten als die Polizei.

Der Kriminalhauptkommissar blätterte durch die Festnahmeanzeige, in der seine uniformierten Kollegen alles bisher Ermittelte vermerkt hatten. „Wenn Ihre Schilderung stimmt, dann dürfte die ganze Sache unter Notwehr laufen.“ Brehm legte die Hände gefaltet auf die Anzeige. „Und was sind das hier für Unterlagen?“ Er deutete auf den gerollten Schnellhefter.

„Das sind private Aufzeichnungen, die einem Bekannten gehören.“

Brehm blätterte sie durch. Dann legte er sie zurück auf den Tisch und schob sie Koslowski zu. „Die können Sie mitnehmen, aber Sie wissen natürlich, dass ich Ihre Waffe sicherstellen muss.“

Koslowski nickte.

„Außerdem wäre es sehr hilfreich, wenn Sie in der nächsten Zeit für den Staatsanwalt erreichbar sind“, fügte Guda hinzu.

Auch diese Aufforderung nahm Koslowski schweigend zur Kenntnis.

Brehm lehnte sich zurück und blickte Koslowski in die Augen. „Wir beide kennen uns, und Sie wissen, dass Sie bei mir einen Stein im Brett haben. Außerdem bin ich sicher, dass Sie uns sofort informieren, wenn etwas Außergewöhnliches geschieht oder Ihnen noch etwas einfällt." Sein Lächeln verriet Koslowski, dass Brehm ahnte, dass er mehr wusste, als er gesagt hatte.

Koslowski erhob sich und schob seinen Stuhl an den Tisch. „Kann ich jetzt gehen?"

Brehm nickte. „Tun Sie mir bitte einen Gefallen, passen Sie auf sich auf!"

„Komisch", sagt Koslowski, „diesen Satz hört man zurzeit in Lemgo öfter."

Als er auf die Tür zusteuerte, machte ihm Guda nur widerwillig Platz. Man konnte ihm deutlich anmerken, dass er Koslowski am liebsten eingebuchtet hätte. Aber noch hatte Brehm das Sagen.

Koslowski verabschiedete sich und war froh, als er vor dem Gebäude an der Pagenhelle stand. Gierig sog er die klare Nachtluft in seine Lungen. Ihm rauchte der Schädel. Er hatte zwar damit gerechnet, dass ihm Dragics Männer möglicherweise in die Quere kommen würden. Aber dass die Sache so endete, war nicht geplant. Er wandte sich nach links und lief die Pagenhelle entlang in Richtung Schloss Brake. Nachdem er das Gebäude des DRK passiert hatte, fischte er sein Handy aus der Tasche und wählte Maiwalds Nummer.

Bereits nach dem zweiten Klingeln war dieser am Apparat. „Und?", fragte er atemlos. „Haben Sie die Sachen?"

Koslowski bejahte, dann erzählte er ihm von dem Vorfall mit Zoltan.

Maiwald hörte schweigend zu. „Verdammt, die schrecken wirklich vor nichts zurück. Ich hab echt Schiss. Wieso drehen die so am Rad, nur weil ich ein bisschen Elektroschrott fotografiert habe?" Maiwalds Stimme begann sich zu überschlagen.

„Ich habe keine Ahnung, aber anscheinend haben wir da in ein Wespennest gestochen. Ich kann mir auch keinen

Reim darauf machen, warum sie gleich mit einem Killerkommando angerückt sind. Aber ich werde der Sache auf den Grund gehen."

„Und ich haue ab!" Man hörte deutlich die Panik. „Es gibt noch einen wichtigen Informanten, den ich kontaktieren werde, dann verlasse ich Deutschland. Ich setze mich erst mal ab."

„Wo wohnt dieser Informant?", fragte Koslowski.

„Es ist besser, wenn Sie es nicht wissen. Sobald ich alle Informationen zusammen habe, melde ich mich noch mal bei Ihnen. Und dann lass ich die Bombe platzen, das verspreche ich Ihnen."

„Seien Sie bloß vorsichtig", riet Koslowski dem Journalisten.

„Keine Sorge, ich komm schon klar." Dann war das Gespräch beendet.

Kapitel 30

Die Zeit, die er im Container verbracht hatte, schien unendlich gewesen zu sein. Die letzten Tage hatte er gar nicht mehr richtig wahrgenommen. Die schlechte Luft, die Ausdünstungen seiner Fäkalien, das zur Neige gehende Wasser und großer Hunger hatten ihn von einem gnädigen Dämmerschlaf in den nächsten fallen lassen. Lediglich wenn der Container bewegt wurde, war er aufgewacht und hatte jedes Mal neue Hoffnung verspürt. Irgendwann musste das Ziel seiner Reise doch erreicht sein.

Mittlerweile war ihm egal, was sie mit ihm machten, denn er hatte bereits allen Lebensmut verloren. Immer wieder glitten seine Gedanken zurück nach Accra. Er erinnerte sich, wie er zusammen mit Mogamo nach drei Tagen wieder zur Krankenstation zurückgekehrt war, an der sie das erste Mal untersucht worden waren. Der Fremde hatte sie dort erwartet, diesmal saßen sie beide zusammen in einem Raum und hörten zu, was er ihnen zu sagen hatte. Er konnte sich immer noch gut an Mogamos enttäuschtes Gesicht erinnern, als der Fremde ihm mitteilte, dass er für den Job nicht infrage kam. In diesem Moment war Mogamos Traum wie eine Seifenblase zerplatzt. Auch die Hälften der beiden Fünfzig-Dollar-Scheine machten ihn nicht froh. Was waren schon lächerliche hundert Dollar im Vergleich zu zehntausend?

Mit hängenden Schultern und gesenktem Kopf war er aus der Krankenstation geschlurft. Dann hatte sich der Hüne ihm zugewandt. „Ich gratuliere dir, du scheinst der richtige Mann zu sein.“ Dann hatte er ihm erklärt, womit er sich die zehntausend Dollar verdienen konnte. Es gab jemanden, dessen Nieren nicht mehr arbeiteten und der nur durch die Dialyse, einer Art Blutwäsche, am Leben gehalten wurde.

Er hingegen war gesund und hatte zwei funktionsfähige Nieren. Wäre er bereit, eine davon zu spenden, würde man ihm dafür zehntausend Dollar bezahlen, und er würde zusätzlich nach Europa gebracht, wo er anschließend unter bester medizinischer Versorgung weiterleben konnte. Im ersten Moment hatte ihn dieses Angebot geschockt. Sie wollten ihn aufschneiden und ihm ein Stück seiner Eingeweide entfernen. Dann wieder sah er die gewaltige Summe und die Aussicht, sein armes Heimatland zu verlassen.

Der Arzt, der ihn drei Tage zuvor untersucht hatte, war ins Zimmer getreten, und auf Aufforderung des Fremden hatte er Kwame erläutert, wie es nun weitergehen würde. Zunächst einmal würde man bei ihm eine Gewebeprobe entnehmen und sie typisieren, dann käme es zur Durchführung einer Kreuzprobe mit dem potenziellen Empfänger. Sollte das alles passen, wäre er zwei Tage nach dem Eingriff ein reicher Mann.

Der Hüne erklärte ihm, dass man Mittel und Wege hatte, ihn ohne großes Aufsehen nach Europa zu bringen. Dazu musste er nur noch ein paar Tage Strapazen auf sich nehmen, dann wäre er in Europa. Erst dort würde man den Eingriff vornehmen.

Als er sich nach den beiden Hälften der zerrissenen Fünfzig-Dollar-Scheine erkundigte, winkte der Fremde lachend ab. In dem Moment, in dem er in den Container ging, würde seine Familie nicht nur die einhundert, sondern sogar fünfhundert Dollar erhalten. Das gab den Ausschlag. Damit wäre seine Familie fürs Erste versorgt. Alles Weitere würde sich finden.

Von der Krankenstation aus hatten sie ihn dann in eine andere Arztpraxis gebracht, wo man ihm die Gewebeprobe entnommen hatte. Zu dieser Arztpraxis gehörten auch ein paar Krankenzimmer, und in einem von ihnen durfte er die Zeit verbringen, bis man das Ergebnis der Kreuzprobe hatte.

Den riesigen Fremden traf er noch zweimal. Das erste Mal, als er ihm das positive Ergebnis überbrachte, das zweite Mal schaute er in dessen Gesicht, als sich die Stallwand im Container schloss und seine Reise begann. Eine Reise ins Ungewisse.

Kapitel 31

Koslowski kehrte erst am frühen Morgen in seine Wohnung zurück. Von unterwegs aus hatte er Britta angerufen, die sich bereits auf den Weg in ihre Bielefelder Anwaltskanzlei gemacht hatte. Sie war froh, dass er sich meldete, denn sie hatte sich schon Sorge gemacht. Ohne ihn zu unterbrechen, ließ sie sich die Geschehnisse in Lemgo schildern.

„Von wegen Reifenpanne." Sie schnaubte empört, dann aber kehrte ihre Professionalität als Anwältin zurück. „Und du bist sicher, dass der Typ, den du erschossen hast, der Handlanger von Dragic war?"

„Zweifelsohne." Koslowski atmete tief durch. „Und das bedeutet, dass Dragic nun weiß, dass Maiwald und ich in Verbindung stehen. Seine Leute haben mich ganz sicher erkannt. Und ich bin der festen Überzeugung, dass sie Maiwald das Licht ausgeblasen hätten, wenn er in seine Wohnung zurückgekehrt wäre."

„Also lässt du dich lieber erschießen, was?" Ihre Stimme klang eher besorgt, als verärgert. „Du musst zur Polizei gehen", mahnte ihn die Anwältin.

„Da war ich doch heute Nacht schon", versuchte er einen Scherz. „Und was soll ich denen sagen? Dass ich den Auftrag von Dragic bekommen habe, seinen Vater zu suchen, dass ein Journalist in seiner Firma rumgeschnüffelt hat und dass ich zur falschen Zeit am falschen Ort war? Ich habe ihnen noch nicht einmal gesagt, dass ich diesen Zoltan kannte."

Er hörte, wie Britta nervös mit den Fingern auf dem Lenkrad trommelte. „Aber du kannst mir doch nicht erzählen, dass die wegen einem bisschen geschmuggelten Elektroschrott so einen Aufstand machen, oder?" Koslowski hörte sie am Telefon seufzen. „Glaubst du, dass die für solche Lappalien Menschen töten?"

„Nein. Ich vermute, dass da noch was ganz anderes dahintersteckt und ich weiß auch noch nicht, ob und was das Verschwinden des alten Dragic damit zu tun haben könnte." Er kratzte sich nachdenklich am Kinn. „Aber ich bin mir sicher, dass Zoltans Kumpane mich ebenfalls erkannt haben und Dragic nun weiß, dass ich mich nicht nur für seinen Vater, sondern auch für seine Geschäfte interessiere."

„Was willst du als Nächstes tun?", wollte Britta wissen.

Koslowski schwieg zwei Sekunden, bevor er antwortete. „Auf jeden Fall solltest du ein wenig Abstand von mir halten."

„Kommt gar nicht infrage", fuhr ihm Britta in die Parade. „Ich beuge mich doch nicht irgendwelchem kriminellen Pack."

„Das stimmt, das tust du auch nicht wegen denen, sondern du wirst es mir zuliebe tun." Koslowski war von ihrer Anteilnahme gerührt. „Ich muss ein paar Sachen überprüfen, und wenn alles gut läuft, dann habe ich vielleicht Beweise in der Hand, die zusammen mit den Dingen, die Maiwald recherchiert hat, ausreichen, um den Brüdern das Handwerk zu legen. Aber bis dahin bleibst du bitte aus der Schusslinie und passt auf dich auf. Sie wissen ja bereits, dass es eine Verbindung zwischen uns beiden gibt. Aber zum Glück nicht, wie eng sie ist. Und das sollte auch so bleiben."

Die Bielefelder Anwältin seufzte. „Ich mag es nicht, wenn du dich immer wieder in Gefahr begibst. Das letzte Mal war es schon haarig genug."

Koslowski grinste. „Dann beruhigt es dich vermutlich auch nicht, wenn ich dir verspreche, dass ich aufpassen werde, oder?"

„Nein. Mir wäre es am liebsten, wenn du dich in Zukunft aus all solchen Sachen raushalten würdest. Ich möchte gerne mit Ihnen zusammen alt werden, Herr Koslowski."

„Das hört man gern, Frau Craven."

Als Koslowski in seine Wohnung kam, suchte er nach seinem kleinen, abgegriffenen braunen Notizbuch, in dem er viele wichtige Adressen und Kontakte notiert hatte. Er ließ sich auf sein Sofa fallen, legte die Beine auf die Armlehne und blätterte durch das Notizbuch. Nach kurzer Zeit hatte er den Namen gefunden, den er suchte. Koslowski angelte sich das Telefon vom Tisch und wählte eine Rufnummer.

Nach dem dritten Klingeln schaltete sich ein Anrufbeantworter ein, und er hatte erst drei Worte darauf gesprochen, als dieser wieder abgeschaltet wurde und sein Gesprächspartner sich persönlich meldete.

„Sieh mal an, Herrn Koslowski gibt es immer noch. Und ich habe schon gedacht, die Erde hätte sich aufgetan und dich verschlungen."

„Bodo, ich weiß gar nicht, was du hast. Sei doch froh, dass ich dich so viele Jahre in Ruhe gelassen habe." Koslowski kannte Bodo Gellendorf seit der Schulzeit – und immer dann, wenn er irgendwelche Probleme mit Computern hatte, war Gellendorf sein zuverlässiger Ansprechpartner gewesen.

Die Lehrer in ihrer damaligen Klasse hatten Gellendorf keine übermäßige Intelligenz bescheinigt und daher auch nicht voraussehen können, dass ihr ehemaliger Schüler heute der Inhaber einer der größten Hard- und Softwarefirmen Deutschlands war. Gellendorf hatte klein angefangen. Zuerst bastelte er im Keller der elterlichen Wohnung Computer zusammen, dann entdeckte er ein paar Marktlücken und beschäftigte sich fortan nicht mehr mit Schrauben und Muttern, sondern mit Mark und Pfennig. Aus der Kellerwerkstatt wurde ein Ladenlokal, aus dem Ladenlokal ein Geschäftshaus und aus dem Geschäftshaus ein Imperium. Gellendorf kannte sich auf dem weltweiten Computermarkt bestens aus und hatte seine Beteiligungen so geschickt platziert, dass er problemlos jede Krise überstehen konnte. Weder hatte er sich Hals über Kopf in den chinesischen Markt gestürzt, wie viele andere, noch hatte er den deutschen Markt gänzlich vernachlässigt.

„Bodo, ich habe ein Problem."

„Dass du Probleme hast, ist ja was ganz Neues", ulkte Gellendorf. „Aber wenn du mich anrufst, dann hat es garantiert etwas mit Computern zu tun, oder?"

„Eher mit Software", bekannte Koslowski. „Ich habe eine mit Passwort geschützte CD ..."

„Lass mich raten!", unterbrach ihn Gellendorf. „Und ich soll dir nun helfen, das Passwort zu knacken, oder?"

„Bodo, ich habe immer schon deine schnelle Auffassungsgabe bewundert. Könntest du mir helfen, oder kennst du jemanden, der mir helfen kann?"

Gellendorfs Antwort kam postwendend. „Junge, mit so was beschäftige ich mich schon lange nicht mehr. Ich lese seit geraumer Zeit mehr Börsenmagazine als Computerzeitungen. Wo steckst du denn zurzeit? Immer noch in diesem Provinzkaff Detmold? Wann willst du denn mal wieder nach Essen zurückkehren?"

„Lass das mal nicht die Detmolder hören", warnte ihn Koslowski scherzhaft. „Die sind stolz auf ihre Kulturstadt am Teutoburger Wald und das mit Recht. Aber Essen ist nun auch nicht gerade der Nabel der Welt."

Koslowski hörte Gellendorf lachen. „Immerhin war Essen 2010 Kulturhauptstadt."

„Ja ja, aber dieser Ruhm ist schon längst verblasst, während Detmold und das Hermannsdenkmal immer noch ein Besuchermagnet sind."

„Willst du mit mir über unsere Wohnorte streiten oder Hilfe bekommen?"

Koslowski wechselte den Hörer vom einen Ohr zum anderen. „Erst mal Hilfe, später streiten." Er hörte, wie sein Gesprächspartner mit dem Telefon in der Hand durch den Raum ging.

„Ich muss mal an meinen PC“, erklärte er und Koslowski hörte, wie Gellendorf dort etwas eintippte. Ein paar Sekunden lang herrschte Stille, dann war er wieder dran.

„Ich habe jemand gefunden, der dir weiterhelfen kann. Der Typ ist ein Freak. Lass dich aber von seinem Äußeren nicht täuschen, in seinen Adern fließt kein Blut, sondern Strom. Ich glaube, der garniert sich morgens seine Schüssel Müsli mit Mikrochips.“

Koslowski musste bei diesem Gedanken lachen. „Und wo finde ich dieses Genie?“

„Sagt dir ein Kaff namens Schlangen etwas?“

„Na klar, ist hier fast um die Ecke. Jetzt brauche ich nur noch einen Namen und eine Telefonnummer.“

„Der Name ist Rauch, wie Schall und Rauch, der Vorname Benedikt. Die Sache mit der Telefonnummer kannst du allerdings vergessen, der Typ verkehrt nur über seine Computer, ans Telefon geht er nie. Aber wenn dir einer helfen kann, dann der.“ Gellendorf nannte ihm die Adresse.

„Vielen Dank, Bodo, du hast mir auf jeden Fall schon geholfen, wie kann ich das je wiedergutmachen?“ Er hörte Gellendorf am anderen Ende lachen.

„Gar nicht, deshalb versuch’s überhaupt nicht erst.“ Damit legte Gellendorf auf.

***

Die Gemeinden Schlangen und Augustdorf lagen als einzige lippische Gemeinden südlich des Teutoburger Waldes. Von Detmold aus waren es rund 16 Kilometer bis nach Schlangen, doch die Fahrt über die Gauseköte entschädigte für die Zeit, die man bis dorthin benötigte. Koslowski liebte diese Strecke, denn sie erinnerte durch ihr Profil stark an eine Achterbahn. Während der Fahrt lief im Radio Joe Cockers *The Simple Things*, und Koslowski sang laut und falsch mit. Schade, dass der große Mann des Blues vor einiger Zeit hatte abtreten müssen. Als Trost blieb die Tatsache, dass seine Musik vermutlich immer leben würde.

Koslowski rollte durch die Fürstenallee, passierte die Einfahrt des Kreisaltenheimes und erreichte bald darauf den Ortseingang von Schlangen. Nachdem er den Ortskern passiert hatte, ließ er sich von seinem Navigationsgerät zur Lindenstraße dirigieren. Auf der Suche nach der entsprechenden Hausnummer fuhr er zweimal an der Einfahrt vorbei, bis er endlich das kleine Schildchen mit der Nummer sah. Er trat auf die Bremse, bog rechts ab und folgte dem Feldweg etwa vierhundert Meter weit, bis er ein Wäldchen erreichte, hinter dem er bereits wieder die Bundesstraße 1 vermutete. Koslowski glaubte schon, sich verfahren zu haben, als er das alte Bauernhaus entdeckte. Es duckte sich hinter mächtigen Bäumen und machte einen unbewohnten Eindruck. Ein altes, heruntergekommenes Gebäude, an dem der Putz zwischen den Fachwerkbalken herausgefallen war. Blinde, schmutzige Scheiben, Dachziegel voller Moos und ein ungepflegtes Grundstück, auf dem sich rechter Hand noch eine Scheune befand. Das rechte der beiden Tore hing nur noch an einer Angel.

Koslowski hielt an und starrte auf das Gebäude. Hier sollte Gellendorfs Computergenie wohnen? In dieser Ruine hausten höchstens ein paar Marder und Waschbären. Doch die verblasste Hausnummer an der Giebelseite belehrte ihn eines Besseren. Das war die richtige Adresse. Er stieg aus und umrundete das Gebäude. Als er die Rückseite sah, stutzte er. In dem ehemaligen Bauerngarten, den Löwenzahn und Brennnesseln bereits wieder voll in Besitz genommen hatten, prangte mittendrin auf einem Edelstahlmast eine nagelneue Satellitenschüssel. Eine Anlage mit solch einem Durchmesser hatte Koslowski noch nie gesehen. Der große Parabolspiegel wollte so gar nicht in diese verwilderte Umgebung passen. Vergebens suchte er nach Kabeln. Anscheinend waren diese unterirdisch zum Haus verlegt worden. Neugierig geworden näherte er sich der Rückfront. Ein leises Summen ließ ihn nach oben blicken. Es stammte von einer kleinen Kamera, die all seine Bewegungen verfolgte. Auch sie wirkte neu und stand damit in einem grotesken Kontrast zu dem alten Gemäuer.

Er blieb vor der alten, hölzernen Hintertür stehen, suchte hier aber vergebens nach einer Klingel. Als er sich Hilfe suchend umschaute und fast schon wieder gehen wollte, wurde er plötzlich angesprochen. Die Stimme kam aus einem Lautsprecher, den er nicht sah.

„Was wollen Sie hier?“, bellte eine piepsige Männerstimme.

„Bodo Gellendorf hat mich geschickt. Er ist der Auffassung, dass Sie mir helfen können, vorausgesetzt Sie sind Benedikt Rauch.“

„Was steht denn vorne am Haus an der Klingel?“, wollte die Stimme patzig wissen.

„Keine Ahnung“, gab Koslowski zu. „Das Haus sah so unbewohnt aus, dass ich gar nicht nach einer Klingel gesucht habe. Sind sie nun Rauch, oder nicht?“

„Und wenn ich es wäre, was dann?“

„Dann hätte ich eine Frage an Sie und eine Bitte.“

Mehrere Sekunden lang war nichts zu hören. Dann meldete sich die Stimme wieder. „Und Sie sind wirklich von Gellendorf geschickt worden?“

Koslowski blickte nach oben in die Kamera und nickte. „Ja, woher hätte ich denn sonst wissen sollen, dass Sie hier wohnen?“

„Könnte ja auch sein, dass sie vom BKA oder von der CIA oder noch schlimmer von der NSA sind.“ Die Stimme klang ein wenig gereizt. „Beweisen Sie mir mal, dass Sie ein Kumpel von Gellendorf sind.“

Koslowski stöhnte auf. Er kam sich vor, wie in einem schlechten Agentenfilm. „Er hat einen Leberfleck am Hintern, rechte Arschbacke, wenn Sie so etwas meinen.“

Der Mann, dem die Stimme gehörte, lachte und verschluckte sich dabei. Ein heftiger Hustenanfall war die Folge. Als er sich wieder gefangen hatte, forderte er einen anderen Nachweis. „Glauben Sie, ich interessiere mich für den Arsch von Gellendorf? Erzählen Sie mir mal, was seine absolute Lieblingsspeise ist.“

Koslowski verdrehte genervt die Augen. „Mensch, das ist jetzt schon zig Jahre her, dass ich ihn das letzte Mal gesehen habe. Was weiß ich denn, was der heute gerne isst. Früher hat er jedenfalls tonnenweise Rollmöpse mit trockenem Toastbrot in sich rein geschaufelt.“

Er wollte gerade noch etwas sagen, als die alte Holztür plötzlich leise brummte und dann aufsprang. Erschrocken war Koslowski einen Schritt zurückgetreten. Doch kaum hatte er sich wieder gefangen, ergriff er die alte, verrostete Klinke und zog die Tür komplett auf. Er staunte nicht schlecht, als er sah, dass das alte Holz nur eine Attrappe war. Dahinter verbarg sich eine neue und stabile Feuerschutztür. Er blickte in das Gebäude und sah, dass auf der einen Seite des Gangs volle und leere Getränkekisten bis zur Decke aufgestapelt waren. Es blieb ein kleiner Durchgang übrig, durch den er sich quetschte, nachdem er das Haus betreten hatte. Überall standen Kartons mit Konserven, Berge von Karton und etliche Propangasflaschen. Der Bewohner des Hauses hamsterte anscheinend Vorräte. Rechnete er vielleicht mit dem dritten Weltkrieg?

Als Koslowski sich auf der Hälfte des Gangs befand, schaltete sich eine Neonleuchte unter der Decke ein und gleichzeitig schloss sich die Eisentür hinter ihm automatisch. Nach weiteren zwei Metern hatte er die nächste Tür erreicht, diesmal eine aus Holz. Ohne lange zu überlegen, klopfte er und hörte von drinnen ein piepsiges „Herein“.

Beherzt drückte er die Klinke herunter und schob die Tür auf. Wiederum erschrocken trat er einen Schritt zurück, denn er wähnte sich plötzlich nicht mehr in einem alten

Haus in Schlangen, sondern im Kontrollzentrum der NASA in Houston. Der komplette Raum war an den Wänden mit elektronischen Geräten gefüllt. Sie reichten vom Boden bis zur Decke, und anscheinend waren alle gleichzeitig in Betrieb. Der zuständige Energieversorger rieb sich sicherlich jeden Tag die Hände. Wer sich in diesem Raum befand, musste sich über Elektrosmog keine Gedanken machen. Wie angewurzelt war er stehen geblieben und nahm den Mann hinter den diversen Computerbildschirmen erst nach ein paar Sekunden wahr.

Der hob nur kurz den Kopf und vertiefte sich dann wieder in seine Arbeit. Er winkte ihn näher, deutete in Richtung eines klapprigen Stuhles und forderte Koslowski auf, Platz zu nehmen. Dieser sah sich zuerst um. Er hatte nicht viel Ahnung von Elektronik, vermutete aber, dass hier Werte im sechsstelligen Bereich standen.

Dann betrachtete er den Mann hinter dem Computerbildschirm genauer. Er hatte einen riesigen Kopf mit einem aufgedunsenen und pickeligen Gesicht, der sich auf mindestens drei Kinne stützte. Die wenigen Haare, die ihm geblieben waren, trug der Mann schulterlang. Sie waren strähnig und fettig. Der Oberkörper wirkte extrem massig und schien mit dem Kopf ohne Hals verbunden zu sein. Ein paar fusselige Haare unter der Nase und am Kinn bildeten den Versuch eines Bartes. Die Augen waren klein und erinnerten Koslowski durch ihre schräge Form ein wenig an das Gesicht eines Mongolen. Ein mit Flecken versehenes T-Shirt mit dem Logo der *Ghostbusters* und dazu diverse Teller mit Essensresten, rund um den Mann verteilt, vervollständigten das Bild einer fetten, männlichen Schlampe. Die Füße des Mannes steckten in zwei ausgelatschten Birkenstocksandalen. Lange und ungepflegte Fußnägel machten sie nicht ansehnlicher, als er sie unter dem Tisch hervorstreckte.

„Sie sind also Herr Koslowski, richtig?“ Obwohl es eine Frage war, klang der Satz mehr nach einer Feststellung.

„Das stimmt, woher wissen Sie das?"

Der fette Mann, dessen Alter Koslowski nur schwer schätzen konnte, drehte einen der Computerbildschirme so herum, dass er darauf sehen konnte. Im rechten oberen Feld des Bildschirmes prangte ein Porträtfoto von ihm.

„Wo haben Sie das her?"

Benedikt Rauch grinste. „Schon mal was von schnellem Internet gehört?" Er drehte den Bildschirm wieder zu sich zurück und hämmerte auf die Tastatur ein. „Als Sie noch vor der Tür standen, hat Bodo Gellendorf mir bereits ein Foto von Ihnen zugeschickt. Seien Sie froh, dass es mit Ihrem Antlitz übereinstimmt, sonst hätte ich Sie hier gar nicht reingelassen." Rauch lehnte sich zurück und verschränkte die Hände vor seinem ansehnlichen Bauch. Wieder drehte er den Monitor.

Am linken oberen Rand sah Koslowski nun eine vergrößerte Kopie seines Personalausweises.

„Ich liebe diese deutsche Gründlichkeit", schmunzelte Rauch. „Bei uns hat eben alles seine Ordnung. Der gläserne Mensch. Hier sehen Sie nur! Name, Vorname, das Geburtsdatum, Geburtsort, Wohnort, Straße, Familienstand, alles da, nichts fehlt." Wieder drehte er den Monitor zurück und hämmerte erneut auf die Tasten ein. Nach fünf Sekunden stieß er einen anerkennenden Pfiff aus. „Mein lieber Mann, sie haben ja ganz schön Kohle."

Koslowski schüttelte irritiert den Kopf. Der Typ nahm ihn gerade elektronisch auseinander. Er stand immer noch, weil er sich nicht traute, sich auf einen der schmutzigen Stühle zu setzen, die im Raum verteilt waren. Daher entschloss er sich, auf einen Sitzplatz zu verzichten und dafür sofort zur Sache zu kommen „Ich bin hier, weil ich eine CD habe, die man mit einem Passwort geschützt hat. Und ich würde gerne wissen, was auf dieser CD drauf ist. Bodo sagte mir, dass Sie der richtige Mann dafür sind, das Passwort zu knacken."

Benedikt Rauch grunzte. „Ist das legal oder illegal?"

Koslowski überlegte keine Sekunde. „Es dürfte höchstwahrscheinlich illegal sein."

Zufrieden rieb sich der Computerfreak die Hände. „Fein, alles Legale ist nämlich langweilig." Auffordernd hielt er die Hand hin. „Zeigen Sie mal her!"

Koslowski kramte die CD aus der Tasche, die er in Dragics Haus hatte mitgehen lassen, und reichte sie Rauch. Dieser grapschte danach wie ein Kind nach Süßigkeiten. Keine Sekunde später schloss sich bereits das CD-Laufwerk eines Rechners. Mit flinken Fingern versuchte Rauch den Inhalt aufzurufen, wurde aber sofort von der Aufforderung, das Passwort einzugeben, blockiert.

„Na warte, du kleiner Scheißer", grinste der Dicke und hämmerte derart los, dass Koslowski glaubte, die Tastatur würde durchbrechen. Rauch beachtete ihn gar nicht mehr, sondern war vollkommen in seinen Computer vertieft.

„Wird es länger dauern?", wollte Koslowski wissen. Doch er bekam keine Antwort und musste die Frage noch zweimal stellen, bis es ihm endlich gelang, Rauch aus dem Cyberspace zurückzuholen. „Ich fragte, ob es länger dauern wird."

Rauch sah ihn irritiert an, dann schüttelte er sich, als wäre er gerade erst aufgewacht.

„Das ist ein vollkommen neues System", sagte er bewundernd und strich liebevoll mit der Hand am Bildschirm entlang. „Das ist sogar für mich so etwas wie unberührtes Land. Wie eine Jungfrau. Sie können sich gar nicht vorstellen, wie geil mich solche Programme machen." Er drehte sich mit seinem Bürostuhl an einen anderen Tisch und tippte etwas in eine durchsichtige Tastatur ein. Dann wandte er sich wieder Koslowski zu. „Ich habe keine Ahnung, wie lange es dauert, dieses System zu knacken. Aber dass ich es knacken werde, steht so fest wie das Amen in der Kirche. Das liegt einfach daran, dass ich der Größte bin."

Koslowski sagte kein Wort, sondern ließ den Fleischberg weiterreden. „Ich würde vorschlagen, Sie lassen mir Ihre Telefonnummer hier und ich rufe Sie an, wenn ich diesem kleinen, hässlichen Störenfried hier den Garaus gemacht habe.“ Erneut stürzte er sich auf die Tastatur.

Koslowski hatte den Eindruck, dass Rauch bereits wieder in eine andere Welt abgetaucht war, deshalb zückte er seine Visitenkarte, legte sie vor Rauch auf die Tastatur. Der blickte vom Bildschirm auf die Karte und sah dann Koslowski an, als ob der ihm gerade einen toten Fisch auf den Schreibtisch gelegt hätte.

„Was? Ähh … ja, danke. Ich melde mich.“ Damit war Koslowski entlassen.

Kapitel 32

„In was für eine Scheiße bin ich da reingeraten?" Ingo Maiwald hatte soeben seinen zweiten Whisky hinuntergekippt und betrachtete nun seine zitternden Hände.

Als er sich damals entschlossen hatte, Journalist zu werden, war die Hoffnung, einmal einen großen Skandal aufzudecken, eines seiner Motive gewesen. Er als edler Rächer, bewaffnet mit Feder und Schreibblock, eine Art Räuber-und-Gendarm-Spiel, bei dem die Macht der Feder alles andere besiegte. Doch das, was hier passierte, hätte er sich nie träumen lassen. Hier ging es schon lange nicht mehr nur um Informationen, hier ging es um seinen Kopf – und noch schlimmer, auch um den von anderen Leuten. Mit Entsetzen dachte er daran, dass Koslowski bei dem Versuch, seine Unterlagen zu retten, selber fast über die Klinge gesprungen wäre.

Nervös blickte er zur Uhr. Er hatte noch fünf Stunden Zeit. In dieser Zeit wollte er seinen Informanten treffen und sich dann absetzen. Zum wiederholten Male klappte er den Umschlag mit seinem Flugticket auf. Zu normalen Zeiten hätte er so etwas wie das hier nie gebucht. Aber es waren eben keine normalen Zeiten.

Aufgrund der Tatsache, dass er schnellstens weg musste, hatte er den erstbesten Flug nach Teneriffa gebucht. Der passte zwar wunderbar in seinen heutigen Zeitplan, doch er war auch sehr umständlich. Wer flog schon ohne Direktflug auf die Kanaren? Um 20.10 Uhr würde ihn die Lufthansa nach München bringen, wo er dann von 21.15 Uhr bis um 07:30 Uhr irgendwie die Zeit totschlagen musste. Dann würde ihn Air Berlin nach Madrid fliegen und Iberia von dort aus endlich nach Teneriffa. Ging alles planmäßig, würde seine Maschine um 13:30 Uhr auf dem Aeropuerto Reina Sofia landen.

Maiwald kannte sich auf Teneriffa sehr gut aus. Er hatte damals viele Wandertouren unternommen, liebte die raue

Natur rund um den höchsten Berg Spaniens und den erloschenen Vulkan Tejde. An die letzte Reise erinnerte er sich besonders gerne, denn die hatte er beruflich unternommen. Von einem großen Wandermagazin war er beauftragt worden, eine Reportage über Trekkingtouren auf der Insel zu machen. Maiwald freute sich immer, auf die Kanareninsel zurückzukehren, doch unter diesen Umständen? Aber was sollte er tun? Alles bis jetzt Recherchierte in die sprichwörtliche Tonne kloppen? Seinen journalistischen Traum aufgeben?

Er griff erneut zur Whiskyflasche. Trotz stieg in ihm auf. Er gönnte es diesen Typen nicht, dass sie mit ihren dreckigen Machenschaften durchkamen. Er füllte sein Glas und knallte die Flasche dann auf den Tisch. Nein, so durfte das nicht enden. Er wusste, was er zu tun hatte. Einen Moment lang betrachtete er die goldgelbe Flüssigkeit im Glas, dann stellte er es auf den Tisch und schob es von sich. Nur noch zwei Schritte. Sein Informant und Teneriffa – und dann würde er die Bombe platzen lassen.

Maiwald stand auf, griff nach seiner Jacke, die über der Rückenlehne der Couch gelegen hatte, und stopfte sein Flugticket in die Innentasche. Er ließ einen letzten Blick durch den Raum gleiten, um sicher zu gehen, dass er nichts vergessen hatte. Einen Abschiedsbrief für seine Bekannte hatte er bereits geschrieben und auf den Esstisch gelegt. Auch für sie wurde es Zeit, dass er verschwand.

Sie war schon von der nächtlichen Aktion mit Koslowski nicht begeistert gewesen, und noch weniger, als sie erfuhr, dass man hinter ihm her war. Maiwald war froh, dass sie ihn bis heute auf ihrer Couch hatte schlafen lassen. Aber er hat auch deutlich ihren Unwillen gespürt. Nun ja, jetzt hatte sie ihre Ruhe. Wenn alles vorbei und er wieder zurück war, würde er sie anrufen und zum Essen einladen. Dann würde sie bereits aus den Medien erfahren haben, warum er sich manchmal so geheimnisvoll verhalten hatte.

Maiwald schnappte sich seine Fototasche und hängte sie über die Schulter. Er war schon fast an der Tür, als er noch einmal zurückkehrte, die Flasche zurück in den Schrank stellte und das Glas in die Küche trug. Er kippte den Inhalt in den Abfluss und spülte das Glas aus. Wenn er hier schon seine Zelte abbrechen musste, dann wollte er den Campingplatz zumindest sauber verlassen.

Maiwald zog die Wohnungstür hinter sich zu, schloss ab und warf den Schlüssel durch den Briefschlitz. Ein erneuter Blick zur Uhr mahnte ihn zur Eile. Er stieg die Stufen hinunter, öffnete die Haustür und schaute, als er auf den Gehweg hinaustrat, zunächst nach rechts und links. Dann zog er den Kopf zwischen die Schultern und marschierte die Straße hinunter. Nach ein paar Metern blieb er stehen und sah sich noch einmal um. Er kniff die Augen zusammen, denn in diesem Moment beschlich ihn ein seltsames Gefühl: Hierher kommst du nie mehr wieder. Wurde er jetzt schon sentimental?

Kapitel 33

Koslowski hatte immer wieder versucht, Maiwald auf dessen Handy zu erreichen, aber es war abgeschaltet. Er war garantiert nicht in seiner Wohnung und er wusste auch nicht, wo dessen Freundin wohnte. Er konnte sich lediglich an ihren Namen erinnern. Tina Watermann. Und sie war aus Detmold. Koslowski brauchte nicht lange, bis er sie im Internet gefunden hatte. Sie war Lehrerin an einer Grundschule. Ihre Privatadresse hatte sie dem Internet aber ebenso erfolgreich verheimlicht, wie ihre Telefonnummer. Er blickte auf die Uhr. Es war Vormittag und das war eine echte Chance. Er suchte die Rufnummer der Schule heraus und kurze Zeit später klingelte es im dortigen Sekretariat.

„Guten Tag, mein Name ist Wagner“, log Koslowski. „Ich bin von der Bezirksregierung in Detmold und hätte gerne Frau Watermann gesprochen.“

„Frau Watermann ist gerade im Unterricht“, klärte ihn die Schulsekretärin auf. „Kann ich ihr was ausrichten?“

Koslowski verneinte. „Nein, tut mir leid, das ist eine Personalsache, darüber darf ich Ihnen leider nichts sagen. Wann kann ich Frau Watermann denn erreichen?“

Die Schulsekretärin schaute anscheinend auf dem Stundenplan nach. „Sie hat in zwanzig Minuten Pause und dann eine Freistunde, wenn Sie es da noch einmal im Lehrerzimmer versuchen wollen?“ Sie gab ihm die Durchwahl. „Geht es um Frau Watermanns Versetzungsgesuch?“

„Ich sagte doch bereits …“, setzte Koslowski an, wurde aber sofort wieder unterbrochen.

„Ja, ich weiß, ich bin zu neugierig“, kicherte die Sekretärin.

Koslowski bedankte sich nochmals und legte dann auf.

***

Vierzig Minuten und zwei Tassen Kaffee weiter versuchte er sein Glück erneut. Es klingelte dreimal im Lehrerzimmer, dann war Tina Watermann am Apparat.

„Hallo, Frau Watermann. Gut, dass ich Sie erreiche."

„Sie sind von der Bezirksregierung, nicht wahr?"

„Leider nein", gab Koslowski zu. „Ich bin der Mann, dem Sie kürzlich nachts auf dem Parkplatz von McDonald's einen Schlüssel übergeben haben."

Einige Sekunden herrschte Schweigen im Hörer. „Sind Sie noch dran?"

„Ja, ich bin noch dran, und ich muss mich doch schon sehr wundern, dass Sie sich überhaupt noch trauen anzurufen – und dann auch noch unter falschem Namen."

Koslowski gab sich kleinlaut. „Es tut mir auch leid, dass ich Sie noch einmal stören muss, aber ich muss dringend mit Ingo sprechen."

„Das müsste ich auch. Er ist einfach auf und davon und aus seinem Abschiedsbrief bin ich nicht schlau geworden."

„Wissen Sie, wohin er wollte?", fragte Koslowski.

„Er hat was von Teneriffa geschrieben und ich weiß, dass er öfter in Puerta des la Cruz war. Aber das ist nur eine Vermutung. Außerdem hat er durchblicken lassen, dass er in großen Schwierigkeiten steckt. Haben Sie auch damit zu tun?"

„Ja, in gewisser Weise ja. Ich habe ihm ja bereits einmal geholfen und muss ihn dringend finden. Er ist in großer Gefahr. Ich glaube alleine kommt er da nicht raus."

Er hörte sie heftig atmen. Anscheinend musste sie sich schwer zusammenreißen, um ihn nicht anzuschreien. „Ich habe Angst und weiß nicht, ob es nicht besser wäre, zur Polizei zu gehen?"

Koslowski schwieg. Was sollte er darauf sagen?

„Aber Ingo hat mich gebeten, es nicht zu tun. Ich solle ihm vertrauen. Aber kann ich Ihnen trauen?"

„Das werden Sie wohl oder übel müssen“, seufzte er. „Ich muss ihn finden, sonst kann ich nicht für seine Sicherheit garantieren.“ Er hoffte, dass er ehrlich genug klang.

Wieder schwieg sie und dachte nach. „Ich habe heute Morgen mal den Verlauf im Browser meines PCs gecheckt. Ingo hat ihn benutzt und er war als letztes auf Seiten, auf denen Flugreisen nach Teneriffa angeboten wurden. Ich weiß nicht, ob das was zu sagen hat, aber mehr kann ich Ihnen nicht sagen.“

„Hatten Sie vor, gemeinsam dort hinzufliegen?“

„Jetzt? Außerhalb der Schulferien?“ Er hörte Tina Watermann bitter auflachen. „Nein, er hat zwar davon gesprochen, dass er mir mal, wie er sagte, seine Insel zeigen wollte, aber dafür gab es noch keine konkreten Pläne.“

Also hatte sich Maiwald vermutlich auf die Kanaren abgesetzt. Aber im Vertuschen seiner Handlungen war er wirklich kein Meister. „Ich danke Ihnen, Frau Watermann. Sie haben mir sehr geholfen. Ich hoffe, wir sehen uns mal unter glücklicheren Umständen wieder.“

„Das hoffe ich nicht, denn ich mag Sie nicht. Adieu!“

Koslowski starrte noch ein paar Sekunden das Telefon an, dann legte er es auf die Basisstation zurück. Was für eine Zicke.

Maiwald war also getürmt. Vorher hatte er noch einen Informanten besuchen wollen. Hatte er dessen Informationen mitgenommen? Und wo steckte er auf Teneriffa?

Koslowski ballte die Faust. Wenn er Maiwald finden wollte, dann sah es so aus, dass er ebenfalls nach Teneriffa fliegen musste. Er war sicher, dass Maiwald in größerer Gefahr schwebte, als der selber vermutete. Verdammt, das hatte ihm gerade noch gefehlt.

Kapitel 34

Zwei Tage später saß Koslowski auf dem Balkon seines Zimmers im Hotel Riu Garoe in Puerto de la Cruz. Er wartete darauf, dass sein Laptop hochfuhr, damit er seine E-Mails checken konnte.

Während er darauf wartete, dass die neusten Mitteilungen auf seinen Rechner geladen wurden, blickte er hinaus auf den Atlantik. Im Moment steckte er in einer Sackgasse, er fand in diesem Fall keinen losen Faden, an dem er ziehen konnte.

Maiwald hatte ihm weitere Informationen versprochen. Aber Maiwald war auf Teneriffa nicht aufzutreiben. Sein Telefon war weiterhin abgeschaltet und auf Mails reagierte er auch nicht. Verdammt, so kam er nicht weiter.

Er brauchte einen Anstoß, einen Wink, einen Hinweis. Ohne große Hoffnung schaute er seine E-Mails durch, bis er auf eine Adresse stieß, die ihm seltsam vorkam. Eigentlich hätte sie in seinem Spamordner landen müssen. Es war der Betreff, der ihn neugierig machte. *Im Mai gibt es Neuigkeiten aus dem lippischen Wald.* Wer schrieb ihm so einen Quatsch, und wer war *digger2009*?

Er zögerte eine Sekunde, dann klickte er die Mail an und las den dazugehörigen Text:

die löwen treffen sich auch nach 25 jahren immer noch im selben käfig. dabei geht es nicht nur um deo, patriae und humanitati. es ist der schall, der gebrochen werden muss, unter den augen der ehemaligen. er verbindet das moderne mit dem althergebrachten.

relator

Koslowski starrte ungläubig auf den Text der Mail. Was war das denn? Und wer oder was war *relator*? Das klang lateinisch. Aber der Text war vollkommen verworren.

Koslowski startete seinen Browser und gab bei Google die Begriffe *deo, patriae und humanitati* ein. Als Erstes fand er einen Hinweis auf ein Buch über einen Oberstleutnant im Ruhestand und den 20. Juni 1944. Das war es vermutlich nicht.

Wikipedia klärte ihn darüber auf, dass mit der lateinischen Phrase *deo et patriae* für *Gott und Vaterland* gemeint war. Und darüber, dass es sich hierbei um einen Wahlspruch handelte, der in der Vergangenheit von verschiedensten Herrschern und Institutionen wie zum Beispiel dem Gymnasium Theodorianum in Paderborn genutzt wurde. Heute finde man diesen Wahlspruch noch bei einigen Studentenverbindungen. Aber was war mit *Humanitati*?

Nach kurzer Suche wurde er bei einem Übersetzungsprogramm fündig: Menschlichkeit. Okay, also Gott, Vaterland und Menschlichkeit, aber das brachte ihn nicht weiter.

Nächster Versuch: *relator*. War das englisch? War es ein Anagramm? *Rotaler*?

Das ergab keinen Sinn, also wieder zurück ins Übersetzungsprogramm. Die englische Übersetzung ergab „eine Person, die eine Klage einreicht“. Wer sollte das sein? Ein Anwalt? Britta? Nein, die hätte ihn angerufen und keine verworrenen Rätsel geschickt.

Vielleicht gab es den Begriff *relator* ja auch im Lateinischen. Zumal der Schreiber ja oben bereits ins Lateinische gewechselt hatte. Und außerdem war der Begriff kleingeschrieben. Koslowski tippte und stutzte. Relator bedeutete auf Latein „Berichterstatter“. Ergab das einen Sinn? Was war ein Berichterstatter? Ein Melder, ein Mahner, ein Bote? Jemand, der andere informierte. Wer konnte das sein? Ein Lehrer? Nein, ein Reporter, ein Journalist. Maiwald! Die verschlüsselte Mail war von Maiwald.

Koslowski bemerkte, dass seine Hände zu schwitzen begannen. Aber was hatte es mit dem Text auf sich? Er ging noch mal zurück ins Internet. Wieder gab er die drei lateinischen Begriffe ein und dazu das Wort *Lippe*. An erster Stelle erschien etwas über Tischtennis, dann wieder der

Wikipedia-Artikel von vorhin, aber dann an dritter Stelle ein Hinweis auf die Lippische Landesbibliothek.

Koslowski klickte den entsprechenden Link an und fand sich kurze Zeit später auf einer Festschrift des *Gymnasiums Leopoldinum* in Detmold wieder. Hatten die drei Begriffe einen Bezug zu dieser ehrwürdigen Schule in Detmold? Als er die Homepage des Gymnasiums durchsuchte, fand er nichts, was darauf hinwies, dass es einen solchen Bezug gab. Klang irgendwie nach einer Inschrift, fand Koslowski. Aber auch mit einer Bildersuche kam er nicht weiter.

Er griff nach seinem Handy.

„Hallo, Koslowski hier. Du, ich habe mal eine Frage, du als anständiger Doktor warst doch sicher auf dem Leopoldinum in Detmold, oder?“ Koslowski lauschte eine Zeitlang in das Telefon, dann unterbrach er seinen Gesprächspartner. „Das glaube ich dir alles, aber ich will ganz etwas anderes wissen. Sag mal, sagen dir die Worte *deo, patriae* und *humanitati* etwas?“

Wieder hörte Koslowski aufmerksam zu, doch schnell umspielte ein amüsiertes Lächeln seine Lippen.

„Danke, du hast mir sehr geholfen, ich sage dir bei Gelegenheit mal, warum ich das wissen muss. Jetzt habe ich dafür keine Zeit. Ich melde mich wieder.“ Ohne dessen Antwort abzuwarten, drückte Koslowski seinen Gesprächspartner weg.

Dieser Teil des Rätsels war damit gelöst. Die drei Worte standen als Inschrift über dem Hofeingang des Gymnasiums. Das Gebäude hatte noch einen weiteren Eingang an der Hornschen Straße, der mit einer Eule geschmückt war. Aber der wurde, so sein Informant, nur für diejenigen Schüler geöffnet, die nach bestandenem Abitur die Schule verließen.

Also meinte Ingo Maiwald das Gymnasium. Aber was war mit dem Käfig und den Löwen? Sein Gesprächspartner hatte ihm gesagt, dass er auch heute nach über dreißig

Jahren noch stolz darauf war, ein Leopoldiner zu sein. Leopoldiner. Leo, der Löwe? Konnte damit Maiwald ehemalige Schüler gemeint haben?

Aber was war der Käfig, in dem sie sich nach fünfundzwanzig Jahren trafen? Fünfundzwanzig Jahre, das war sicherlich ein Hinweis auf ein Jubiläum. Verdammt, warum hatte er nur so voreilig aufgelegt? Er angelte sich das Telefon und drückte die Wahlwiederholung.

„Ja, ich bin's noch mal. Sag mal, wenn ihr Ehemalige vom Leopoldinum euch trefft, wo findet das dann statt?" Koslowski hörte zu und nickte.

„Aha, im Lippischen Hof. Und bei einem besonderen Jubiläum? Sagen wir mal nach fünfundzwanzig Jahren?"

Wieder hörte er aufmerksam zu. „Aha, auch da, okay." Sein Informant hatte aber noch weitere Details für ihn. Koslowskis Miene hellte sich auf. „Danke, das passt. Und sagt dir in diesem Zusammenhang vielleicht auch der Begriff *unter den Augen der Ehemaligen* etwas?"

Am anderen Ende der Leitung herrschte eine kurze Pause. Koslowski räumte seinem Gesprächspartner eine kurze Bedenkzeit ein. Das schien Erfolg zu haben, denn nur einen Moment später wusste der, was mit diesem Hinweis gemeint sein könnte.

„Mensch, bei dir hat die Schule wirklich was gebracht", feixte Koslowski. „Aber noch eine letzte Frage." Er las den Satz mit dem Schall vor, der gebrochen werden musste. Und auch den Hinweis mit dem Modernen und dem Althergebrachten. Aber nun war der ehemalige Schüler buchstäblich mit seinem Latein am Ende. Koslowski versprach ihm zwei gute Flaschen Wein und legte wieder auf.

Der Hinweis von Maiwald war soweit aufgeklärt. Es ging um das Gymnasium Leopoldinum und dort insbesondere um die alte Aula des über hundert Jahre alten Gebäudes. Sie befand sich im zweiten Stock und war der Ort, an dem die Schüler an ihrem ersten Schultag begrüßt wurden, an dem die Abiturfeiern stattfanden und in der Konzerte gegeben wurden. Dort trafen sich auch die Jubilare und sie taten dies vor den wunderschönen bleiverglasten Fenstern. Hätten diese Fenster Augen, so würden sie den Ehemaligen gehören, denn in einigen von ihnen stand der Hinweis: Gestiftet von den früheren Schülern.

Daran hatte sich sein Informant noch genau erinnern können, denn auch er hatte einmal Geld für eine Reparatur gespendet. Es ging also um die alte Aula des Leopoldinums. Blieb nur noch das Rätsel mit dem Schall zu lösen. Doch dazu musste jemand in die Aula und Koslowski wusste auch schon, wen er schicken würde.

Ohne große Hoffnung auf eine Antwort schrieb er eine Mail an Maiwald und benutzte dabei dessen Adresse *digger2009*. Dann fuhr er den Computer herunter und klappte ihn zu.

Welche Informationen mochte Maiwald für ihn haben? Was wusste der alles über die Familie Dragic und ihre Machenschaften? Und wo zum Teufel steckte er?

Koslowski machte sich keine Hoffnungen, heute noch mehr zu erfahren. Er beschloss, in der Hotelbar noch ein *Cruz Campo* zu trinken. Vielleicht half ihm ein Bier beim Nachdenken. Oder zwei.

Kapitel 35

Es waren dann doch ein paar Bier mehr geworden als geplant. Kurze Zeit nachdem er auf der Terrasse des Hotels Platz genommen hatte, war ein älterer Herr erschienen. Dieser blickte sich um, und obwohl noch etliche Tische frei waren, steuerte er auf Koslowskis Tisch zu. „Ich weiß, dass wir Deutsche eher dazu neigen, uns allein an einen Tisch zu setzen, aber ich frage Sie trotzdem einmal, ob hier noch frei ist."

Koslowski lächelte und deutete einladend auf einen der Korbsessel. Der ältere Herr ließ sich nieder und bestellte ebenfalls ein Bier. Sie kamen ins Gespräch und Koslowski erfuhr, dass sein Tischnachbar Professor war und dreißig Jahre lang Studenten im Fach Orchesterleitung unterrichtet hatte. Nach seiner Pensionierung hatte er sich seinen langgehegten Traum erfüllt, einmal auf Teneriffa Urlaub zu machen – und so kam er hier ins Hotel.

Abwechselnd luden die beiden Männer sich ein und stellten nach drei Stunden fest, dass sie vor lauter angeregter Unterhaltung das Abendessen ganz verschwitzt hatten. Was aber keinen von ihnen störte. Als krönenden Abschluss ihres Gesprächs hatte der Professor dann noch einen Brandy bestellt und nach einem Glas Carlos I. verabschiedete sich Koslowski.

***

Er wachte mitten in der Nacht auf und wunderte sich, dass das Klopfen aus seinem Traum auch jetzt noch weiterging. Mit etwas dickem Kopf richtete er sich im Bett auf und tastete nach dem Lichtschalter. Den Brandy hätte er besser weglassen sollen. Wieder klopfte es. Diesmal schon heftiger, und Koslowski wurde sich bewusst, dass der Lärm nicht aus seinem Schädel, sondern von der Zimmertür kam. Er wälzte sich aus dem Bett, streifte sich ein T-Shirt über und tappte barfuß zur Tür. Eine Sekunde später blickte er zunächst auf einen Dienstausweis und anschließend in die Augen seines Besitzers. Dieser sprach ihn auf Englisch an.

„Ola, mein Name ist Pablo Hernandez. Ich bin von der Policía Nacional und muss Sie bitten, mich zu begleiten. Sie sind doch Señor Koslowski, oder?"

Der Angesprochene fuhr sich mit den Händen durch die Haare und gähnte ungeniert. „Ja, das bin ich. Aber wollen Sie mir nicht zunächst einmal sagen, was Sie von mir wollen?" Koslowski wusste, dass die CNP, die Cuerpo Nacional de Policía, das nationale Polizeikorps, unter anderem auch für die Kanareninsel Teneriffa zuständig war. Ein Zusammentreffen mit der Polizei in Spanien, war nicht immer lustig, aber er war sich keiner Schuld bewusst.

„Das erkläre ich Ihnen alles auf der Fahrt", schnarrte Hernandez, der sich bemühte, an Koslowski vorbei in dessen Zimmer zu blicken. „Sind Sie alleine?"

„Auch wenn es Sie nichts angeht, ja, ich bin alleine. Kommen Sie rein!" Koslowski drehte sich um und öffnete die Tür zum Badezimmer. „Nehmen Sie Platz, ich will mich eben nur ein bisschen frisch machen." Hernandez stiefelte an ihm vorbei, betrat das Wohnzimmer der Suite und warf einen Blick ins angrenzende Schlafzimmer. Der war ja misstrauisch, dachte Koslowski und verschwand ins Bad.

Als er nach wenigen Minuten wieder herauskam, hatte sich Hernandez in einem der Sessel niedergelassen und blätterte in *Zerrissen* von Juan Gómez-Jurado, einem Krimi, den Koslowski sich noch kurz vor seinem Abflug in Paderborn gekauft hatte. Hernandez warf das Buch auf den Tisch und stand mit einer schwungvollen Bewegung auf. „Sind Sie endlich fertig?", fragte er gereizt.

Koslowski ließ sich nicht einschüchtern, ging in den Schlafraum und zog sich dort in aller Ruhe an. „Sie haben meine Frage immer noch nicht beantwortet, was wollen Sie von mir?"

Hernandez stand mit auf dem Rücken verschränkten Armen im Wohnraum und wippte auf den Füßen. Statt einer Antwort blickte er Koslowski nur ernst an.

„Okay, dann versuche ich es mal anders. Das kleine Schwarze oder Freizeitkleidung?“ Er genoss die Verwirrung in Hernandez' Blick. „Muss ich mich warm anziehen? Sind wir draußen?“, fragte er mit gelangweilter Stimme.

„Ja, wir sind draußen“, antwortete der spanische Kriminalbeamte knapp und warf einen demonstrativen Blick zur Uhr. Koslowski schlüpfte in seine Wanderschuhe und nahm eine gefütterte Windjacke von der Stuhllehne.

„Bin ich festgenommen, oder ist das hier nur eine Einladung zum Tee?“ Er streifte die Jacke über und baute sich vor Hernandez auf. „Sollte ich nämlich festgenommen sein, würde ich gerne den Haftbefehl sehen.“

Hernández blieb gänzlich unbeeindruckt und deutete stattdessen lediglich zur Tür. „Wie gesagt, ich werde Ihnen alles während der Fahrt erzählen. Bitte!“

Koslowski seufzte und ging voraus. Als sie in die Halle kamen, schaute sie der Nachtportier skeptisch an. Sicherlich war der Mann schon vieles gewohnt, aber dass das CNP mitten in der Nacht einen Gast abholte, war vermutlich noch nie vorgekommen. Koslowski lächelte dem Nachtportier zu. „Bis später“. Er hoffte, dass er damit allen üblen Gerüchten, dass man ihn festgenommen hatte, entgegenwirken konnte.

Vor dem Eingang des *Riu Garoe* stand ein dunkler Kombi. Davor wartete ein Beamter in Uniform. Als Koslowski und Hernandez das Hotel verließen, sprang er eilfertig zur hinteren Beifahrertür und öffnete sie. Hernandez wartete, bis Koslowski eingestiegen war, dann umrundete er den Kombi und nahm neben ihm Platz.

Der Fahrer fuhr durch den Kreisverkehr vor dem Hotel, dann in Richtung der TF 31 und auf ihr weiter in Richtung *Autopista del Norte de Tenerife*. Hier bog er in Richtung *La Mantanza* ab, und Koslowski hoffte, dass die Fahrt dort nicht endete, denn der spanische Name *La Mantanza* bedeutete Gemetzel. Ein denkbar schlechtes Omen für einen nächtlichen Ausflug.

Doch die Fahrt ging weiter in Richtung Tacoronte. Sie passierten den Flugplatz *De los Rodeos*, auf dem hauptsächlich die Flieger von den anderen kanarischen Inseln landeten und bogen dann in San Cristobal de La Laguna nach links ab. Die ganze Fahrtstrecke hindurch hatte Hernandez geschwiegen.

Erst als sie die Ortschaft Las Mercedes hinter sich gelassen hatten und ins Anaga-Gebirge hinauffuhren, ließ sich Hernandez dazu herab, Koslowski aufzuklären. „Mein Chef, Comisario Trelles, erwartet Sie am *Pico des Ingles*."

Koslowski nickte nur. Er war schon einmal auf Teneriffa gewesen und hatte sich damals einer Reisegruppe durch den Mercedes-Wald und das Anaga-Gebirge angeschlossen. Er erinnerte sich noch an den Besuch dieses mit 960 Metern höchsten Aussichtspunktes auf der Tour. Von dort hatten sie damals einen wunderbaren Blick über die Hauptstadt Santa Cruz gehabt. Der würde ihm heute zu nächtlicher Stunde jedoch verwehrt bleiben.

„Gibt es einen besonderen Grund, warum Ihr Chef mich ausgerechnet zu dieser nachtschlafenden Zeit und an einem so einsamen Ort sprechen will?"

Die Auskunftsfreudigkeit des Beamten war anscheinend begrenzt, denn Koslowski erhielt bloß eine kurze Antwort. „Das werden Sie bald sehen."

Wenn manch ein Spanier dem CNP Hochnäsigkeit und Arroganz nachsagte, dann wusste Koslowski spätestens jetzt, warum das so war. Er zog die Jacke enger um sich und drückte sich in die Ecke des Wagens. Die paar Minuten würde er auch noch abwarten können.

Der Fahrer des Polizeiwagens parkte unmittelbar vor dem Weg, der gesäumt von zwei Steinmauern zum eigentlichen Aussichtspunkt führte.

Hernandez öffnete die Tür und bedeutete Koslowski auszusteigen. Auf dem Ausflugsparkplatz standen mehrere Fahrzeuge, unter anderem auch zwei dunkelblaue Streifenwagen. Er vermutete, dass auch der große Kombi und die zivilen Fahrzeuge der Polizei gehörten. Ihm wurde etwas flau im Magen, denn so ein großes Aufgebot wurde nur dann aufgefahren, wenn es um Kapitalverbrechen ging.

In diesem Moment flammten zwei Scheinwerfer auf, die das Gebäude neben dem Weg beleuchteten. Hernandez ging voran und stieg vor Koslowski die alten, ausgetretenen Steintreppen hinab. Sie erreichten eine Bauruine, und Koslowski konnte durch die leeren Fensteröffnungen erkennen, dass darin Männer in weißen Overalls in hellem Lichtschein arbeiteten.

Etwas abseits von ihnen stand ein älterer Mann, dessen schwarz glänzende Haare an den Schläfen leicht ergraut waren. Er trug einen dunkelblauen Trenchcoat, darunter sah man einen dunklen Anzug mit weißem Hemd und einer dunklen Krawatte, auf der die Nationalfarben von Spanien prangten.

Ohne dass er ihm vorgestellt wurde, vermutete Koslowski, dass es sich bei dem Mann um Comisario Trelles handelte. Trotz Schmutz und Unrat, in dem er stand, waren seine Schuhe und Hosenbeine makellos sauber. Koslowskis Blick war an ihm hinuntergeglitten und wanderte nun weiter von Trelles zu einem mit einer weißen Plane abgedeckten Körper.

„Treten Sie doch bitte näher", forderte ihn der elegant gekleidete Kriminalbeamte auf Deutsch auf und winkte ihn in den leeren Raum. „Mein Name ist Trelles, aber das wird Ihnen mein Assistent Hernandez bereits gesagt haben, oder?" Er warf Hernandez, der Koslowski gefolgt war, einen prüfenden Blick zu.

„Sagen wir mal so", entgegnete Koslowski, „unsere Konversation hielt sich in Grenzen. Vor allen Dingen in Bezug auf eine Auskunft, warum ich herkommen sollte."

Trelles' Unterkiefer mahlte und er warf seinem Assistenten einen frostigen Blick zu. Dieser wurde gefolgt von einigen Worten auf Spanisch, welche zur Folge hatten, dass Hernandez gehorsam nickte und sich entfernte. Dabei richtete er seinerseits ein paar leise Worte an die Männer in den weißen Overalls und alle zusammen verließen die Ruine ohne Dach und Fenster.

„Sie müssen schon entschuldigen, meine jungen Kollegen sind manchmal etwas undiplomatisch im Umgang mit Ausländern. Aber auch Hernandez wird es im Laufe der Zeit noch lernen." Er griff in die Tasche seines Trenchcoats und zog eine Schachtel *Fortuna* heraus. Als Koslowski dankend abwehrte, zündete er sich eine Zigarette an und blies den Rauch in den klaren Nachthimmel. „Ich denke, es wird Zeit, Ihnen zu erklären, warum ich Sie habe holen lassen."

Koslowski blickte mit leichtem Frösteln auf die abgedeckte Person zu seinen Füßen.

„Das hier haben wir in seiner linken Hand gefunden." Trelles hielt Koslowski ein zerknülltes Stück Papier hin. „Lesen Sie selber!"

Als Koslowski den Zettel geglättet hatte, sah er seinen Namen und seine Handynummer. „Ja, das bin ich und das ist meine Nummer." Er blickte wieder auf den Toten hinunter.

Trelles nickte und zog an seiner *Fortuna*. „Da Sie sich freundlicherweise in Ihrem Hotel angemeldet hatten und Ihr Name nun nicht gerade Spanisch klingt und hier auf Teneriffa eher selten ist, war es relativ einfach für uns, Sie ausfindig zu machen." Trelles machte einen Schritt nach vorne, wechselte die Zigarette in die linke Hand und griff mit der rechten nach dem weißen Laken. „Ich kann es Ihnen nicht ersparen, sich den Mann anzusehen, aber seien Sie gewarnt, es ist kein schöner Anblick." Damit zog er das Tuch vom Gesicht des Toten.

Auch wenn man ihm die Augen ausgestochen und die Ohren abgeschnitten hatte, so erkannte Koslowski Ingo Maiwald auf den ersten Blick.

Besonders schlimm war der tiefe Schnitt durch die Kehle. Angewidert schloss er die Augen und wandte sich ab. Der Journalist musste einen äußerst schmerzhaften Tod erlitten haben. Koslowski schlug die Hände vors Gesicht, und als er sich umdrehte, war er froh, dass Trelles Maiwalds Leiche wieder zugedeckt hatte.

Brechreiz stieg in ihm auf, obwohl er schon einiges gewohnt war. Aber das hier war bestialisch.

Auch Trelles richtete sich wieder auf, zog eine Metalldose aus der Manteltasche und drückte darin seine Zigarette aus. „Ich denke, wir gehen besser nach draußen." Er stieg nicht über Maiwalds Leiche hinweg, sondern umrundete sie und verließ die Bauruine.

Draußen wartete er, bis Koslowski ihm gefolgt war, und stieg dann die Treppen zum Parkplatz hinauf. „Ich würde vorschlagen, wir gehen ein paar Meter, dabei können wir uns ja unterhalten."

Koslowski folgte dem Comisario immer noch völlig fassungslos. „Was wissen Sie oder besser gesagt, was dürfen Sie mir sagen?"

Trelles versenkte die Hände in den Manteltaschen und schnaufte verächtlich. Langsam gingen sie nebeneinander den Weg zum Aussichtspunkt entlang. „Wenn Sie uns sagen, wer dieser Mann ist, dann sind wir schon ein ganzes Stückchen weiter. Noch weiter kämen wir, wenn Sie uns sagen würden, in welchem Verhältnis Sie zu ihm standen."

Koslowski erzählte Trelles nur einen Teil von dem, was er wusste, ließ dabei aber nicht aus, dass sich Maiwald aus Angst nach Teneriffa abgesetzt hatte. Aber augenscheinlich hatte man ihn sogar hier gefunden und umgebracht.

„Diese Stelle hier ist ein beliebter Ausflugsort für Touristen. Aber nur tagsüber, nachts treffen sich hier ab und zu ein paar Leute, um ungestört Rauschgift zu konsumieren oder zu trinken. Wie sie bereits auf der Hinfahrt bemerkt haben dürften, ist es hier sehr einsam. Eine Tatsache, die dem oder den Mördern wohl entgegenkam. Hier oben hört einen niemand, wenn man schreit."

„Bedeutet das, dass die das, was ich gerade gesehen habe, Maiwald noch vor seinem Tod angetan haben?"

Trelles nickte bedauernd. „So meint zumindest unser Gerichtsmediziner. Es war regelrechte Folter."

Sie hatten den Aussichtspunkt erreicht, und Trelles stützte sich mit gespreizten Armen auf die alte Steinmauer. „Seien Sie froh, dass Sie nur das Gesicht gesehen haben. Der Mann muss höllische Qualen erlitten haben."

Koslowski blickte auf die Lichter von *Santa Cruz de Tenerife* hinab und erkannte das angestrahlte Auditorium, welches dem Opernhaus in Sydney ähnelte. Er konnte sich sehr gut vorstellen, wer hinter all dem hier steckte, und er ahnte auch, dass die Leute, die Maiwald getötet hatten, hinter dem Wissen seines Informanten her gewesen waren. Wahrscheinlich hing alles auch mit der geheimnisvollen E-Mail zusammen. Er vermutete, dass Maiwald diese Informationen auch in der alten Aula des Leopoldinums versteckt hatte. Fragen konnte er ihn jetzt nicht mehr.

Koslowski drehte sich um und lehnte sich mit dem Rücken an die Mauer. Was, wenn Maiwald seinen Mördern unter der Folter gesagt hatte, wo sie suchen mussten?

Wie schnell würden die jemanden ins Gymnasium schicken können, um dort zu suchen? Wenn sie nichts von Maiwalds Mail an ihn wussten, dann konnten sie sich bis morgen früh Zeit lassen und das bedeutete wiederum für ihn, dass er ihnen zuvorkommen konnte. Allerdings nur, wenn sich sofort jemand für ihn auf den Weg machte. „Brauchen Sie mich noch?", fragte er und blickte Trelles von der Seite an.

Dieser zündete sich gerade seine nächste Zigarette an.

„Ich würde nämlich gerne zurück ins Hotel fahren, das hier hat mich doch ziemlich mitgenommen."

Trelles nickte verständnisvoll. „Wie lange bleiben Sie noch auf Teneriffa?"

Mit Koslowskis Antwort war er zufrieden. „Ich denke, Ihre Aussage können wir auch morgen noch aufnehmen, einer meiner Leute wird Sie dazu im Hotel besuchen." Trelles drehte sich zu Koslowski um und reichte ihm eine Visitenkarte. „Ich lasse Sie zurückbringen." Der Comisario trat schweigend den Rückweg in Richtung Straße an.

Als sie an den Streifenwagen ankamen, winkte er einen uniformierten Beamten zu sich und gab ihm auf Spanisch einen Befehl. „Dieser Mann hier wird Sie fahren. Sollte es erforderlich werden, sich mit ihm zu unterhalten, so müssen Sie leider englisch oder spanisch sprechen."

Koslowski bedankte sich und folgte dem Beamten zu einem neueren Peugeot. Noch neben der Beifahrertür stehend, drehte er sich zu Trelles um.

Dieser winkte ihm mit der Zigarette in der Hand und kam noch einmal ein paar Schritte näher. „Ich weiß nicht, wieso ich dieses Gefühl habe, aber es lässt mich glauben, dass Sie mehr wissen, als Sie mir bis jetzt gesagt haben." Er blickte Koslowski in die Augen. „Sollten Sie etwas mit dieser Sache zu tun haben, dann passen Sie bitte auf sich auf."

Komisch, dachte Koslowski und nickte nur. Wieso hörte man ständig diese Warnungen?

Kapitel 36

Koslowski war in dieser Nacht nicht der Einzige, der um seinen Schlaf gebracht wurde. Luftlinie rund 3350 Kilometer von Puerto de la Cruz entfernt, schellte um halb vier Uhr morgens in der Nähe von Detmold ein Telefon.

Erika Gründler verdrehte genervt die Augen, nachdem das fünfte Klingeln sie endgültig geweckt hatte. Ihr Göttergatte lag auf dem Rücken, schlief den Schlaf des Gerechten und schnarchte mal wieder wie ein Walross.

Nach dem siebten Klingeln gab Erika die Hoffnung auf, dass der Anrufer die Nase voll hatte. Die untersetzte Frau schwang die Beine aus dem Bett und angelte mit den Füßen nach ihren Pantoffeln. Bei Familie Gründler stand das Telefon, wie es sich gehörte, auf dem extra dafür gekauften Eichentischchen im Flur. Sie fluchte, als sie mit ihrem kleinen Zeh an den Bettpfosten stieß, und humpelte mit schmerzverzerrtem Gesicht in die Diele. Mittlerweile schellte es bereits zum zehnten Mal. Ihre Laune war auf dem Tiefpunkt angekommen und wurde noch um drei Grad kälter, als sie hörte, wer der nächtliche Anrufer war. „Koslowski, weißt du eigentlich, wie spät es ist?“

„Hier in Teneriffa ist es halb drei, demnach bei euch halb vier. Erika, wie du siehst, kann ich schon die Uhr lesen. Ist Siggi zu Hause?“

Erika Gründler kannte Koslowski und mochte ihn nicht besonders. Kein guter Umgang für ihren Mann. Mehr als einmal waren die beiden in brenzlige Situationen geraten, so brenzlig, wie in all den Jahren nicht, in denen ihr Mann sein Brot als Geldschrankknacker verdient hatte. „Kannst du mir mal sagen, warum du mitten in der Nacht anrufst?“

„Nein“, antwortete Koslowski, „dir kann ich das nicht sagen. Hol mir bitte Siggi ans Telefon. Und Erika …?“

„Ja?“

„Frag jetzt nicht warum, sondern beeil dich, es ist wirklich dringend."

Warum legte sie jetzt nicht einfach auf, fragte sie sich. Stattdessen begab sie sich ins Schlafzimmer, trat an das Bett ihres Mannes und begann ihn zu rütteln. „Siggi, dein Busenfreund ist am Telefon will dich sprechen."

Sie musste ihn mehrmals wecken, denn immer wieder fiel ihr Gemahl in den Schlaf zurück. Endlich schlug er die Augen auf, blinzelte seine Frau an und gähnte dann herzzerreißend. „Was ist denn los?"

„Koslowski ist am Telefon will dich dringend sprechen."

Siggi Gründler warf einen Blick zum Wecker. „Weiß der nicht, wie spät es ist?"

„Dieselbe Frage habe ich ihm auch schon gestellt, vielleicht bekommst du ja eine Antwort." Erika ging um das Bett herum, streifte die Pantoffeln von den Füßen und kletterte unter das noch warme Federbett.

Der ehemalige Schränker, der heute dank Erikas Weitsicht und Geschäftstüchtigkeit ein erfolgreicher Automatenaufsteller war, schlurfte missmutig in den Flur.

„Mach die Tür zu, dann kann ich wenigstens schlafen", rief ihm sein Weib hinterher und vergrub ihren Kopf im Kissen.

Gründler hielt sich den Hörer ans Ohr und kratzte sich am Hintern. „Sag mal, weißt du eigentlich, wie spät es ist, Koslowski?"

Ein Stöhnen am anderen Ende der Leitung war die Antwort. „Hallo Siggi, anscheinend gibt es in eurer Familie keine wichtigere Frage als die nach der Uhrzeit, was?"

„Na ja, alte Leute brauchen eben viel Schlaf, aber da kannst du ja nicht mitreden, du Küken." Gründler lachte über seinen eigenen Scherz. Dabei näherte sich Koslowski mittlerweile auch schon der Sechzig.

„Siggi, hör mir jetzt genau zu. Ich weiß, dass es sehr unverschämt ist, das von dir zu verlangen, aber du musst sofort losfahren und etwas für mich suchen."

Gründler glaubte sich verhört zu haben. „Warum fährst du denn nicht selber?“, wollte er wissen.

„Weil ich zur Zeit auf Teneriffa bin. Ich sitze hier auf der Rückbank eines Streifenwagens und werde gerade zu meinem Hotel zurückgebracht.“

„Haste wieder Mist gebaut? Haben sie dich Hopps genommen?“ Gründler schüttelte über seinen Freund den Kopf. Es war schon erstaunlich, in was für Sachen der immer reingeriet.

„Nein, ich bin abgeholt worden, weil sie mich als Zeugen brauchten.“ Koslowski begann Gründler den Fund von Maiwalds Leiche zu schildern. Dann kam er auf die letzte E-Mail des Journalisten zu sprechen und darauf, dass der vermutlich Informationen in der alten Aula des Leopoldinums versteckt hatte.

„Dann ruf doch morgen den Hausmeister an und bitte ihn nachzusehen“, schlug Gründler vor. „Dann kann ich wieder ins Bett und weiterpennen.“ Sehnsüchtig blickte er zur Schlafzimmertür.

„Das geht nicht. Hinter diesen Informationen sind noch andere Leute her, und ich weiß nicht, ob die bis morgen früh warten.“

„Mein lieber Schwan, ich bin ja schon so einiges von dir gewohnt, aber dass du mich aufforderst, mitten in der Nacht in ein Detmolder Gymnasium einzubrechen, das ist ein echtes Highlight.“

Koslowski musste unwillkürlich schmunzeln. „Das ist ja gar kein richtiger Einbruch, du musst doch nur eine Tür öffnen, dann hast du freien Zutritt ins ganze Gebäude. Ich gehe mal nicht davon aus, dass die Tür zur Aula abgeschlossen sein wird.“

„Deinen Optimismus möchte ich haben“, grunzte Gründler. „Aber wenn ich ganz ehrlich bin, dann sind es auch nicht die Türen beziehungsweise deren Schlösser, die mir Sorge machen, sondern die Tatsache, dass es auch noch ein Konkurrenzunternehmen in dieser Sache gibt. Und du weißt, ich bin nicht mehr der Jüngste."

Koslowski dachte nur kurz nach, bevor er antwortete. „Okay Siggi. Ich sorge dafür, dass du Unterstützung bekommst. Kannst du sofort losfahren?"

„Was bleibt mir denn anderes übrig?" Der ehemalige Tresorknacker gähnte noch einmal herzhaft.

„Warte auf dem Tankstellengelände auf der anderen Straßenseite gegenüber der Penne. Ich schicke dir dort jemand hin, der dir Rückendeckung gibt."

„Na, da bin ich ja mal gespannt, hoffentlich ist es jemand, auf den ich mich verlassen kann."

„Das kannst du. Und noch was Wichtiges, Siggi."

Gründler hatte schon auflegen wollen. „Ja?"

„Um deine andere Frage zu beantworten, es ist fünf nach halb vier Uhr."

Kapitel 37

Ein leichter lippischer Landregen hatte eingesetzt, und Siggi Gründler musste ab und zu die Scheibenwischer an seinem Mercedes-Geländewagen einschalten. Er hatte sich nicht, wie besprochen, auf das Tankstellengelände an der Hornschen Straße gestellt, sondern sich ein Stück weiter in Richtung Bad Meinberg positioniert.

Gründler war gespannt, wen Koslowski ihm als Kavallerie schicken würde. Er gähnte herzhaft und dachte wehmütig an sein warmes Bett. Dann glitt sein Blick hinüber zum Beifahrersitz, auf dem seine alte Lederaktentasche stand, die ihn bereits seit seinem sechzehnten Lebensjahr begleitete. Als er damals seine Lehre in einer Detmolder Schlosserei antrat, hatte sein Vater sie ihm mit den Worten „Rindleder, nicht kaputtzukriegen, wenn man sie nur gut pflegt" geschenkt. Und diesen Rat hatte der Mann, den man zu seinen Spitzenzeiten in Ganovenkreisen „Dr. Schrank" genannt hatte, treu und brav befolgt.

Inzwischen war sie abgegriffen und an den Kanten verschlissen, aber sie transportierte immer noch sein gesamtes Werkzeug. Einige Jahre ihres Lebens hatte sie zwar in der Asservatenkammer der Polizei verbracht, aber nach seiner Entlassung hatte Siggi alles darangesetzt, sie wiederzubekommen. Die Tasche war immer noch die alte, der jetzige Inhalt jedoch neueren Datums. Was das Werkzeug anging, war Siggi Gründler immer auf dem neusten Stand geblieben. Und heute Nacht würde ihm das endlich wieder einmal zugutekommen.

Er ließ die Seitenscheibe herunter und spähte die Straße entlang. Aus Richtung Innenstadt näherte sich ein Imbisswagen. Wo der wohl um diese Zeit schon hinwollte?, überlegte Gründler und war umso erstaunter, als der neben ihm anhielt. Er ließ die Scheibe der Beifahrerseite herunter, als er bemerkte, dass der Fahrer des Gefährts auch seine öffnete.

„Ich glaub, mich laust der Affe.“ Gründler blickte den Fahrer staunend an. „Mensch, Strunte, ich dachte, du bist auf Malle und legst Señoritas flach?“

„Falsch gedacht.“ Der ehemalige Wirt des *Bistro Knispel* kannte Gründler in dessen Eigenschaft als Automatenhersteller. „Das Einzige, was ich in Spanien flachgelegt habe, waren die leeren Gläser meiner diversen Caipirinhas.“ Strunte seufzte. „Verschon mich bitte mit weiteren Erläuterungen dieser Pleite.“ Er schloss das Fenster und schaltete den Motor ab.

Eine Minuten später saß er auf dem Beifahrersitz von Gründlers Wagen. „Hat dich Koslowski also auch mal wieder eingespannt, was?“

Gründler nickte. „Wenn du glaubst, in deinem Leben läuft endlich mal alles normal und reibungslos, dann kommt Koslowski.“ Er sah sich aufmerksam um. „Was meinst du, sollen wir starten?“

Strunte nickt zustimmend. „Früh hinaus, heißt früh zu Haus.“ Damit öffnete er bereits die Tür des Mercedes. „Wir essen nämlich zeitig.“

Die beiden so unterschiedlichen Männer – Gründler klein, untersetzt, mit einem gewaltigen Kaiser-Wilhelm-Bart und einer Glatze sowie Strunte, groß und hager – überquerten zügig die Hornsche Straße und verschwanden kurz darauf im Schatten der altehrwürdigen Lehranstalt.

„Früher konnte ich das Wort Gymnasium nicht schreiben und heute breche ich in eines ein“, flüsterte Gründler lachend.

Strunte, der vorgegangen war, drehte sich zu ihm um. „Ich vermute mal, du hast auch nur einen Volksschulabschluss wie ich, oder?“

„Ja, aber anschließend habe ich noch eine fundierte Lehre als Schlosser gemacht und dieser Schlosser wird den Studierten heute mal zeigen, was eine Harke ist.“ Gründler klemmte die Aktentasche unter den anderen Arm.

„Doch wohl eher was ein Dietrich ist?“, vermutete Strunte und schaute um die Hausecke auf den Schulhof.

„Dietrich war gestern, Strunte, heute gibt es etwas viel Besseres. Aber sag mal, hat Koslowski dich auch davor gewarnt, dass wir nicht die einzigen nächtlichen Besucher sein könnten?“

Anstelle einer Antwort zog Strunte eine Dose mit Pfefferspray aus der rechten und einen Schlagring aus der linken Jackentasche. „Das ist wegen dem Gleichgewicht“, klärte er Gründler feixend auf.

Sie standen nun auf dem Schulhof des Leopoldinums und blickten zu der von rotweißem Fachwerk eingerahmten Uhr über dem Eingang hoch. Sie zeigte an, dass die beiden um exakt zehn Minuten nach vier beabsichtigten, einen Einbruch zu begehen.

Darunter lasen sie die Inschrift *deo, patriae, humanitati*. Gründler sah sich sicherheitshalber noch einmal um, dann steuerte er auf die Treppenstufen zu, die zum Eingang hinaufführten.

Strunte fasste ihn am Ärmel und hielt ihn zurück. „Lass es uns hier unten rechts probieren, am Lehrereingang“, schlug er vor.

„Mann, du kennst dich hier ja richtig aus“, staunte Gründler und folgte seinem Komplizen.

„Meine Nichte ging hier zur Schule, und ich habe sie öfter mal abgeholt.“

Kurze Zeit später standen sie vor der dunkelgrünen Holztür. Gründler ließ eine winzige Stablampe aufblitzen, um das Türschloss zu inspizieren. Dann lachte er verächtlich. „Dafür hättet ihr mich gar nicht zu wecken brauchen, das hätte ich vom Bett aus geknackt.“

Strunte trat derweil nervös von einem Bein auf das andere und suchte die Umgebung mit den Augen ab. Er hörte, wie Gründler etwas aus einer Tasche holte, und bekam sie einen Augenblick später auch prompt in die Hand gedrückt.

„Halt mal!“

Der ehemalige Gastwirt stellte sich auf eine längere Wartezeit ein und war entsprechend verblüfft, als Gründler bereits nach drei Sekunden, mit einem „Voila!“ die Tür öffnete und ihm den Vortritt ließ.

Aufatmend schlüpfte Strunte ins Gebäude, und Gründler schloss hinter ihnen wieder ab. „Wir wollen doch keine bösen Überraschungen erleben“, klärte er Strunte auf. „Wo sollen wir denn jetzt genau suchen und vor allen Dingen: Was?“

Strunte deutete nach oben. „Koslowski vermutet, dass Maiwald das, was wir suchen sollen, in der Aula versteckt hat.“ Er war bereits die Treppe hinaufgestiegen und stand nun vor einem Wegweiser. „Leuchte mal“, forderte er Gründler auf. „Da! Alte Aula. Zweiter Stock.“ Strunte drehte sich auf dem Absatz um und marschierte zur Treppe.

„Nicht mal Fahrstühle haben die hier“, maulte Gründler und folgte ihm.

Damit hatte er recht, denn das Gebäude stammte aus dem Jahre 1907. Schon 1602 hatte Graf Simon VI. die Schule ins Leben gerufen. Doch in den über 400 Jahren ihres Bestehens hatte sie bereits viermal den Standort gewechselt. Eines der ersten Grundstücke an der Leopoldstraße hatte der spätere Namensgeber Fürst Leopold II. zur Verfügung gestellt. In den ersten Jahren des Neubaus hatte sich die Schule die Räume mit dem Lippischen Landesmuseum teilen müssen, welches dort Ausstellungen durchführte. Als man feststellte, dass dieser Zustand für alle Beteiligten unbefriedigend war, entschied man sich deshalb im Jahre 1904 für die Errichtung eines neuen Gebäudes an der Hornschen Straße. Der Bau zog sich vom Herbst desselben Jahres bis in den Oktober 1907 hin. Im Jahre 1921 wurde es dann noch durch einen Turm erweitert und bekam dadurch sein heutiges Aussehen.

Schnaufend erklomm Gründler hinter Strunte die Treppen. Sie passierten die Verwaltungsebene im 1. Stock und stiegen immer weiter hinauf. Endlich im zweiten Stockwerk angekommen wandten sie sich nach links und standen nun vor der großen, doppelflügeligen Tür. Strunte lauschte noch einmal und drückte dann äußerst vorsichtig die Klinke herunter. „Verdammt, auch abgeschlossen!"

Gründler schob seinen Komplizen wieder zur Seite. „Geh mal weg!", kommandierte er.

Einige Sekunden später war auch dieses Hindernis aus dem Wege geräumt. Sie schlüpften in den Raum und sahen sich um. Durch die Fenster auf der rechten Seite fiel das Licht von den Straßenlaternen der Hornschen Straße herein.

„So, und was jetzt?" Gründler hatte wieder abgeschlossen und lehnte sich von innen gegen die Tür.

Strunte zückte sein Handy. Hier, diesen Text hat mir Koslowski geschickt." Er ließ Gründler lesen, der dazu jedoch zuerst seine Brille herauskramen musste. „*Schall, der gebrochen wird …*" Nachdenklich kratzte sich der ehemalige Geldschrankknacker im Nacken. „Schall?", wiederholte er.

Strunte ging mitten in den Saal. Vor ihm stand ein schwarzer Flügel und an der linken Seite ein Podest für Musiker. Mehrere große, kreisrunde Leuchten hingen von der hohen Decke herab. An der Längsseite und den beiden Kopfseiten des Saales waren Stuhlreihen aufgestellt, und am anderen Ende registrierte Strunte eine weitere Tür. Darüber befand sich eine Art Balkon. Im glänzenden Parkettboden spiegelte sich das schwache Licht, das durch die bleiverglasten Fenster fiel. Diese Glasgemälde waren von den ehemaligen Schülern gestiftet worden, so las Gründler es auf den Scheiben, als er mit den Händen in den Taschen nah an die Fenster herangetreten war. Bilder der Schulstifter Fürstin Pauline, Fürst Leopold II. und Simon dem VI. bildeten den jeweiligen Mittelpunkt der drei Fenster.

Strunte drehte sich langsam um seine eigene Achse und schaute sich dabei um. An der Wand, durch deren Tür sie die Aula betreten hatten, hingen vier bräunliche Vorhänge. Auf der anderen Saalseite waren es zwei. Wofür die wohl gedacht waren?

Er ging auf den Flügel zu, schüttelte den Kopf, als er Gründlers alte Aktentasche auf dem edlen Instrument stehen sah, und öffnete dann den Tastaturdeckel. Nein, das wäre als Versteck dann doch etwas zu einfach gewesen. Er kniete sich hin und schaute unter dem Flügel nach. Auch nichts. Wo sollten sie suchen – und was überhaupt? Er drehte sich um und rief Gründler zu sich.

„Was meinst du, warum hier diese seltsamen bräunlichen Stores hängen?"

„Junge, du hast vielleicht Sorgen. Wir suchen etwas, von dem wir nicht mal wissen, was es ist, und du beschäftigst dich mit Innenarchitektur." Er grunzte verdrießlich. „Was weiß ich denn, vielleicht sind die nur zur Deko montiert oder als Schallschlucker."

Strunte schlug sich mit der Hand gegen die Stirn. „Der Schall, der gebrochen werden muss." Wie von der Tarantel gestochen rannte er durch den Saal und klettere auf einen Stuhl, der links neben der Ausgangstür stand. Er zog den Vorhang zur Seite und fand eine Tafel mit einer Inschrift. Sie war mit einem Stuckrahmen verziert und Strunte sah die Unebenheit am unteren Rand sofort. Er tastete danach und hielt Sekunden später einen Speicherstick für einen Computer in der Hand.

Triumphierend drehte er sich zu Gründler um. „Ich hab's!"

Dieser bewegte sich nicht, sondern lauschte nur. Im selben Moment hörte auch Strunte das entfernte Splittern von Holz. Irgendjemand brach die Eingangstür im Erdgeschoss auf.

Sofort kam Bewegung in die beiden Hobby-Einbrecher. Strunte sprang vom Stuhl und steckte den Stick in die Hosentasche.

„Was nun?“, fragte Gründler.

Strunte deutete auf die Tür neben sich. „Ich wette, die kommen auf demselben Weg rein wie wir. Los, lass uns durch die hier verschwinden. Es gibt auf dieser Seite noch ein weiteres Treppenhaus.“

Es bedurfte keiner weiteren Aufforderung. In Rekordzeit hatte Gründler auch dieses Schloss geknackt. Im gegenüberliegenden Treppenhaus waren bereits Schritte und gedämpfte Stimmen zu hören. Strunte zog Gründler mit durch die Tür in das Treppenhaus und wollte losrennen. Doch kaum waren sie durch, riss sich Gründler los und verschloss die Tür wieder. Dann erst hasteten sie die Treppen hinunter. Hinter ihnen hörten sie, wie soeben die Tür zur Aula aufgebrochen wurde. Sie blieben kurz stehen und lauschten atemlos. Jetzt waren ihre Verfolger in der Aula und begannen dort zu suchen. Aber sie wussten ja noch nicht, dass sie vergebens kamen. Und es gab keinen Hinweis darauf, dass ihnen schon jemand zuvorgekommen war.

In diesem Moment stöhnte Gründler auf. „Ich habe mein Tasche auf dem Klavier vergessen.“

Strunte fluchte. „Vergiss sie, wir müssen sofort abhauen!“ Er hastete weiter die Treppen hinunter. Dass ihre Verfolger die Tasche entdeckt hatten, erkannten sie in dem Moment, als sie hörten, wie die sich oben an der zweiten Tür zu schaffen machten.

Gründler hätte später nicht mehr sagen können, wie sie die Treppen ohne Sturz heruntergekommen waren. Noch nie in seinem Leben war er so schnell gelaufen. Sie hetzten bis zur Ausgangstür, und Gründler brauchte mit seinen zitternden Fingern diesmal ganze drei Sekunden mehr, um diese Tür zum Hof zu öffnen. Und fast genauso lange, um auch sie wieder zu schließen.

Sobald er fertig war, ergriff ihn Strunte an der Jacke und schleifte ihn über den Schulhof. Sie bogen soeben um die

Ecke, als sie hörten, wie hinter ihnen wütend an der Tür gerappelt wurde. Nur weiter!

Strunte schien noch Luft zu haben, doch Gründler keuchte neben ihm bereits wie eine alte Dampflokomotive. Sie hasteten über die Hornsche Straße, und diesmal war es Gründler, der Strunte mit sich zog, als der versuchte, seinen Transporter aufzuschließen.

„Lass deine fahrbare Fritteuse hier stehen, damit haben wir keine Chance."

Mittels Fernbedienung öffnete er den Mercedes und schwang sich auf den Fahrersitz. Kaum hatte Strunte neben ihm Platz genommen, startete der Motor auch schon, und Gründler rumpelte über den Bordstein auf die Fahrbahn. Er trat das Gaspedal durch und schoss förmlich an den zwei Personen vorbei, die soeben vom Gelände des Leopoldinums gerannt kamen. Strunte konnte erkennen, dass beide Waffen trugen. Doch sie waren anscheinend zu verblüfft, oder zu vorsichtig, sie zu benutzen.

Rettung in letzter Sekunde.

Ohne Beleuchtung scheuchte Gründler den Mercedes bis zur Einmündung Leopoldstraße und bog dort mit quietschenden Reifen ab.

„Hoffentlich haben die sich nicht dein Kennzeichen gemerkt", bangte Strunte.

Doch Gründler winkte lässig ab. Immer noch außer Puste, grinste er seinen Beifahrer an. „Der kluge Mann baut vor", sagte er und hielt eine breite Rolle schwarzes Klebeband hoch. „Wenn die davon auch nur einen Buchstaben lesen konnten, dann können sie auch über Wasser gehen." Gründler schaltete wieder runter, und der Wagen donnerte mit aufheulendem Motor in Richtung Hasselter Platz.

Kapitel 38

Das Schiff hatte kaum im Hafen von Santa Cruz angelegt, als auch schon ein einzelner Container aus dem Besitz der Firma Dragic entladen wurde. Der Kran hievte ihn auf einen bereitstehenden Lastwagen, und drei Stunden nach Einlaufen des Schiffes traf er bereits auf einem Containerlagerplatz ein. Die gesamte Zeit über war er von einem schwarzen SUV begleitet worden. Aus dem stiegen nun vier Männer, unter anderem ein hünenhafter Mann mit dunklen Haaren und südländischem Teint. Noch bevor der Container vom LKW heruntergehoben wurde, entfernte man die Schlösser, und zwei Arbeiter wühlten sich durch einen Berg von Pappkartons. Sie warfen diese achtlos aus dem Container, bis sie die vermeintliche Rückwand erreicht hatten. Noch mit den beiden Arbeitern darin wurde der Container von einem Kran auf den Boden gestellt. Sofort stürzten noch zwei Leute hinzu und innerhalb kürzester Zeit war der Container leer und ein Schweißgerät wurde hineingerollt.

Mit einem Knall zündete die Flammenlanze und fraß sich kurze Zeit später durch die falsche Rückwand. Draußen hatten zwei der Arbeiter ein Gebläse herangerollt und bliesen über einen Schlauch Luft durch die kleinen Öffnungen. Ein weiteres Gebläse sorgte dafür, dass die verbrauchte Luft aus dem Container geblasen wurde. Der Hüne stand während der gesamten Arbeiten vor dem Container und hielte seine muskulösen Arme vor der Brust verschränkt. Erst als die Rückwand soweit gelöst worden war, dass man sie zur Seite ziehen konnte, kam Bewegung in den Mann.

Er ließ sich eine starke Taschenlampe geben und betrat den Container. Um sich vor der verbrannten Luft zu schützen, hielt er sich ein blütenweißes Taschentuch vor den Mund. Er ließ den Strahl der Lampe durch den verborgenen Raum wandern. Als er auf den in einer Ecke zusammengerollten Körper traf, hielt er den Strahl darauf gerichtet.

Es folgte ein scharfes Kommando, und einer der Arbeiter kniete sich neben dem Mann hin und prüfte seine Vitalfunktion. Als er nickte, folgte ein zweites Kommando und zwei seiner Kollegen betraten den Container. Zu dritt hoben sie den bewusstlosen Mann hoch und trugen ihn nach draußen. Als ihnen der leblose Körper fast aus der Hand rutschte und sie ihn zu Boden gleiten lassen wollten, war der Hüne mit zwei Schritten bei Ihnen und schnauzte sie an. Mit zusammengebissenen Zähnen fassten sie nach und schleppten den Körper zum SUV. Auf Knopfdruck öffnete sich die Heckklappe und der Körper wurde hineingelegt.

Der Hüne zog einen Briefumschlag aus der Jackettasche und reichte ihn einem der Männer. „Sorgt dafür, dass die Rückwand ganz ausgebaut wird und verschwindet. Reinigt den Container und verbrennt den Inhalt aus dem Versteck. Hier ist die vereinbarte Summe."

Als der Mann danach greifen wollte, zog der Hüne den Umschlag wieder zurück. „Und denkt daran, nur ein Wort über das, was ihr hier heute gesehen habt, und ich komme persönlich zurück und hacke euch in kleine Teile. Haben wir uns verstanden?"

Der Mann nickte ängstlich und auch die umstehenden Männer blickten eingeschüchtert zu Boden. Einige von ihnen machten sogar einen Schritt zurück.

Der Hüne ging hinüber zum SUV und nahm auf dem Beifahrersitz Platz. Dann rollte der schwere Wagen mit seiner menschlichen Fracht vom Containerhof.

Kapitel 39

Die Verbindung von Detmold nach Teneriffa war so gut, dass Koslowski glaubte, Strunte befände sich bei diesem Telefonat im Nebenzimmer. Er hatte seinen Laptop geöffnet und wartete darauf, dass ihm sein Freund den Inhalt des Speichersticks überspielte. Strunte hatte ihn noch am frühen Morgen angerufen und erzählt, wie sie in der vergangenen Nacht ihren Verfolgern nur um Haaresbreite entkommen waren – und auch was sie gefunden hatten. Das Problem war, dass er zurzeit über keinen eigenen Rechner verfügte und sich erst bei Bekannten einen ausleihen musste. Aber er versprach, dass er das bis spätestens zum Abend hinbekommen würde. Bis dahin hätte er den Inhalt des Sticks gesichtet und würde ihm die Informationen überspielen.

Nun also saß Koslowski in seinem Zimmer und wartete. Kurz zuvor hatte Strunte ihn erneut angerufen und mit zittriger Stimme geschildert, was er auf dem Speicherstick gefunden hatte. Koslowski glaubte seinen Ohren nicht zu trauen. Wenn das stimmte, was Strunte ihm soeben erzählt hatte, dann wurde es höchste Zeit, dass diesem Treiben ein Ende gesetzt wurde.

Ein elektronischer Ton kündigte den Erhalt der Mail an. Koslowski verabschiedete sich von Strunte und öffnete die Dateien. Mehrere Schriftstücke, eine Datei mit Bildern und ein Video. Zunächst wandte sich Koslowski den Bildern zu. Anscheinend mit einer versteckten Kamera und in der Dämmerung fotografiert. Sie zeigten, wie ein dunkelhäutiger Mann von mehreren Männern mit Baseballschlägern und Knüppeln verprügelt wurde. Koslowski war sich sicher, dass einer von ihnen Zoltan war. Der Rest dieser Männer dürfte sein tägliches Brot im Sicherheitsdienst von Dragic verdienen. Als der Mann auf dem Boden lag, schnürte man ihm zwei Seile um den Oberkörper, warf diese über zwei geöffnete Containertüren und zog ihn daran wieder auf die Beine. Was dann folgte, war das wohl Grausigste, was Koslowski jemals gesehen hatte.

Auf der linken Bildseite erschien ein alter Transporter, der in einigem Abstand von dem aufgehängten Mann stehen blieb. Man hörte deutlich, wie der Motor aufheulte, dann schoss der Wagen nach vorne raste mit großer Geschwindigkeit gegen den Mann und schleuderte ihn meterweit durch die Luft. So einen frontalen Aufprall konnte niemand überleben. Das Perverse an dieser Situation war, dass alle Umstehenden auch noch Beifall klatschten. Der Transporter setzte zurück und der Fahrer schlug das Lenkrad nach rechts ein. Dann fuhr er vor und passierte die Kamera in Schrittgeschwindigkeit. Der Mann hinter dem Steuer war Michael Dragic, und Koslowski wusste nicht, was perverser war: sein breites Grinsen oder der nach oben gereckte Daumen.

Diese Bilder hatten ihn so mitgenommen, dass er aufstehen und sich abwenden musste. Es schien ihm, als besäße sein Zimmer keinen Sauerstoff mehr. Er riss die Schiebetür auf und stürzte auf den Balkon. Gierig sog er die kalte Luft ein, die vom Atlantik herüberwehte. Er stützte sich auf die Balkonbrüstung und schüttelte den Kopf. Er hatte mit ansehen müssen, wie Dragic und seine Männer einen jungen Mann getötet hatten, einen Schwarzafrikaner. Vermutlich handelte es sich dabei um denjenigen, der angeblich bei einem Verkehrsunfall an der Rintelner Straße ums Leben gekommen war und nach dem ihn Maiwald in Lemgo gefragt hatte. Koslowski kamen gleichzeitig mehrere Fragen in den Sinn. Warum war der Mann getötet worden? In welchem Verhältnis stand er zu Dragic? Was ergab das alles für einen Sinn?

Noch einmal atmet er tief durch, dann überwand er seinen Ekel und kehrte ins Zimmer zurück. Er öffnet die Bar, nahm eine kleine Flasche Whisky heraus und stürze den Inhalt in einem Zug herunter. Als er wieder vor dem Computer saß, schloss er die Videodatei, ohne noch einmal auf das letzte Bild zu sehen. Und es graute ihm bereits davor, die Bilddateien zu öffnen. Es war ein halbes Dutzend. Etwas unsicher klickte Koslowski die erste Datei an und war froh, dass das Foto lediglich einen Container von innen zeigte. Nichts Außergewöhnliches, warum war dieses Bild so wichtig? Diese Frage beantworteten die folgenden Fotos. Der Fotograf hatte das erste Bild als Übersichtsaufnahme gemacht, die anderen zeigten, dass es in diesem Container ein Versteck gab. Auf dem letzten Bild sah man darin eine Matratze und einen Eimer.

Menschenschmuggel.

Vermutlich hatte man den Mann aus Afrika in diesem Container herübergeschmuggelt. Aber warum war er dann auf so bestialische Art getötet worden? Koslowski öffnete noch einmal der Reihe nach alle Bilder, fand aber keinen weiteren Hinweis. Vielleicht halfen ihm die Dokumente weiter.

Koslowski rief auch sie der Reihe nach auf und las sie durch. Danach wusste er, dass es einige Container gab, die Elektronikschrott nach Accra transportierten und auf dem Rückweg Menschen schmuggelten.

Und er wusste jetzt auch, warum man nur einzelne Menschen schmuggelte. Ein anderes Dokument hatte ihn darüber aufgeklärt. Aber mindestens ebenso interessant war die Tatsache, dass in einem der Schreiben von einem Haus auf Teneriffa die Rede war. Dieses Haus trug den Namen *Casa de Mencey Acaymo,* und er wusste sofort, dass er es auf dem Bild im Arbeitszimmer von Ivo Dragic in Langenholzhausen gesehen hatte.

Jetzt ahnte er auch, warum Maiwald sich ausgerechnet hierher abgesetzt hatte. Anscheinend wollte er noch einen allerletzten Beweis finden. Seine Neugier hatte ihn jedoch das Leben gekostet. Koslowski ging noch einmal alle Schriftstücke durch, dabei fand er einen Hinweis, den er zuvor übersehen hatte. Es handelte sich um einen halb abfotografierten Frachtbrief für einen weiteren Container. Dessen Bestimmungsort war allerdings nicht Deutschland, sondern Teneriffa. Der Hafen von Santa Cruz. Allerdings musste das Foto wohl in aller Eile gemacht worden sein, denn er konnte nicht erkennen, wann der Container hier eintreffen sollte oder bereits eingetroffen war. Was, wenn wieder ein Mensch darin transportiert wurde? Und was, wenn dieser Mensch die Erwartungen nicht erfüllte, die man in ihn setzte?

Wütend klappte Koslowski den Computer zu und stand auf. Er lief wie ein Tiger im Käfig auf und ab, doch dann hielt er die Enge des Raums nicht mehr aus. Er rannte aus dem Zimmer, knallte die Tür zu und polterte die Treppen hinunter in die Hotelbar.

Die hübsche, spanische Kellnerin fragte ihn zweimal, ob sie ihn recht verstanden hatte, als er vier große Whiskys auf einmal bestellte. Und sie war noch erstaunter, als Koslowski die ersten beiden gierig hinunterkippte.

Langsam beruhigte er sich wieder. Er schob die beiden vollen Whiskygläser weg und wischte sich mit den Händen durchs Gesicht. Sich zu besaufen war keine Lösung. Nein, er musste handeln. Er musste wissen, wann dieser Container ankam. Aber wie sollte er das herausfinden?

Plötzlich schoss ihm ein Gedanke durch den Kopf. Comisario Trelles! Koslowski unterschrieb die Quittung für die Getränke und rannte zurück auf sein Zimmer. Irgendwo hatte er die Visitenkarte von Trelles. Kaum hielt er sie in der Hand, wählte er auch schon die darauf stehende Nummer.

Der Comisario schien einen langen Arbeitstag zu haben, denn bereits nach dem zweiten Klingeln nahm er den Hörer ab.

„Koslowski. Señor Trelles, ich brauche Ihre Hilfe!"

Er hörte, wie der Kriminalbeamte am anderen Ende der Leitung lachte. „Ich glaube, es ist eher umgekehrt. Ich brauche Ihre Hilfe, und ich denke, Sie werden mir jetzt einiges zu erzählen haben."

Koslowski ging während des Telefonats auf und ab. „Ich schlage Ihnen einen Deal vor. Sie geben mir zwei Informationen, die ich dringend brauche, und ich sage Ihnen dann, was Sie wissen müssen."

„Ich glaube nicht, dass Sie momentan in der Lage sind, Forderungen zu stellen", entgegnete Trelles. „Ich würde vorschlagen, Sie erzählen mir alles und dann entscheide ich, ob ich Ihnen weiterhelfe."

„Ich glaube kaum, dass Ihnen damit geholfen wäre, wenn ich jetzt auflege, oder? Okay, Sie könnten mich festnehmen lassen, aber wie wollen Sie die Informationen aus mir herausbekommen? Mit Waterboarding?"

Koslowski hörte Trelles unwirsch brummen. Dann schien er eine Zeitlang zu überlegen. „Gut, stellen Sie Ihre Fragen, und ich entscheide, ob ich sie beantworten werde."

Koslowski atmete auf. „Zuerst müsste ich wissen, ob vor kurzem ein Schiff angelegt hat, welches mit Containern beladen war und dabei unter anderem den Hafen von Accra in Ghana angelaufen hat oder sogar von dort stammt." Er hörte, wie sich Trelles Notizen machte und kurz nachdachte.

„Das dürfte kein Problem sein, ich werde die Hafenbehörde anrufen. Wie lautet die zweite Frage?"

„Was sagt Ihnen der Name Mencey Acaymo?"

Diesmal antwortete Trelles sofort. „Der Name Acaymo ist auf Teneriffa sehr bekannt. Die Insel war vor der Eroberung durch die Spanier früher in eine Art von Regierungsbezirken eingeteilt, die sogenannten *Menceyato*s. Diese wiederum wurden von Führern oder Königen, den *Mencey* regiert. In der Region Tacoronte war dies der besagte Mencey Acaymo. Sie finden seine Statue übringes im Hafen von Candelaria." Trelles stutzte. „Warum interessieren sie sich für eine Legende?"

„Ich werde es Ihnen sagen, wenn ich weiß, was es damit auf sich hat", antwortete Koslowski und drückte das Gespräch weg. Er konnte sich lebhaft vorstellen, wie erbost

Trelles darüber war, deshalb tat er auch den nächsten logischen Schritt und schaltete sein Mobiltelefon ganz aus. Er wandte sich wieder seinem Computer zu und gab *Casa de Mencey Acaymo* ein. Er wurde zur Person Acaymo fündig, doch in Kombination mit dem spanischen Wort für Haus landete er keinen Treffer. Wer könnte ihm da weiterhelfen?

Hätte er Trelles die Frage nach dem Haus gestellt, hätte er vielleicht eine Antwort bekommen, aber ganz sicher wäre der Comisario dort auch mit seiner Kavallerie angerückt. Nein, nein, er musste zunächst allein dorthin und ungestört ermitteln. Erst dann würde er die Polizei einschalten. Außerdem war das hier jetzt zu einer persönlichen Angelegenheit zwischen Dragic und ihm geworden.

Koslowski stand auf und trat erneut auf den Balkon. Sein Blick ging über den Atlantik. Draußen auf dem Meer hatten sich die Wolken wie eine weiße Mauer angestaut. Hier über Land war der Himmel sternenklar. Die kleine Kirche, die neben dem Hotel lag, wurde durch die rötlich schimmernden Straßenlaternen sanft beleuchtet, und in den Hügeln rechts von ihm leuchteten Tausende von Lampen. Ein wunderbares, fast schon kitschiges Bild, wären da nicht die Bilder von Maiwalds Leiche und die der Ermordung des jungen Schwarzen, die sich immer wieder in Koslowskis Bewusstsein drängten. Bilder, die er niemals vergessen würde.

„Wer kann mir helfen? Wer weiß auf Teneriffa so gut Bescheid, dass er ein einzelnes Haus kennt?", murmelte Koslowski vor sich hin.

In diesem Moment hörte er auf der Straße ein lautes Hupen. Ein Taxifahrer machte seinem Unmut darüber Luft, dass ein Kleinwagen recht umständlich auf der Straße wendete und ihm so die Weiterfahrt versperrte.

Taxifahrer! Wenn sich einer hier auskannte, dann die Taxifahrer.

Ein paar Minuten später stand er am Empfang des Hotels. Der Portier begrüßte ihn freundlich, aber etwas zurückhaltend. Vermutlich rechnete er damit, dass Koslowski gleich einen Revolver aus der Jacke ziehen und ihn niederstrecken würde.

„Hola!“, begrüßte Koslowski freundlich. „Seien Sie unbesorgt, die Polizei hat mich abgeholt, weil sie einen Zeugen brauchte. Wie Sie sehen, bin ich immer noch auf freiem Fuß.“

Der Portier lächelte erleichtert. „Was kann ich für Sie tun, Señor?“ Seine Gesichtszüge hatten sich augenblicklich entspannt.

„Meine Frage ist vielleicht etwas ungewöhnlich, aber ich suche ein ganz bestimmtes Haus auf Teneriffa.“

Der Mann horchte auf. „Sicherlich kein leichtes Unterfangen, Señor. Wissen Sie denn, in welchem Ort oder welcher Stadt es stehen soll?“

Koslowski schüttelte den Kopf. „Nein, genau das ist mein Problem, ich habe nur einen Namen. *Casa de Mencey Acaymo.*“

Der Mann hinter dem Tresen lächelte. „Sie sind ein Glückspilz. Dieses Haus kennt hier in der Gegend vermutlich jeder.“

„Dann ist es hier in Puerto de la Cruz?“

„Nein, Señor, dieses Haus finden Sie oben in Orotava. Es ist ein sehr großes Anwesen, das einer Firma aus Deutschland gehört.“

Koslowski ballte die Faust. Volltreffer! „Können Sie mir sagen, wo ich es finde?“

Sekunden später lag eine Karte auf dem Tresen und der Portier erklärte ihm, wo die *Casa de Mencey Acaymo* lag.

„Wären Sie bitte so freundlich, mir ein Taxi zu rufen?“ Koslowski legte einen Geldschein auf die Theke.

„Selbstverständlich, und vielen Dank, Señor.“ Der Portier hatte bereits den Hörer am Ohr.

„Muchas gracias, ich warte draußen.“

Langsam verließ Koslowski die Hotelhalle und trat in die warme Nacht hinaus. Immer wieder musste er an Michael

Dragic denken und dessen Gesichtsausdruck, nachdem er den jungen Afrikaner totgefahren hatte. Er stellte sich vor, wie Dragic extra dafür von Zoltan in den alten Transporter gehoben worden war. Vermutlich hatten sie ein Automatikauto verwendet, denn die Pedale konnte dieses perverse Schwein ja nicht mehr bedienen. Dieser Mord musste die miese Selbstbefriedigung eines Krüppels sein, dachte Koslowski.

Dann glitten seine Gedanken ab in das baufällige Haus auf dem *Pico de Ingles*. Er sah Dragic im Rollstuhl vor sich, wie dieser bei der Folterung und Tötung von Ingo Maiwald zuschaute. Übelkeit stieg in ihm auf, die aber augenblicklich von einer Welle des Hasses hinweggespült wurde. Auch wenn Zoltan es in Lemgo nicht auf ihn, sondern auf Maiwald abgesehen hatte, so war dieser Auftrag garantiert auch von Michael Dragic gekommen. Und Zoltan hatte ohne mit der Wimper zu zucken versucht, ihn zu töten. Vielleicht war er es ja auch gewesen, der Rummesrieders Haus in die Luft gejagt hatte.

Koslowski stampfte wütend mit dem Fuß auf. Zoltan, diese miese Ratte, war schon tot, und er empfand jetzt keine Gewissensbisse mehr, ihn getötet zu haben. Als Nächster war Dragic dran.

„Der Wagen ist in fünf Minuten hier, Señor“, rief der Portier ihm von der gläsernen Schiebetür aus zu.

„Danke, dann bleibt mir noch Zeit zu telefonieren.“ Koslowski holte sein Mobiltelefon aus der Hosentasche, schaltete es wieder ein und suchte nach Brittas Nummer.

Kapitel 40

Der Taxifahrer sprach kein Wort Deutsch. Als er mit seinem Peugeot am Hotel ankam, war der Portier noch einmal erschienen und hatte ihm das Ziel von Koslowskis Fahrt genannt. Der Mann kannte die *Calle la Datiles* und nannte ihnen einen Preis. Der Portier wiederum übersetzte, dass der Fahrgast bereit sei, ihn zu bezahlen.

Die Fahrt ging hinauf in Richtung Autobahn, doch diesmal fuhren sie nicht auf die TF 5, sondern unter ihr her. Dann lenkte der Fahrer den Peugeot in Richtung Kreisverkehr, nahm die erste Ausfahrt und fuhr über die *Calle Risco Caido* hinauf nach Orotava. Dabei folgten sie die ganze Zeit einem grünen Linienbus. An einer Einmündung bogen sie nach links auf die TF 21 ab, überquerten eine Zeit später den *Barranco de la Quiquira,* eine der typischen Schluchten auf Teneriffa, und fuhren immer höher in die Berge.

Auf der linken Seite sah man die Lichter der unter ihnen liegenden Häuser. Nach einiger Zeit fuhr der Taxifahrer langsamer und deutete nach vorn aus dem Fenster. Koslowski sah eine Gabelung, vor der der Taxifahrer anhielt. An der Mauer des Hauses, welches spitz in diese Gabelung hineingebaut war, las Koslowski den Straßennamen *Calle la Datiles.* Er bedeutete dem Taxifahrer, nicht einzubiegen, sondern geradeaus weiterzufahren und ein Stück weiter auf der rechten Seite anzuhalten.

Nachdem er das Taxi bezahlt hatte, wartete er, bis es sich entfernt hatte, dann schlenderte er unauffällig wieder zurück zur Straßengabelung. Von dort aus konnte er sehen, dass die Straße am Hang entlangführte. Er folgte ihr und hatte von hier oben aus einen wunderbaren Blick auf den Atlantik, der nun schräg links unter ihm lag. Die Lage hier oben war traumhaft und er verstand, warum die Familie Dragic sich hier ein Haus hatte bauen lassen.

Nach einigen Metern stellte er fest, dass die Straße eine Sackgasse war. Sie endete vor dem Tor einer großen, weißen Villa. Das gesamte Gelände war mit einer hohen Mauer umgeben, deren Krone rote Ziegel zierten. Das doppelflügelige, schwere Holztor war aus dunklen Stämmen gefertigt und erinnerte Koslowski in seiner Art an ein Burgtor. Es war in einen steinernen Rundbogen eingebaut, der ebenso weiß verputzt war wie die Mauer. Rechts neben dem Tor war der Name *Casa de Mencey Acaymo* aus typisch spanischen Namenskacheln zusammengesetzt, deren Ränder aus bunten Blumen bestanden. Auf der linken Seite hing eine moderne Überwachungskamera, die den Bereich vor dem Tor erfasste. Darunter war eine Sprechanlage in das Mauerwerk eingebaut worden.

Koslowski ließ noch einmal den Blick über das unter ihm liegende Tal schweifen, so als wäre es der letzte Anblick in seinem Leben. Dann trat er vor und betätigte den Klingelknopf.

„Hola! Sí, Señor?“, fragte eine männliche Stimme.

„Ich möchte zu Herrn Dragic!“ Koslowski hatte deutsch gesprochen und war sicher, dass man ihn verstehen würde. Einen Moment lang blieb es still, dann öffnete sich, anstelle einer Antwort, ein Flügel des Tores. Ohne zu zögern trat er ein.

Hinter dem Tor lag ein gepflasterter Weg, der zu der Villa hinaufführte und der an beiden Seiten von großen Drachenbäumen flankiert wurde. Kniehohe Laternen warfen ein gedämpftes Licht auf die gepflegten Rasenflächen. Koslowski hörte, wie sich das Tor hinter ihm automatisch wieder schloss. Der Weg ging etwa hundert Meter vor dem Haus in einen Kreis über. In der Mitte stand ein großer Mann. Er war breitschultrig, hatte lange Haare und einen Bart. In der linken Hand hielt er eine Art kurzen Speer, die Rechte stützte er auf einen Stock. Über seine rechte Schulter hing ein Umhang, und er trug nichts weiter als einen Lendenschurz. Koslowski vermutete, dass es sich bei der Statue um den Namensgeber des Hauses handelte.

„Darf ich vorstellen? Mencey Acaymo", erklang eine Stimme von der Tür her. „Eine hübsche Kopie dieser Statue steht übrigens auch im Hafen von Candelaria." Als Koslowski sich umdrehte, sah er Michael Dragic im Türrahmen in seinem Rollstuhl sitzen. Hinter ihm stand ein dunkelhäutiger Mann, der eine Art Dieneruniform trug. „Ich habe Sie schon viel früher erwartet. Wollen Sie weiter hier draußen stehen, oder wollen wir uns drinnen unterhalten?"

„Wenn ich ganz ehrlich bin, weiß ich selber nicht genau, was ich hier eigentlich will", gestand Koslowski und ging auf Dragic zu. Der Diener zog den Rollstuhl zurück, wendete, und Koslowski folgte ihnen ins Haus.

„Sie kommen äußerst ungünstig, denn ich habe einen sehr dringenden Termin." Dragic erschien ihm außerordentlich fröhlich, kein bisschen verängstigt oder erschrocken. Eher euphorisch und sogar leicht belustigt.

Koslowski rügte sich selber. Das war mal wieder einer seiner berühmten Schnellschüsse. Aber er konnte nicht anders, wenn ihn die Gefühle übermannten, musste er einfach handeln.

Dragic lächelte plötzlich. „Vermutlich sind Sie nicht gekommen, um mir zu sagen, dass Sie meinen Vater gefunden haben, richtig?"

„Nein, ich bin hier, um dafür zu sorgen, dass Ihnen endlich das Handwerk gelegt wird und um Ihnen zu sagen, dass ich Ihnen zuvorgekommen bin. Ich habe nicht nur den Stick in Detmold suchen, sondern auch sicherstellen lassen. Und ich kenne seinen Inhalt." Wenn Koslowski glaubte, dass er Dragic damit schocken konnte, dann hatte er sich geirrt, der blieb vollkommen emotionslos.

„Wie schön für Sie. Ich vermute mal, als Nächstes kommen so Sprüche wie: Ich habe natürlich dafür gesorgt … Wenn mir was zustößt … und so weiter. Habe ich recht?"

Dragic griff an die Reifen des Rollstuhls und drehte ihn so, dass er frontal vor Koslowski stand. „Ich muss Sie leider enttäuschen, denn unsere Anwälte werden dafür sorgen, dass man den Inhalt des Sticks als das bewertet, was er wirklich ist. Die perfide Fälschung eines geisteskranken Journalisten, der sich in den Kopf gesetzt hat, unsere Familie zu ruinieren. Wobei ich sagen muss, dass uns sein Motiv noch nicht bekannt ist. Aber auch da werden wir etwas konstruieren, oder wissen Sie, was wir Ingo Maiwald getan haben?"

Dragics Lächeln war so schmierig, dass Koslowski es ihm am liebsten mit der Faust aus dem Gesicht geschlagen hätte. „Nein, das weiß ich nicht. Aber ich vermute, dass er einen ausgeprägten Sinn für Gerechtigkeit gehabt hat. Aber dafür, dass er nicht mehr gegen Sie aussagen kann, haben Sie ja bereits gesorgt."

„Ich verstehe nicht, was Sie meinen."

„Tun Sie doch nicht so, Sie wissen genau, wovon ich rede, und ich wette, Sie waren sogar dabei." Koslowski schäumte vor Wut. „Ist Ihnen einer abgegangen, als Ihre Mörderbrut ihn gefoltert und ihm die Kehle durchgeschnitten hat oder haben Sie das selber gemacht?"

Dragic blieb vollkommen ungerührt. „Vielleicht liegt es ja an der Luft in Lippe, dass Verschwörungstheorien dort so gut gedeihen? Anscheinend sind Sie genauso krank wie dieser Journalist. Aber vielleicht sollten Sie Ihre Erfahrungen mit ihm austauschen, wenn Sie ihm das nächste Mal begegnen."

„Begegnen? Maiwald ist tot!"

„Genau", antwortete Dragic, „und das werden Sie auch bald sein."

Der Schlag auf seinen Hinterkopf kam für Koslowski vollkommen unerwartet und streckte ihn sofort zu Boden. Das Letzte, was er sah, bevor er sein Bewusstsein verlor, waren die auf Hochglanz polierten Spitzen von Dragics Schuhen.

***

Als er wieder erwachte, hörte er ein Lied. Ein Lied, gesungen in einer fremden Sprache. Ein Lied von großer Traurigkeit und Wehmut.

Mühsam hob Koslowski den Kopf. Er lag auf dem Boden eines Kellers, und als er die Augen öffnete, blickte er einer Ratte direkt ins Gesicht. Das Tier setzte sich auf die Hinterläufe und betrachtete ihn interessiert. Seit wann konnten Ratten singen, dachte Koslowski und rollte sich wieder auf den Rücken. Die Ratte verschwand in einer dunklen Ecke, doch der Gesang blieb. Koslowski drehte den Kopf zur anderen Seite und spürte einen stechenden Schmerz. Instinktiv griff er an diese Stelle. Als er die Hand wieder wegnahm, bemerkte er, dass sie feucht war. Feucht von seinem eigenen Blut. Er erinnerte sich wieder, dass ihm irgendjemand einen Schlag auf den Schädel verpasst hatte. Er hatte sich zu sehr auf das Gespräch mit Dragic konzentriert und den Angreifer nicht kommen hören. Wie blöd musste man eigentlich sein, um in eine solche Falle zu laufen? Er hatte sich benommen wie ein blutiger Anfänger. In diesem Moment verstummte der Gesang.

Koslowski kniff die Augen zu und öffnete sie wieder. Im Dunkel des Kellers erkannte er zwei Augen und zwei Reihen weißer Zähne. Dort saß ein Mann an der Wand, aber warum sah er ihn nur so undeutlich?

Seine Frage wurde beantwortet, als die Person sich auf die Knie begab und auf ihn zugekrochen kam. Der Mann war schwarz.

„How are you?“ Es war die Stimme, die zuvor gesungen hatte, welche diese Frage stellte.

„Very bad“, gestand Koslowski. „Who are you?“

„My name is Kwame Maduro. I'm from Ghana.“

Koslowski schloss die Augen. Das weitere Opfer? „Are you okay?“

Kwame nickte. Dann rutschte er näher an Koslowski heran, legte eine Hand unter dessen Nacken und hob seinen Kopf vorsichtig an. Mit der anderen Hand fasste er ihn am Oberarm und zog ihn hoch, sodass er in eine sitzende Position glitt. Koslowski kommentierte seine eigenen Bewegungen mit einem kläglichen Stöhnen. Er hatte das Gefühl, als würde sein Schädel gleich explodieren. Der Ghanaer stand nun auf, fasste Koslowski unter den Achseln und schob ihn so weit zurück, bis er mit dem Rücken an der Wand saß. Dann zog Kwame sein Hemd aus, ging damit zu einem Eimer und tränkte es mit Wasser.

Als er es auf Koslowskis Schädelwunde drückte, seufzte dieser erleichtert. Mit einem nassen Ärmel wischte der Ghanaer ihm das Gesicht ab.

Koslowski blickte ihm in die Augen. „What's about your kidneys?"

Kwame stutzte bei dieser Frage. Dann wollte er wissen, woher Koslowski wusste, dass er hier sei, weil man eine seiner Nieren brauche. Sein Englisch war besser zu verstehen als das manch eines Londoners, denn Kwame sprach akzentfreies Schulenglisch.

Aufmerksam hörte er zu, als Koslowski ihm erklärte, dass er durch Dokumente auf einem Speicherstick von Dragic' Nierenleiden wusste. Davon, dass der auf Dialyse angewiesen war und alles daran setzte, eine Spenderniere zu erhalten. Da dies anscheinend auf legalem Wege nicht möglich war, war er auf die Idee verfallen, sich illegal eine zu besorgen. Nur schien der erste Spender nicht geeignet gewesen zu sein und war deshalb auf brutale Art entsorgt worden. Wenn es überhaupt der erste Spender gewesen war. Vielleicht gab es noch mehrere Opfer.

Dann war es an Kwame, seine Erlebnisse zu schildern. Wie er in Accra ausgesucht worden war, wie man ihn versteckt im Container ins Land geschmuggelt und dann hierher in die *Casa de Mencey Acaymo* gebracht hatte.

„And your kidney?"

Kwame drehte sich auf den Knien herum, sodass Koslowski seinen Rücken sehen konnte. Noch war dieser unversehrt. Er besaß noch beide Nieren.

„Tonight!“ Seine Stimme klang leise und traurig.

Verdammt! Das hatte Dragic damit gemeint, als er sagte, dass er heute einen wichtigen Termin habe. Sie planten die Transplantation in dieser Nacht. Koslowski schloss die Augen und atmete tief durch. Sollte Kwames Leben hier enden? In diesem dreckigen, rattenverseuchten Keller? Er war sich sicher, dass man Kwame, sobald er ausgeschlachtet worden war, entsorgen würde – und ihn als unbequemen Mitwisser gleich mit.

Wie viel Zeit blieb ihnen noch?

Kapitel 41

Während Koslowski sich im Keller den Kopf darüber zerbrach, wie sie sich aus ihrem Verlies befreien konnten, wurde oben im Haus bereits alles für die Operation vorbereitet. Dragic saß in seinem Rollstuhl und überwachte die Vorbereitungen. Erst im letzten Moment wollte er sich der Narkose unterziehen und bis dahin alle Fäden in der Hand behalten. Die beiden Ärzte, die er für teures Geld angeheuert hatte, standen bereit. Er hatte sie in Russland gefunden. Und sie waren es auch gewesen, die dafür plädiert hatten, die Nieren in ihren persönlichen Umgebungen, also in den Körpern der Spender, zu transportieren.

Eine Entnahme in Afrika war von ihnen sowohl aus hygienischen als auch aus Sicherheitsgründen abgelehnt worden. Und so war der erste Spender in Langenholzhausen gelandet. Doch sehr zur Enttäuschung von Michael Dragic hatte der sich kurzfristig als nicht brauchbar erwiesen. Nach der zweiten durchgeführten Kreuzprobe mit seinem Gewebe hatten es die Ärzte abgelehnt, ihn zu operieren. Dragic, seinem neuen Leben schon so nah, war ausgerastet. Wie er seine Wut abreagierte, hatte Koslowski sich auf dem Video ansehen müssen.

Dragic rollte nervös vor und zurück. Heute würde und musste alles gut gehen. Nur noch ein paar Stunden und er wäre wieder ein richtiger Mensch.

Als die Ärzte erklärten, dass sie bereit seien, gab Dragic seinen Männern den Befehl, Kwame aus dem Keller zu holen. Dann würden die Ärzte ihn vorbereiten und ihm anschließend beide Nieren entnehmen. Danach reichte eine einfache Injektion, um ihn aus der Narkose direkt in den Tod hinübergleiten zu lassen. So wie man es mit Hunden machte, die eingeschläfert werden mussten. Nach der Organentnahme war er nutzlos und musste beseitigt werden. Die Ärzte würden eine Niere transplantieren. Die Zweite war für den Fall gedacht, dass es Komplikationen gab. Dies hier war kein Krankenhaus, und Dragic ging daher auf Nummer sicher.

War das erledigt, würde er sich selber auf die Suche nach seinem Vater machen. Koslowski hatte versagt, aber viel Hoffnung hatte Dragic von Anfang an nicht in ihn gesetzt. Er war sich jetzt selber nicht mehr so sicher, ob sein Vater noch lebte, aber er würde es herausfinden.

Einer seiner Männer trat an den Rollstuhl und beugte sich zu ihm herab. „Was sollen wir mit dem anderen Mann im Keller machen?"

Dragic blickte ihm in die Augen. „Was würdest du vorschlagen?"

Der Mann grinste. „Wieder so ein Fest wie mit dem ersten Nigger?"

Dragic lachte gehässig auf. „Ich glaube nicht, dass mir die Ärzte so schnell das Autofahren erlauben werden, daher werden wir wohl auf diesen Spaß verzichten müssen." Seine Miene verhärtete sich. „Erschießt ihn und werft ihn ins Meer."

Der Mann nickte und verschwand.

***

Koslowski lag seitlich und in gekrümmter Haltung auf dem Kellerboden. Kwame kauerte in einer Ecke und hatte seine Arme um die Knie geschlungen. Ihm war kalt, und er zitterte. Er war die Temperaturen im Keller nicht gewohnt, aber das Zittern kam wohl mehr von seiner Angst. Er blickte zu dem weißen Mann hinüber, der sich nicht mehr bewegte. Dann hörte er die Schritte. Sie kamen, um ihn zu holen.

Er erinnerte sich, dass er einmal von einem englischen König gehört hatte, der auf dem Weg zur Hinrichtung nach einem Mantel verlangt hatte, damit das Volk sein Zittern vor Kälte nicht als Angst auslegte. Wie konnte jemand nur so mutig sein?

Kwame legte seine Stirn auf die Knie und begann wieder zu singen. Wieder sang er das alte Lied aus seiner Heimat und erinnerte sich an die großartige Landschaft Ghanas, an seine Vorfahren und an seine Familie. Er würde sie nie wiedersehen.

Die beiden Männer schlossen die Kellertür auf und leuchteten mit Taschenlampen hinein. Ihre Strahlen wanderten durch den Raum, bis sie Koslowski auf dem Boden liegend fanden. Dann irrte das Licht weiter und blieb schließlich auf der zusammengekauerten Gestalt von Kwame haften. Einer der Männer hielt eine Waffe in der Hand, der andere wedelte mit ein paar Handschellen. Vorsichtig näherten sie sich Koslowski. Der Mann mit der Waffe trat mit dem Fuß gegen dessen Schulter, doch er provozierte dadurch keine Reaktion.

„Er ist krank", hörten sie Kwames Stimme auf Englisch. „Er ist plötzlich zusammengebrochen, und seitdem liegt er da. Könnt ihr ihn nicht mitnehmen? Er ist doch ein Weißer, vielleicht sind seine Nieren besser für euren Chef?" Kwames Stimme klang nun schon flehentlich.

Noch einmal trat der Mann Koslowski gegen die Schulter und betrachtete den Körper, der sich nur leicht bewegte. „Los, holen wir uns den anderen."

Noch einmal versuchte Kwame, sich zu retten. „Ich bin sicher, er wäre besser, nehmt ihn!"

Der Mann mit den Handschellen erfasste ihn am Arm und riss ihn auf die Beine. „Hände auf den Rücken!", kommandierte er. Kwame drehte sich nur widerwillig um. „Nein, bitte nicht."

„Halt dein schwarzes Maul, du Affe", herrschte ihn der Mann an und schloss eine Handschelle um sein Gelenk. Sein Kollege mit der Waffe stand daneben und sah zu. Dieser schmierige Nigger war fertig. Zeit, dass sie ihn loswurden. In diesem Moment brüllte Kwame auf wie ein wildes Tier.

Der Mann mit der Waffe in der Hand wurde von Koslowski an der Schulter erfasst und herumgerissen. Bevor er die Waffe heben konnte, rammte ihm Koslowski die abgebrochene Flasche in den Bauch, die er in einer dunklen Kellerecke gefunden und unter seinem Körper versteckt hatte. Mit vor Schreck geweiteten Augen blickte ihn der Mann an. Koslowski ließ die Flasche los, die im Bauch stecken blieb, und griff nach der Waffe.

Der Komplize des Mannes hatte sich durch den Angriff ablenken lassen und versuchte nun, seine Waffe aus dem Hosenbund zu ziehen. Doch die Waffe hatte sich verhakt – und dieser kurze Moment reichte Kwame, um zuzuschlagen. In diesem Schlag lagen all die Angst der letzten Wochen und all die Wut auf seine Peiniger. Der Mann taumelte zur Seite, schüttelte sich und bekam die Waffe frei. Er riss sie hoch und richtete sie auf den Ghanaer.

Der Knall des Schusses war ohrenbetäubend, und der Kopf des Mannes wurde wie von einem Schmiedehammer getroffen zur Seite gerissen. Kwame sprang entsetzt zurück und schrie auf. Doch der Schrei galt nicht seiner Rettung, sondern er wollte Koslowski warnen. Dessen Gegner, dem Koslowski die Waffe aus der Hand gerissen und damit seinen Komplizen erschossen hatte, torkelte nun mit der Flasche auf ihn zu, die er sich selber aus der Bauchwunde gezogen hatte. Koslowski fuhr herum und feuerte einen zweiten Schuss ab. Die Neun-Millimeterkugel traf den Mann in die Brust und schleuderte ihn zurück. Koslowski glaubte, dass ihm die Trommelfelle platzten, so mörderisch laut waren die Schüsse, die durch das Kellergewölbe hallten. Er fuhr herum und sah, dass Kwame ihn anstarrte.

„Die Waffe!“, schrie er und stürmte bereits in Richtung Kellertür. Der Mann aus Ghana schnappte sich die zweite Waffe und hatte Mühe, ihm zu folgen.

***

Oben waren alle hochgeschreckt, als sie die Schüsse im Keller hörten. Im selben Moment wusste Dragic, dass doch noch etwas schiefging. Fluchend drehte er den Rollstuhl und setzte sich dann in Richtung Ausgangstür in Bewegung. Die beiden Ärzte blickten ihn fassungslos an, doch er schenkte ihnen keine weitere Beachtung. Der dritte Schuss, der plötzlich aufbellte, war nicht mehr im Keller, sondern bereits im Treppenhaus gefallen und Dragic befürchtete, dass auch sein dritter Mann nicht mehr lebte.

Er griff in eine schwarze Tasche, die seitlich am Rollstuhl befestigt war, und zog eine Pistole heraus. In diesem Moment erschien der livrierte Diener. Auch er hatte die Schüsse gehört und eilte nun seinem Herrn zu Hilfe.

„Zum Auto!", befahl Dragic, und sofort sprang der Mann hinter den Rollstuhl und schob ihn an.

„Was sollen wir denn nun machen?" Einer der Ärzte hatte sich ihnen in den Weg gestellt. Ohne zu zögern hob Dragic die Waffe und richtete sie auf den Mediziner.

„Verschwinde!" Der Mann sprang zur Seite und ließ ihn passieren. Dragic hatte den Raum soeben verlassen, als die beiden russischen Ärzte polternde Schritte auf der Treppe hörten. Eine Sekunde später stürzte Koslowski in den Raum und richtete die Waffe auf sie. Erschrocken rissen beide die Arme hoch und blickten ihn flehentlich an. Kwame war so nah hinter ihm, dass er gegen ihn stieß.

„Pass auf sie auf!", forderte er den Ghanaer auf und stürmte weiter, „ich kümmere mich um Dragic." Koslowski stürmte aus dem Raum und blieb einen Moment lang orientierungslos im Flur stehen. Rechts oder links? Die Entscheidung wurde ihm abgenommen, als er von rechts das Knallen einer Tür hörte. Er warf sich herum und hastete den Gang entlang.

Auf der rechten Seite führte eine Tür vom Flur ab. Koslowski stellte sich daneben und wollte sie schon mit dem Fuß aufstoßen, als ihm eine Idee kam. Er machte zwei

Schritte zur Seite, hob eine kleine, alte Kommode hoch und stellte sie neben die Tür. Leise kletterte er hinauf und hoffte, dass sie unter seinem Gewicht nicht zusammenbrechen würde. Dann legte er die Hand oben rechts in den Winkel und drückte die Tür mit Schwung auf. Seine Idee mit der Kommode war lebensrettend, denn sofort pfiffen zwei Geschosse in Brusthöhe durch die Öffnung. Draußen wartete also tatsächlich ein Schütze.

Koslowski schob von seinem erhöhten Standpunkt aus vorsichtig die Waffe um den Türrahmen und spähte hinterher. Fünf Meter vor der Tür stand der Diener und hielt eine Glock in beiden Händen. Koslowski konnte im Bruchteil einer Sekunde erkennen, dass der Mann nur darauf wartete, dass sein Gegner im Türrahmen erschien.

Als er Koslowskis Gesicht und die Waffe im oberen Winkel der Tür erkannte, war es zu spät. Er feuerte zwar noch seine Waffe ab, doch der Schuss prallte von den Bodenfliesen ab. Koslowskis Schuss hingegen traf in seine Brust und schleuderte ihn gegen einen großen, hölzernen Esstisch. Der Oberkörper wurde darauf geworfen, die Waffe flog im hohen Bogen durch den Raum. Dann sackten dem Mann die Beine weg, er rutschte vom Tisch, seine Beine knickten ein, und er fiel mit dem Gesicht voran auf den Boden.

Koslowski sprang von der Kommode und warf einen Blick in den Raum. Auf der anderen Seite ging wiederum eine Tür ab. Er setzte über den Toten hinweg und rannte durch den Raum. Der nächste und der übernächste Raum waren leer. Die letzte Tür führte ihn nach draußen auf eine große Terrasse, von der aus man einen atemberaubenden Blick über den Atlantik hatte. Es gab kein Geländer, das die Aussicht einschränkte. In Deutschland eine undenkbare Sache.

Dragic stand mit der Rückseite des Rollstuhles am Rand der Terrasse und seine Augen verrieten Panik. Das hier war eine Sackgasse, seine Männer waren tot und sein Widersacher lebte. Mit zitternden Händen hatte er die Pistole erhoben und auf Koslowski gerichtet. Dabei blickte er in den Lauf von dessen Waffe.

„Tja, ich fürchte, das Spiel ist hier zu Ende“, sagte Koslowski. „Ich denke, Schnelligkeit und Treffsicherheit werden nun entscheiden, wer es letztendlich gewinnt.“

Dragic dachte gar nicht daran, mit Koslowski zu diskutieren, sondern zog hektisch den Abzug durch. Viel zu hektisch. Koslowski warf sich zur Seite. Dragic war kein erfahrener Schütze und hatte die Waffe verrissen.

Koslowski wollte ebenfalls feuern, doch er kam zu spät. Der Rückschlag hatte den Rollstuhl in Bewegung gesetzt. Die Terrasse war zum Meer hin leicht abschüssig, um das Regenwasser abzuleiten und bevor Dragic reagieren konnte, waren die beiden Hinterräder bereits über die Kante gerollt. Dragic kippte nach hinten, löste im Fallen noch einen Schuss aus und stürzte dann schreiend die Klippen hinunter, auf denen die *Casa de Mencey Acaymo* einst erbaut worden war.

Koslowski erhob sich mühsam und trat an den Rand der Terrasse. Direkt unter sich, zwischen schroffen Felsen, lagen die Teile des zertrümmerten Rollstuhls und dazwischen der zerschmetterte Körper von Michael Dragic.

Er fuhr herum, als er hinter sich Schritte hörte und atmete erleichtert auf, als er sah, dass es Kwame war. Dessen Blick war eine einzige Frage und Koslowski beantwortete sie ihm auf Englisch.

„Yes, it’s over!“

Kapitel 42

Der Airbus A 310 hatte Reisegeschwindigkeit erreicht und Kapitän Jens Winkler begrüßte soeben seine Fluggäste. Er erläuterte ihnen die Reiseroute und erhielt dabei fast die komplette Aufmerksamkeit. Nur ein Fluggast war mit seinen Gedanken ganz woanders.

Gleich zu Beginn des Fluges hatte er dem Kabinenpersonal zu verstehen gegeben, dass er nichts essen wollte. Koslowski blickte aus dem Fenster auf die Wasserfläche des Atlantiks hinab, denn der Himmel war völlig wolkenlos. Er hing seinen Gedanken nach. Sein Mund war ausgedörrt, und er verspürte einen metallischen Geschmack darin. Ihm war, als läge eine tonnenschwere Last auf seiner Brust, die ihm das Atmen fast unmöglich machte. Immer wieder seufzte er, und die ältere Dame auf dem Platz neben ihm hatte ihn mehr als einmal besorgt angesehen.

Immer wieder musste er an die Erlebnisse in der *Casa de Mencey Acaymo* und an das Ende von Michael Dragic denken. Auch Zoltans Ende in Lemgo kam ihm noch einmal in den Sinn und er wunderte sich, dass er am Vortag bereits viel leichter getötet hatte als beim ersten Mal. Konnte so etwas zur Gewohnheit werden? Angewidert presste Koslowski die Lider zusammen und schüttelte den Kopf.

Kurze Zeit nachdem Dragic abgestürzt war, hatte Koslowski Comisario Trelles informiert. Dieser brauchte genau siebenundzwanzig Minuten, um am Tatort zu erscheinen. Seine Männer sicherten alles, und unterstützt von einem Dolmetscher befragte der spanische Kriminalbeamte Kwame Maduro. Dann wandte er sich Koslowski zu und ließ sich von diesem den Ablauf schildern.

Doch nur mit den Vorgängen in der Villa gab sich Trelles nicht zufrieden, sondern verlangte nun, die ganzen Zusammenhänge zu erfahren. Sie setzten sich in das Wohnzimmer, und Koslowski begann zu erzählen. Trelles machte sich eifrig Notizen und erteilte seinen Leuten zwischendurch immer wieder neue Anweisungen. Am Ende blickte er Koslowski durchdringend an.

„Ich habe heute mit meinen deutschen Kollegen gesprochen. Was ich über Sie gehört habe, deckt sich mit dem ersten Eindruck, den ich auf dem *Pico de Ingles* von Ihnen gewonnen habe. Ihr Ruf bei der Polizei in ihrer Heimatstadt ...“, der Comisario blätterte in seinen Unterlagen, „Lippe ist anscheinend sehr gut.“

Koslowski machte sich nicht die Mühe, Trelles darüber aufzuklären, dass Lippe keine Stadt, sondern ein Landkreis war. Und auch über die Tatsache, dass Detmold nicht seine Heimatstadt war, ließ er ihn im Unklaren. Dafür schilderte er, wie er an diesen Fall geraten war. Er erzählte vom verschwundenen Vater von Michael Dragic, von den Videos, an die Ingo Maiwald durch seinen letzten Informanten gekommen sein musste und dass er noch nicht wusste, wer dieser letzte Informant war. Er erzählte von dem illegalen Handel mit Elektronikschrott, davon, dass Menschen als lebende Ersatzteillager ins Land geschmuggelt worden waren und wie er fast von Dragics Handlanger Zoltan getötet worden wäre. Und er erzählte dem spanischen Polizisten von den vier Fotos, die er auf Rummesrieders Festplatte gesehen hatte. Fotos von Ivo Dragic, wie der junge Mädchen vergewaltigt hatte. Koslowski erklärte ihm, dass er nicht wusste, wie Rummesrieder an diese Fotos gekommen war. Aber er war sicher, dass dieser Dragic damit zu erpressen versucht hatte. Und auch, dass er annahm, dass Rummesrieder selbst dafür mit dem Leben bezahlt hatte.

Dann war es an Trelles, zu berichten. Die spanische Polizei hatte die Familie Dragic bereits länger im Visier, sie war über ganz Europa verteilt und trieb in vielen Ländern ihr Unwesen. Dabei seien mafiöse Strukturen zutage gekommen, die von dem serbischen Clan zum Teil ganz offen gelebt wurden. Michael Dragic und sein Vater Ivo hatten sich in Deutschland durch die *Cont-Trans* ein ehrbares Ansehen verschafft. Die spanischen Finanzermittler vermuteten, dass die Firma auch für die Geldwäsche der Familie eingesetzt wurde, hatten bislang aber noch keine gerichtsverwertbaren Beweise gefunden. Mit dem heutigen Tage würde dies anders werden. Trelles wusste weiterhin zu berichten, dass junge Mädchen aus anderen serbischen Familien mit Mitgliedern des Dragic-Clans verheiratet wurden. Man zahlte den Schwiegereltern eine ausgesprochen hohe Mitgift und machte es den Frauen so unmöglich, ihre gewalttätigen und brutalen Ehemänner wieder zu verlassen. Das Geld konnte niemand zurückzahlen. Der Clan setzte die jungen Frauen dann in ganz Spanien für die Einbrüche in Wohnhäuser ein und kassierte deren Beute. Es ging das Gerücht, dass der Clanchef sich dabei das „Recht der ersten Nacht“ hatte einräumen lassen. Dieses Gerücht würde sich durch die Aufnahmen auf Rummesrieders Festplatte in handfeste Beweise verwandeln.

„Diese ganze Sippe ist höchst gefährlich, und ich muss Ihnen nicht sagen, wie leichtsinnig Sie waren, als Sie Dragic alleine aufgesucht haben.“ Der Comisario schüttelte den Kopf. „Solche Alleingänge lieben wir hier überhaupt nicht. Vielleicht denken Sie anders über diese Sache, wenn ich Ihnen erzähle, dass wir bei einer versuchten Festnahme des Dragic Clans zwei Leute verloren haben.“

Koslowski hatte die Ellbogen auf die Knie gestützt, sein Kopf hing herab. Er wusste, dass er falsch gehandelt hatte, und sogar der Erfolg, dass er Kwame hatte retten können, entschuldigte das nicht. Vielleicht wäre das sogar alles ohne Blutvergießen über die Bühne gegangen. Er war beileibe nicht stolz darauf, Menschen getötet zu haben.

„Wir werden heute noch ein Protokoll aufnehmen. Wenn Sie wollen, dann können Sie weiter auf Teneriffa bleiben oder nach Hause fliegen.“ Trelles hatte sein Notizbuch zugeklappt.

„Was geschieht mit der Leiche von Ingo Maiwald?" Koslowskis Blick war weiterhin auf den Boden gerichtet.

„Hatte er Familie?" Trelles legte Koslowski die Hand auf die Schulter.

„Ich weiß es nicht, aber ich glaube, er sollte auf jeden Fall in seine Heimat zurückkehren. Wenn Sie erlauben, werde ich mich um alles kümmern."

Der spanische Kriminalbeamte nickte verstehend. „Ich werde mit dem Staatsanwalt und dem Gerichtsmediziner reden. Vermutlich wird es nicht länger als ein paar Stunden dauern, die Leiche freigeben zu lassen." Trelles klappte sein Notizbuch wieder auf und machte ein paar Eintragungen. „Und was wollen Sie jetzt tun? Zurückkehren oder hierbleiben?"

Koslowski hob den Kopf und blickte über die Häuser von Orotava hinweg auf den Atlantik. „Ich denke, das Beste wird sein, ich kehre so schnell wie möglich nach Hause zurück, denn dort gibt es auch noch etwas zu erledigen."

Der Kommissar blickte ihn fragend an.

„Auch wenn Michael Dragic tot ist, so fehlt von seinem Vater immer noch jede Spur, und da gibt es auch noch eine Ehefrau. Ich habe ihr versprochen, mich um das Verschwinden ihres Mannes zu kümmern und werde es auch tun. Egal was für ein Schwein er war. Auch in diesem Falle sollte Gewissheit herrschen."

„Haben Sie denn irgendeine Spur? Und ist das in Deutschland nicht die Aufgabe der Polizei?"

„Eine Spur nicht", entgegnete Koslowski, „aber ich habe eine ganz bestimmte Ahnung und ich möchte herausfinden, ob ich damit richtig liege." Er richtete sich auf und hielt Trelles die Hand hin. „Sie haben recht Comisario, Vermisste sind die Aufgabe der Polizei, aber ich habe diesen Job angefangen und ich werde ihn zu Ende bringen."

Die beiden Männer schütteln sich die Hand und Koslowski blickte zu Kwame hinüber, der soeben von zwei Polizeibeamten aus dem Haus geführt wurde. Er hielt die Decke, die man ihm um die Schultern gelegt hatte, vor dem Körper mit einer Hand zusammen. Man sah dem Afrikaner an, dass er fror. Als er Koslowski erblickte, lief er auf ihn zu. Die beiden Polizeibeamten, die ihn festhalten wollten, unterließen es, als sie Trelles' zustimmenden Blick sahen.

„Sie haben mir das Leben gerettet, ich weiß nicht, wie ich Ihnen danken soll." Kwame ergriff mit beiden Händen Koslowskis Hand und schüttelte sie, dabei rutschte ihm die Decke von den Schultern. Trelles hob sie auf und legte sie sich über den Arm.

„Ich hoffe, du erhältst die Erlaubnis, in Spanien zu bleiben. Oder willst du lieber wieder zurück nach Ghana?"

Kwame hielt Koslowskis Hand immer noch fest umschlossen. „Ich will zunächst zurück zu meiner Familie. Meine Leute werden sich sicherlich schon viele Sorgen gemacht haben." Mit Tränen in den Augen lachte er gepresst auf. „Mein Traum, all ihre Sorgen mit den zehntausend Dollar aus der Welt zu schaffen, ist zerplatzt wie eine Seifenblase."

„Ich wette, deine Leute sind froh, dich heil und gesund wiederzubekommen. Manchmal hält man im Leben Geld für etwas überaus Wichtiges, aber es gibt viel wichtigere Dinge." Koslowski ließ Kwames Hand los und umarmte ihn. „Pass gut auf dich auf!"

Ein paar Sekunden hielten sie sich gegenseitig im Arm, dann legte Trelles behutsam seine Hand auf Kwames Schulter. Das veranlasste den jungen Ghanaer, sich von Koslowski zu lösen und den beiden Polizeibeamten zu folgen.

Koslowski und der Comisario sahen ihnen nach. Er blickte Koslowski von der Seite an und sah dessen besorgtes Gesicht.

„Ich werde mich um ihn kümmern, seien Sie unbesorgt."

Koslowski wandte ihm den Kopf zu und nickte dankbar. Vom Atlantik her kam Wind auf.

Kapitel 43

Zwei Tage später wurde Koslowski vom Klingelton seines Handys geweckt. Im ersten Moment wusste er nicht, wo er war, doch dann ging sein Blick aus dem Fenster. Die Bäume, die er sah, waren Teil des Teutoburger Waldes und standen unweit von seiner Wohnung in Detmold. Benommen richtete er sich mit den Ellbogen auf, und sein Mobiltelefon musste fast drei Sekunden lärmen, bis er registrierte, was ihn geweckt hatte. Schlaftrunken tastete er danach und fluchte, als es ihm aus den Fingern glitt und zu Boden fiel. Auf dem Display sah er, dass ihn wieder einmal ein unbekannter Anrufer sprechen wollte. Er wälzte sich halb aus dem Bett, angelte das Handy und nahm das Gespräch an.

„Hallo, hier ist Benedikt Rauch."

„Wer ist da?", brummte Koslowski schlaftrunken.

„Benedikt Rauch! Sie waren doch vor ein paar Tagen bei mir und haben mir eine CD gebracht."

Jetzt klingelte es bei Koslowski, und er wusste, wen er da an der Leitung hatte. Er ließ sich wieder ins Bett fallen und rutschte darin so weit nach oben, dass er sich mit den Schultern gegen die Rückwand lehnen konnte. Sein Kopf schmerzte immer noch heftig. „Haben Sie das Passwort knacken können?"

Aus dem Telefon drang ein unwirsches Grunzen. „Was dachten Sie denn?" Rauch wirkte direkt beleidigt. „Das Programm, das ein Benedikt Rauch nicht knacken kann, wurde noch nicht erfunden." Der Computerhacker schien von sich mehr als überzeugt zu sein. „Ich habe den Code geknackt, um die Programme öffnen zu können, und dabei zwangsläufig gesehen, was da per Passwort gesichert wurde." Rauchs Stimme, vorher noch ein wenig arrogant, klang nun vollkommen sachlich und ernst. „Ich glaube, Sie sollten schnellstmöglich bei mir vorbeikommen und es sich selber ansehen. Und dann nehmen Sie diese Scheiße sofort wieder mit."

„Was ist denn so Schlimmes darauf?“ Koslowski hoffte, dass es sich nicht schon wieder um einen Mord handelte, den er sich ansehen musste.

„Schwingen Sie Ihren Hintern hierher, dann werden Sie es erfahren.“ Ohne ein weiteres Wort hatte Rauch die Verbindung unterbrochen.

Koslowski warf das Handy auf das Kopfkissen und rutschte wieder in eine liegende Position. An diese verdammte CD hatte er gar nicht mehr gedacht. Aber er war schon so weit gegangen, da konnte er auch noch den Rest des Weges gehen.

Als er wieder in Deutschland angekommen war, hatte er sich mit der Polizei in Verbindung gesetzt, die, informiert durch die spanischen Behörden, Angehörige von Ingo Maiwald ermittelt hatte. Am Flughafen wartete bereits ein Bestattungsunternehmer, der den Sarg mit den sterblichen Resten des Journalisten übernahm. Auf ihn selber hatte Britta gewartet und war ihm erlöst um den Hals gefallen, kaum dass er aus der Passkontrolle kam. Minutenlang hatten sie einander festgehalten und Koslowski hatte gemerkt, dass sie weinte.

„Ich hatte eine Angst um dich. Ich habe schon gedacht, ich sehe dich nie mehr wieder“, hatte sie gesagt.

Koslowski genoss ihre Nähe, doch tief in seinem Inneren spürte er ein seltsames Gefühl. Es schien, als ob sich das Ende ihres Glücks ankündigte, doch er sagte nichts. Auf der Rückfahrt hatte er ihr dann alles erzählt und natürlich hatte sie ihm geraten, die ganze Sache endlich zu beenden. Doch sie wusste, dass sie ihn davon nicht abbringen würde. Koslowski war nicht der Mann, der offene Fäden zurückließ.

An all das musste er jetzt denken, während er noch in seinem Bett lag. Er streckte sich gähnend und wischte sich mit der Hand durchs Gesicht. „Hat ja alles keinen Zweck“, knurrte er und schwang die Beine auf den Boden.

Eine halbe Stunde und zwei Kaffee später war er mit seinem Landrover bereits auf dem Weg nach Schlangen. Er parkte vor Rauchs Haus und ging diesmal direkt zum Hintereingang. Kaum stand er vor der Tür, sprang diese auch schon auf und Koslowski betrat das Haus.

Rauch empfing ihn wie üblich in seiner Höhle und bat ihn, Platz zu nehmen. Als Koslowski sich suchend umsah, zog Rauch einen Stuhl heran und kippte die darauf gelagerten Zeitschriften einfach herunter.

„Mein lieber Mann, ich habe ja schon eine Menge gesehen. Unsereiner ist ja schon recht abgebrüht, was das Internet angeht, aber das hier ist unterste Schublade." Bei diesen Worten hielt er die CD hoch, die Koslowski ihm gebracht hatte. „Absolut übel", setzte er hinzu.

Bevor Koslowski etwas erwidern konnte, hatte Rauch bereits die CD in ein externes Abspielgerät eingelegt und rief auf seinem Computer den Inhalt auf. Im Verzeichnis befanden sich diverse Dateien, deren Endungen sie als Videos auswiesen. Koslowski wartete darauf, dass Rauch sie startete, doch der schmuddelige Dicke dachte gar nicht daran.

„Normalerweise lasse ich ja keine fremden Wurstfinger an meinen geliebten PC, aber heute mache ich mal eine Ausnahme." Der Hacker erhob sich ächzend. „Ich habe nämlich nicht vor, mir diese ganze Scheiße noch einmal anzusehen. Ich werde mir jetzt was zu essen machen. Für die Zubereitung einer Tiefkühlpizza brauche ich ungefähr zwanzig Minuten, so lange haben Sie Zeit, sich die Sachen anzusehen. Danach erwarte ich von Ihnen, dass Sie die Kacke mitnehmen und verschwinden."

Koslowski blickte den Computerhacker erstaunt an. „So schlimm?"

„Nein! Noch viel schlimmer!"

„Was bin ich Ihnen schuldig?"

Rauch zog sein T-Shirt herunter, das über seinen gewaltigen Bauch nach oben gerutscht war. „Gar nichts. Ich hoffe nur, dass das, was auf dem Video zu sehen ist, Konsequenzen haben wird. Ansonsten nehmen Sie es einfach als Gefälligkeit für einen Freund von Bodo Gellendorf." Rauch drehte sich um, kratzte sich am Hintern und watschelte aus dem Raum.

Koslowski sah ihm nach. Er streckte die Hand aus, um nach der Computermaus zu greifen und eines der Videos zu starten, doch er bemerkte, wie er zögerte. Einen Moment lang war er geneigt, die Dateien einfach zu löschen, doch dann siegte seine Neugier.

Auf der CD befanden sich unzählige Videos. Koslowski sah sich allerdings nur einen der Filme an, dann wusste er Bescheid. Und er konnte Rauch verstehen.

Kapitel 44

Koslowski passierte soeben die Stadtgrenze von Detmold, als sein Telefon klingelte.

„Brehm! Wo stecken Sie gerade?“ Die Stimme des Kriminalhauptkommissars klang nicht sehr freudig.

„Ich komme gerade aus Schlangen. Was gibt es denn?“

„Ich würde gern mal mit Ihnen reden. Wann haben Sie Zeit?“

Koslowski hörte, wie Brehm in seinem Terminkalender blätterte. „Von mir aus sofort“, schlug er vor.

„In Ordnung. Sagen wir also in einer Viertelstunde in meinem Büro.“ Ohne sich zu verabschieden, wurde das Gespräch von Brehm abrupt beendet.

Koslowski rollte weiter auf der Paderborner Straße in Richtung Detmold und dachte nach. Eigentlich war ziemlich klar, was Brehm wollte. Er wollte von Koslowski all das hören, was der schon Trelles erzählt hatte. Und er war sich ziemlich sicher, dass Brehm ihm einen kräftigen Einlauf verpassen würde. Zugegebenermaßen war es auch nicht fair gewesen, die Detmolder Polizei im Dunkeln tappen zu lassen. Aber was war heute schon fair?

Koslowski musste wieder an die Filmszene auf der CD denken und schüttelte sich. Die Scheibe lag auf dem Beifahrersitz, und Koslowski hätte sie am liebsten unbrauchbar gemacht und in den nächsten Mülleimer gefeuert. Doch er hatte vor, sie zurückzubringen und den gesamten Fall dann abzuschließen. Der Inhalt der CD war der letzte Mosaikstein gewesen, der ihm noch gefehlt hatte. Jetzt wusste er Bescheid.

Koslowski bog links ab und fuhr hinauf nach Hiddesen. Brehm gegenüber würde er die CD jedenfalls nicht erwähnen, denn er wollte nicht, dass sie später als Beweisstück benutzt wurde. Es reichte, wenn Rauch und er den Inhalt kannten.

Nach ein paar Minuten hatte er das Polizeigebäude an der Bielefelder Straße erreicht und parkte direkt vor dem Haus. Mit einem etwas mulmigen Gefühl stieg er aus und stiefelte in Richtung Eingang. Dabei übersah er ebenso den roten Mini Cooper, der in einer Ecke des Parkplatzes stand, wie auch die Frau auf dem Fahrersitz, die ihm ernst nachblickte.

Nachdem er sich auf der Wache angemeldet hatte, wurde er in die zweite Etage geschickt. Als sich die Fahrstuhltüren öffneten, wartete Brehm bereits im Flur auf ihn. Die Wache hatte ihn von Koslowskis Kommen unterrichtet.

„Wir gehen in mein Büro." Der bullige Kriminalhauptkommissar machte auf dem Absatz kehrt und ging voran.

„Guten Tag!", begrüßte ihn Koslowski und blieb provokant stehen.

Brehm drehte sich zu ihm um und schaute ihn von oben bis unten an. „Meinetwegen auch Guten Tag, wenn Sie so viel Wert auf Umgangsformen legen. Bei Ihnen weiß man ja nie, woran man ist. Mal reden Sie, mal schweigen Sie, mal lügen Sie."

Koslowski blies hörbar die Luft aus. „Den ersten beiden Aussagen stimme ich zu, die letzte ist schlichtweg falsch."

„Ach ja?", fragte Brehm patzig. „Ich dachte, Sie kannten den Mann nicht, den Sie in Lemgo am Abteigarten erschossen haben?"

Verdammt, fluchte Koslowski innerlich, damit hatte Brehm recht. Ansonsten hatte er lediglich geschwiegen, aber in diesem Fall hatte er tatsächlich behauptet, dass er Zoltan nicht kenne und auch nicht wisse, warum der auf ihn geschossen haben könnte.

„Und dann erfahre ich von der spanischen Polizei, dass Sie netterweise auch noch ein paar von dessen Kollegen und den Arbeitgeber des Toten umgebracht haben. Saubere Arbeit, Kompliment!" Brehms Sätze tropften nur so vor Sarkasmus. „Wollen Sie mir bei der Gelegenheit vielleicht noch etwas beichten?"

Koslowski schaute betroffen zu Boden. Brehm wusste noch nicht, dass er in Rummesrieders Haus gewesen war, als das in die Luft flog, und auch noch nicht, in welchem Verhältnis er zu Maiwald gestanden hatte. Es wurde Zeit, dass er reinen Tisch machte.

„Angefangen hatte die ganze Sache damit, dass ich von Michael Dragic damit beauftragt worden bin, seinen verschwundenen Vater zu suchen."

Brehm stampfte wütend mit dem Fuß auf. „Das wird ja immer besser. Wollen Sie vielleicht auch noch unsere Verkehrskontrollen übernehmen? Dann können wir nämlich alle nach Hause gehen."

„Ich gebe zu, dass ich mich da falsch verhalten habe, aber die ganze Sache hat sich erst entwickelt", versuchte er sich zu entschuldigen.

„Kennen Sie den schönen Ausdruck: jemanden auf dem Laufenden halten?" Brehm stopfte missmutig die Hände in die Hosentaschen. „Wenn ich Sie in der Sache mit dem Skorpion nicht von einer ganz anderen Seite kennengelernt hätte, könnte ich eher zu der Auffassung kommen, dass Sie ein ganz schönes Arschloch sind. Wollen wir jetzt in meinem Büro weiterreden?"

Koslowski nickte und folgte Brehm, der sich in Bewegung setzte.

„Ich hätte da übrigens noch eine unbekannte geköpfte Leiche auf dem Schreibtisch. Wenn Sie mit diesem Fall auch noch etwas zu tun haben, dann spring ich aus dem Fenster."

Sie betraten Brehms Büro und Koslowski nahm auf dem Besucherstuhl Platz. „Was haben Sie gerade von einer unbekannten Leiche ohne Kopf erzählt?"

„Ich habe nicht gesagt, dass die Leiche keinen Kopf hat, sondern dass sie geköpft worden ist. Wo habe ich denn die Fotos?" Brehm kramte in einem Stapel Akten. Dann zog er die gesuchte hervor.

„Kein schöner Anblick, aber vielleicht kennen Sie den Mann ja." Er hielt Koslowski ein Farbfoto aus dem Wagen hin.

Der nahm es entgegen und drehte es so, dass er es betrachten konnte. Für eine Sekunde schloss er die Augen, dann reichte er Brehm das Foto wieder über den Schreibtisch. Er hatte den altmodischen Nadelstreifenanzug sofort erkannt.

„Tut mir leid, den Mann kenne ich nicht", log er.

Kapitel 45

Die Befragung durch den Kriminalhauptkommissar hatte annähernd eine Stunde gedauert, und Koslowski hatte mehrfach in Brehms saures Gesicht sehen müssen. Der war nicht darüber erfreut, was Koslowski ihm so alles verschwiegen hatte. Am Ende hatte auch er ihn gewarnt, dass der Dragic-Clan für seine Brutalität bekannt sei. Neben den Informationen aus Spanien hatte Brehm auch die Einschätzung des Bundeskriminalamts erhalten.

Koslowski war froh, als Brehm ihn endlich entließ, und er konnte sich vorstellen, wie sich so mancher Straftäter fühlte, wenn dessen Vernehmung vorüber war. Und dabei war er heute lediglich als Zeuge hier gewesen. Kurz bevor er den Raum verließ, hielt ihn Brehm noch einmal zurück. Er ließ den Bürostuhl nach hinten kippen und verschränkte die Arme vor der Brust.

„Ich bin kurz vor meiner Pensionierung, und ich hoffe, dass wir beide uns nur noch in der Kneipe oder auf der Langen Straße treffen. Hier will ich Sie nicht mehr sehen." Brehm sah ihn eindringlich an. „Was denken Sie, wie lange Sie sich noch in solche Abenteuer wie das hier stürzen und Sie es auch noch überleben können?"

Koslowski hatte die Türklinke schon in der Hand. „Tja, mein lieber Herr Brehm. Wenn es nach meiner Freundin ginge, wäre schon lange Schluss damit. Und auch ich selber habe in der letzten Zeit immer öfter den Eindruck, dass ich von geborgter Zeit lebe. Sie glauben gar nicht, wie froh ich bin, wenn irgendwann wirklich mal Schluss damit ist."

„Dann hoffe ich mal für uns alle, dass das Ende jetzt erreicht ist", sagte Brehm. „Grüßen Sie mir Ihre Freundin, und leben Sie wohl."

Koslowski wollte noch etwas erwidern, doch Brehm hatte sich schon wieder vorgebeugt und in die Akte vertieft. Leise verließ er das Büro und schloss die Tür.

Wenn er Glück hatte, dann kam nicht mehr heraus, dass er wusste, wer der Tote war. Dadurch würde Brehm eine weitere Enttäuschung erspart bleiben.

Er verzichtet auf den Fahrstuhl. Kurz bevor er wieder an seinem Landrover war, öffnete sich die Tür des roten Mini Cooper und Tina Watermann stieg aus.

Mit hochrotem Gesicht kam sie auf Koslowski zu und baute sich vor ihm auf. „Sind Sie jetzt zufrieden?"

Koslowski rechnete jede Sekunde damit, dass sie ihm ins Gesicht spuckte. Ihre Fäuste waren geballt und ihre Augen sprühten Feuer. „Ingo ist tot. War es das alles wert?" Tränen stiegen ihr in die Augen. „Er hat sich so auf Sie verlassen, und Sie haben ihn auf Teneriffa einfach im Stich gelassen."

Koslowski atmete tief durch. „Ich habe ihn auf Teneriffa gar nicht gesehen", wehrte er ab und musste im selben Moment wieder an die grausam misshandelte Leiche von Ingo Maiwald denken. Er überlegte, ob er seine Aussage noch durch den Begriff *lebend* korrigieren sollte, ließ es aber sein. „Das Einzige, was ich auf Teneriffa von ihm bekommen habe, war eine E-Mail. Als ich ihn das nächste Mal gesehen habe, war er bereits tot. Ich hätte nichts für ihn tun können, selbst wenn ich gewollt hätte."

„Diese verdammten Recherchen, sie haben ihn das Leben gekostet. Hätte er sich da rausgehalten, dann wäre er heute noch hier." Bei den letzten Worten war sie immer leiser geworden. „Dann wäre er immer noch hier …", wiederholte sie jetzt nur noch flüsternd.

Koslowski drehte sich zum Gebäude um. „Waren Sie auch gerade bei Brehm?"

Die junge Frau schluchzte und nickte.

„Hat er Ihnen erzählt, was sonst noch auf Teneriffa passiert ist?" Koslowski traute sich nicht, sie anzufassen, dabei hätte er sie nur zu gerne tröstend in den Arm genommen. Als er zögerlich die Hand ausstreckte, zuckte sie erschrocken zurück.

„Er hat mir alles erzählt, was ich über Ingos Tod wissen muss." Ihre Stimme wurde trotziger.

„Hat Brehm Ihnen auch erzählt, dass es durch Ingos Recherchen gelungen ist, einem jungen Mann das Leben zu retten, den man bestialisch ermorden wollte? Hat er Ihnen erzählt, dass der Mann, der für Ingos Tod verantwortlich ist, ebenfalls tot ist?"

„Was nutzt das alles? Ingo ist tot!", schrie sie hysterisch. Verstehen Sie nicht? Er ist tot, tot, tot!" Bei jedem Wort trommelte sie mit den Fäusten auf seinen Brustkorb ein.

Koslowski packte ihre Hände und zog sie an sich. „Beruhigen Sie sich!" Als sie aufhörte, zu schreien, schob er sie wieder von sich weg und blickte ihr ins Gesicht. „Was geschehen ist, können wir nicht mehr rückgängig machen, und glauben Sie mir, auch ich wäre froh, wenn ich in diesen Fall niemals hineingezogen worden wäre. Immerhin habe ich mit Ingo auch einen Freund verloren."

Koslowski ließ ihre Arme los und ging an ihr vorbei zu seinem Wagen. Im Moment hatte es keinen Zweck, mit ihr zu streiten, vielleicht würde sie nach einiger Zeit erkennen, wie die Dinge wirklich gewesen waren. Er kletterte in seinen Geländewagen, setzte vorsichtig zurück und fuhr an ihr vorbei. Im Rückspiegel sah er, wie sie schluchzend und mit hängenden Schultern auf dem Parkplatz stand.

Kapitel 46

Er wachte auf der Couch in seinem Wohnzimmer auf. Nach seinem Besuch bei der Polizei und der Auseinandersetzung mit Tina Watermann war er nach Hause gefahren und hatte sich hingelegt. Bohrende Kopfschmerzen von seiner Verletzung hatten ihm zu schaffen gemacht, und da er keine Tablette nehmen wollte, hatte er die Couch gewählt.

Über seine Grübeleien war er eingeschlafen, und als er zur Uhr blickte, sah er, dass es bereits 20.00 Uhr war. Der Rücken tat ihm weh. Seine Liegeposition war nicht die Beste gewesen. Er schwang sich in eine sitzende Position und legte das Gesicht in die Hände. Der Kopfschmerz hatte zwar nachgelassen, doch in seinem Mund verspürte er einen Geschmack, als ob er an einem Bordstein geleckt hätte.

Ächzend erhob er sich, streckte sich gähnend und hörte, wie seine Schulterknochen dabei knackten. Er suchte die Fernbedienung für die Beleuchtung und schlurfte im Schein einer Stehlampe hinüber in seine Küche. Dort griff er sich die Wasserflasche und leerte sie in einem Zug bis zur Hälfte. Als Nächstes ging er ins Badezimmer und wusch sich durch das Gesicht. So lange hatte er eigentlich gar nicht schlafen wollen, denn es galt noch einen letzten Besuch zu machen. Den Fall zum Abschluss bringen, den letzten losen Faden verknüpfen. Er überlegte kurz, ob es dafür nicht schon zu spät war. Müde betrachtete er sein unrasiertes Ebenbild im Spiegel und nickte ihm auffordernd zu. „Bring es endlich zu Ende!“

Bevor er die Wohnung verließ, griff er noch einmal nach dem Telefon. Als Britta abhob, informierte er sie, wo er gleich hinfahren würde. Sie klang, als sei sie bedrückt und besorgt zugleich.

„Mach dir keine Sorgen, es geht ja nur noch um ein Gespräch“, versuchte er sie zu beruhigen. Doch es schien nicht zu klappen.

***

Eine knappe Dreiviertelstunde später bog der grüne Landrover in Langenholzhausen in die Straße Am Lehmstich ein. „Hoffentlich zum letzten Mal", sagte Koslowski zu sich selber. Es wurde langsam dunkel, doch er sah, dass im Haus von Ivo Dragic noch Licht brannte. Ebenso in der großen LKW-Halle. Alle Büroräume waren bereits dunkel. Als er auf den Hof fuhr, bemerkte er mit einem Blick, dass die Haustür offen stand. Also war Carmen Dragic zu Hause.

Er parkte den Landrover vor dem Bürogebäude und wollte gerade auf das Haus zugehen, als er ein klopfendes Geräusch aus der Halle hörte. War sie vielleicht dort? Die offene Haustür ließ es vermuten. Aber was hatte sie in der LKW-Halle zu tun?

Koslowski wandte sich ab und näherte sich der Hallenfront. Es war ein großes Gebäude, mit acht hohen Rolltoren, durch deren Fenster Licht nach draußen fiel. Im ersten Rolltor war eine normale Tür eingelassen. Sie war unverschlossen, und Koslowski betrat durch sie die Halle. Im selben Moment verstummte das Klopfen. Er blieb an der Tür stehen und schaute sich um.

In drei der insgesamt acht Boxen parkten LKW. Vermutlich waren sie aus Wartungsgründen oder zu Reparaturzwecken hier. Unmittelbar vor Koslowski stand eine schwere Zugmaschine. Das Führerhaus war nach vorn geklappt, anscheinend hatte man am Motor gearbeitet. Doch an diesem Fahrzeug war niemand zu sehen. Woher war also das klopfende Geräusch gekommen? Er drückte sich an dem LKW vorbei und ging langsam weiter in die Halle. Noch lagen sieben Boxen vor ihm.

Die nächsten beiden waren leer, dann folgte eine, in der ein Tanklastzug stand. Doch auch hier war niemand zu sehen. Langsam durchquerte Koslowski die beiden leeren Boxen und näherte sich dem Flüssigkeitstransporter. Kurz davor ging er in die Hocke und versuchte, unter dem Wagen hindurchzuspähen. Er blieb einen Moment lang in dieser

Stellung und lauschte, hörte aber nichts. Sollte das Klopfen ein automatisches Geräusch gewesen sein? Von einer Pumpe oder einem Kompressor, der sich nun selbstständig abgeschaltet hatte? Aber warum brannte dann das Licht in der Halle?

Dass hier irgendwas nicht stimmte, spürte er mit jeder Faser seines Körpers. Es wäre auch ein Wunder, wenn er im Laufe der zurückliegenden Jahre nicht eine Art siebten Sinn für Gefahren entwickelt hätte. Er ging zwischen LKW und Hallentor hindurch. In Augenhöhe sah er die orangefarbenen Warntafeln hinten an dem Gefahrguttransporter. Er las die Zahlen 33/1203. Vor vielen Jahren, als er noch bei der Polizei war, hatte er einmal an einem Gefahrgutlehrgang teilgenommen. Und auch wenn er heute fast alles vergessen hatte, so erinnerte er sich doch noch daran, dass es sich bei dem hier geladenen Gefahrgut um eine leicht entzündliche Flüssigkeit handelte. Und er konnte sich auch noch dran erinnern, dass die 33 bedeutete, dass der Flammenpunkt unter 21 Grad lag. Vermutlich also Benzin oder etwas ähnlich leicht Entzündliches.

Koslowski hatte das Heck des Aufliegers passiert und sah dahinter einen großen Stapel LKW-Reifen. Hinter den Reifen stand ein Sattelschlepper, der einen Container geladen hatte. Auch hier war niemand zu sehen, doch die beiden Türen des Containers standen offen und davor bemerkte er eine Trittleiter. Koslowski wollte gerade einen Schritt auf den LKW zumachen, als eine Person rückwärts aus dem Container auf die Leiter stieg. Koslowski wich leise zurück, bis er mit dem Rücken an den Tanklastzug stieß.

Der Mann, der den Container verlassen hatte, war breitschultrig und muskulös. Seine Oberarmmuskeln schienen das enge, weiße T-Shirt mit dem goldenen Rückenaufdruck *D&G* sprengen zu wollen. Er trug eine graue Jogginghose und neonfarbene Turnschuhe. Sein Haar war schwarz und glänzend, und als sein Fuß den Boden erreicht hatte, drehte er sich um. Koslowski hatte keine Zeit mehr, sich zu verstecken und so blieb er einfach stehen. Der Mann schien nur mäßig überrascht, anscheinend hatte er mit Besuch gerechnet. Es war Koslowski, der vollkommen sprachlos war, denn das, was er sah, konnte nicht sein.

Er hatte diesen Mann in Lemgo selber erschossen. Vor ihm stand Zoltan.

Kapitel 47

Das Messer in der Hand des Serben bereitete Koslowski eine Sekunde lang weniger Sorgen als die Frage, ob er verrückt geworden war. Doch die Antwort darauf musste er zurückstellen, da der bullige Hüne mit einem gehässigen Grinsen auf ihn losmarschierte. Panisch blickte Koslowski nach links und rechts und machte jeweils einen Schritt in diese Richtung, doch der Serbe reagierte sofort und folgte jeder seiner Bewegungen.

Im nächsten Moment stieß sich Koslowski den Rücken an einer scharfen Metallkante, und als er instinktiv danach griff, fühlte er, dass er vor dem Kasten mit den Tankstutzen stand. Die Klappe war geöffnet, anscheinend hatte hier jemand etwas kontrollieren wollen. Zoltan war nur noch etwa fünf Meter von ihm entfernt. Doch plötzlich blieb der Mann stehen. Das lange blitzende Messer immer noch erhoben in der Hand. Dann legte er den Kopf schräg und blickte Koslowski interessiert an. „Sag mal, du Opfer, dich kenne ich doch." Er griff mit der anderen Hand in die Jogginghose und förderte ein Handy zutage. Er hielt es in Kopfhöhe hoch, damit er sowohl auf das Display sehen, als auch Koslowski im Auge behalten konnte.

Dieser tastete hinter sich im Armaturenkasten herum. Auch er ließ den Serben nicht aus den Augen. Wieder schoss ihm eine Erinnerung aus dem Gefahrgutslehrgang durch den Kopf. Die Warntafeln mussten auch am Fahrzeug bleiben, wenn die Tanks zwar leer, aber ungereinigt waren. Das hatte mit der Gasbildung und der Explosionsgefahr zu tun.

„Du Schwein hast meinen Bruder getötet!", brüllte der Hüne plötzlich. Koslowski konnte die Mordlust in seinen Augen sehen. Demonstrativ drehte der Serbe sein Handy und Koslowski erkannte sich auf dem Display. Irgendwer hatte ihn hier auf dem Firmengelände fotografiert. Vielleicht stammte das Bild auch von einer der Überwachungskameras.

„Du hast Zoltan getötet!“, schrie der Mann und stürmte los.

In diesem Moment hatte Koslowski einen Hebel gefunden und hoffte, dass er noch einmal im Leben Glück hatte. Im selben Moment, in dem er ihn herunterriss, täuschte er einen Ausfallschritt nach rechts an, sprang dann jedoch nach links. Ein dicker Strahl Benzin schoss aus dem Füllstutzen, und der bullige Mann lief mitten hinein. Innerhalb weniger Sekunden stand er in einer riesigen Lache der hochbrennbaren Flüssigkeit. Der unerwartete Schwall hatte ihn geschockt und seine Augen weiteten sich noch mehr, als er sah, dass Koslowski zu einem Transportwagen sprang, auf der eine Sauerstoff- und eine Acetylenflasche standen. Um die beiden Flaschen waren die Schläuche und der Brenner für autogenes Schweißen gewickelt. An einem der Ventilregler hing eine Zündvorrichtung, die Koslowski eine Sekunde später in der Hand hielt.

Die aufsteigenden Benzindämpfe ließen den bulligen Mann blinzeln. Er hob den linken Arm hoch und wischte sich mit dem Ärmel seines T-Shirts über die Augen. Immer noch sprudelte Benzin aus dem Tankfahrzeug. Es zwang den Serben, immer weiter zum Hallentor zurückzuweichen.

„Wirf das Messer weg!“, forderte Koslowski ihn auf.

Der Mann konnte vor lauter Benzindämpfen kaum noch etwas erkennen, und auch Koslowski merkte, dass sie ihm immer mehr zu schaffen machten. Als der Hüne den Reifenstapel im Rücken spürte, besann er sich endlich und warf das Messer achtlos zur Seite. Sein Handy steckte er vorsichtig zurück in die Hosentasche. Wer hatte nicht schon einmal das Gerücht gehört, dass durch den Gebrauch eines Mobiltelefons eine ganze Tankstelle in die Luft geflogen sein sollte?

Koslowski hielt immer noch die Zündvorrichtung in der Hand, merkte jedoch, wie die Dämpfe auch ihm die Luft zum Atmen raubten. Ein Blick zum LKW zeigte ihm, dass der Benzinfluss langsam versiegte. Vermutlich war es nur der Rest einer Ladung gewesen, der noch nicht komplett abgepumpt worden war. Das war sein Glück gewesen.

Der Mann schob sich nun langsam mit dem Rücken auf das Hallentor zu, und als er einen der Torpfeiler erreicht hatte, hob er die Hand und tastete nach dem elektrischen Türöffner.

„Das würde ich lassen!", riet ihm Koslowski. „Überhaupt würde ich momentan jeden elektrischen Funken vermeiden." Auch er konnte jetzt nur noch blinzeln und Tränen stiegen ihm in die Augen. „Wir müssen hier raus. Los, beweg dich nach vorne zu der kleinen Tür."

Der Mann stieß sich vom Pfeiler ab, hielt eine Hand vor die Augen und taumelte in Richtung Ausgang. Das Benzin lief mittlerweile unter den beiden großen Hallentoren hindurch auf den Hof. Der bullige Kerl taumelte auf die Zugmaschine zu, die in der ersten Box stand, und begann plötzlich zu husten. Anscheinend hatten ihm die Benzindämpfe dermaßen zugesetzt, dass sich seine Lunge verkrampfte. Der Anfall war so stark, dass er sich an der Zugmaschine abstützen musste.

Koslowski blieb sicherheitshalber ein paar Meter hinter ihm stehen und wartete darauf, dass sich der Anfall legte. Auch ihm war mittlerweile übel und er gierte nach frischer Luft. Noch immer war er geschockt über die täuschende Ähnlichkeit des Mannes mit Zoltan. Das mussten Zwillinge gewesen sein. Verdammt, warum musste er hier ausgerechnet Zoltans Bruder in die Arme laufen?

Dessen Anfall schien immer schlimmer zu werden, denn er beugte sich noch weiter hinab. Es sah aus, als ob der Serbe sich gleich übergeben musste. Doch Koslowski täuschte sich.

Der Mann hatte die Gelegenheit genutzt, sich beim Husten auf dem LKW abzustützen und die Hand auf ein schweres Brecheisen zu legen. Damit kam er nun in einer fließenden Bewegung hoch und schwang es um sich, in der

Hoffnung, Koslowski sei ihm bereits nah genug. Der Schlag ging jedoch ins Leere.

Koslowski ließ den Anzünder fallen und sprang zurück. Zoltans Bruder folgte ihm auf dem Fuße und trieb ihn jetzt mit ausholenden Bewegungen vor sich her. Koslowski merkte, wie ihm Panik den Hals zuschnürte. Wo sollte er hin? Er würde es weder zu der kleinen Tür schaffen, noch konnte er zurück in die benzinverseuchte Halle.

Der Serbe kam immer näher und Koslowski musste bereits beim Zurückspringen den Bauch einziehen, um dem nächsten Schlag des Brecheisens auszuweichen. Zum Verhängnis wurde ihm dabei ein Scherenwagenheber, der hinter ihm stand und ihn fast zu Fall brachte. Er taumelte noch zwei Schritte rückwärts weiter, dann prallte er mit dem Rücken gegen das Hallentor und rutschte daran herunter. Kaum saß er auf dem Boden, als sein Widersacher bereits über ihm stand, die Brechstange erhoben in beiden Händen.

Scheiße, jetzt war es soweit, dachte Koslowski, fühlte aber weder Zorn noch Enttäuschung, sondern lediglich das Gefühl einer großen Leere. Irgendwann musste ja mal Schluss sein, irgendwann musste selbst die längste Glückssträhne zu Ende gehen.

Doch dann wusste er nicht, was ihn mehr überraschte, die Tatsache, dass sein Mörder plötzlich einen Schritt zurücktaumelte, oder der große rote Fleck, der sich plötzlich auf seinem weißen T-Shirt ausbreitete.

Die Augen des Mannes waren vor Überraschung geweitet und blickten ungläubig auf seine Brust herab. Mit einem metallenen Scheppern fiel das Brecheisen auf den Hallenboden. Zoltans Zwillingsbruder hob den Kopf und blickte Koslowski ungläubig an. Dann schaute er über ihn hinweg auf das Einschussloch in der Scheibe des Rolltores.

Koslowski sah zu, wie der Hüne auf die Knie fiel und dann langsam seitlich umkippte. Warum das so war, hatte er bislang noch nicht registriert. In diesem Moment wurde das Hallentor von außen geöffnet, es schabte an Koslowskis Rücken entlang bis er den Halt verlor und einfach rücklings umfiel.

Auf dem Rücken liegend blickte er sowohl in den Lauf einer schweren Pistole, als auch in Carmen Dragics Augen. Er sah, wie sich ihr Daumen auf den Schlaghahn legte. In sein Schicksal ergeben schloss Koslowski die Augen.

Kapitel 48

Sie saßen auf dem kalten Boden der Halle. Bogdans Leiche lag zwischen ihnen. Seine gebrochenen Augen standen offen, und es wirkte, als ob er interessiert die Hallendecke betrachtete. Auch im Tod zeigte sein Gesichtsausdruck immer noch Verblüffung. Es schien so, als wäre er erstaunt darüber, dass ihn ausgerechnet die Frau seines Chefs erschossen hatte.

Dass er Bogdan hieß, hatte ihm Carmen gesagt, nachdem sie den Schlaghahn zurückgezogen und die Waffe entspannt hatte. Dann hatte sie Koslowski aufgeholfen und war durch das offene Tor in die Halle gegangen. Als es hinter ihnen wieder herunterfuhr, war Koslowski zu den benachbarten Toren gelaufen und hatte sie geöffnet. Dann hatten sie sich an je einen der Pfosten gelehnt und lange Zeit schweigend zu Boden geblickt.

„Er heißt Bogdan. Er war ein Tier." Mit diesen Worten hatte Carmen Dragic das Schweigen gebrochen. „Glauben Sie ja nicht, dass ich bereue, ihn getötet zu haben. Wenn ich etwas bereue, dann die Tatsache, dass ich es nicht schon viel früher getan habe." Sie biss die Zähne zusammen, und ihre Wangenmuskeln arbeiteten deutlich. Langsam rutschte sie am Pfeiler hinab. Die Waffe lag zwar nun neben ihr auf dem Hallenboden, doch von dieser Frau ging keine Gefahr mehr aus, da war sich Koslowski sicher.

Heute trug sie eine enge, schwarze Hose und einen schwarzen Rollkragenpullover. Schwarz betonte ihre schlanke Figur noch mehr. Doch Koslowski wusste, dass die langärmligen Kleider und Pullover keine modische Marotte von ihr waren, sondern, dass es einen triftigen Grund gab, sie zu tragen.

„Ich habe die Filme gesehen", begann er leise und setzte sich nun ebenfalls auf den Boden.

Carmen Dragic hob den Kopf und blickte ihm erstaunt in die Augen. „Woher …?"

Koslowski senkte den Bick, weil es ihm peinlich war zuzugeben, dass er die CD gestohlen hatte. Aber das alles waren nur kleine Fische, verglichen mit dem, was bisher passiert war. Menschen hatten ihr Leben lassen müssen. „Ich habe eine der CDs Ihres Mannes mitgenommen, als ich hier war.“

Sie blickte ihn weiter gebannt an.

„Ich habe das Versteck in seinem Arbeitszimmer gefunden. Es tut mir leid, ich dachte, dass ich darauf Informationen finde, mit denen ich sein Verschwinden klären könnte, aber was ich gesehen habe …“ Er ließ den Rest des Satzes unausgesprochen.

Carmen Dragic zog die Knie an und umschlang sie mit beiden Händen, dann legte sie ihr Gesicht darauf. Einen Moment lang herrschte Schweigen. Dann blickte sie wieder auf, erhob sich und zog ihren Rollkragenpullover aus.

Was Koslowski zu sehen bekam, war das Ergebnis dessen, was er und Rauch auf der CD gesehen hatte. Oberkörper und Arme waren über und über mit Narben und Brandmalen bedeckt. Sie reichten fast bis hinunter an die Handgelenke. An denen konnte man mehrere Schnitte erkennen, wie sie typisch für versuchte Pulsaderöffnungen waren. Carmen Dragic deutete mit dem Finger auf diese Narben. „Die hier sind von mir“, sagte sie mit leiser Stimme. „Sie waren einige der ersten.“

Koslowski schloss die Augen. Als er sie wieder öffnete, war Carmen Dragic dabei, ihren Rollkragenpullover wieder anzuziehen.

„Nachdem sie mich das erste Mal vergewaltigt und misshandelt hatten, habe ich versucht, mir das Leben zu nehmen, aber es hat nicht geklappt. Leider haben sie mich zu früh gefunden. Damit begann mein Martyrium erst richtig. Man entzieht sich ihrem Willen nicht, sagten sie. Ivo und Michael drohten mir weiterhin damit, meine Familie umzubringen, wenn ich ihnen nicht weiter zu Willen war.“

Koslowski horchte auf. „Ich dachte, Ihre Familie sei tot."

„Eine Schutzbehauptung", lachte Carmen bitter auf. „Der Versuch, alles von ihnen fernzuhalten. Sie haben schon genug gelitten.

„Also hat Ihr Mann Sie erpresst?" Koslowski atmete tief aus. Hier taten sich Abgründe auf.

„Ja, er und sein perverser Sohn Michael. Sie haben mich erpresst und benutzt. Sie müssen wissen, Ivo war ein Sadist. Er hat nicht nur mich vergewaltigt und gequält."

Koslowski nickte wissend. „Ich weiß, ich habe auch die Videos der anderen Mädchen gesehen."

Carmen blickte ihm kurz in die Augen, dann schloss sie ihre. Ein Zittern lief durch ihren Körper. „Michael hingegen war, seit er diese Nierenprobleme hatte, gar nicht mehr in der Lage, eine Frau zu befriedigen. Die Wut darüber hat ihn zu einem Monster gemacht. Das war auch einer der Gründe, warum ihn seine damalige Freundin verlassen hat. Seitdem hasste er alle Frauen und mich ganz besonders. Sie haben ja auf dem Video gesehen, was er mit mir gemacht hat, dieser perverse Krüppel." Feuer des Hasses glomm in ihren Augen auf.

Langsam verflüchtigte sich der Benzindampf aus der Halle. Die beiden weiter hinten geöffneten Tore taten ihre Wirkung.

„Wie können Menschen nur so grausam sein?" Er stellte sich diese Frage eher selber, als dass sie an Carmen gerichtet war, doch sie antwortete ihm darauf.

„Den beiden ging es nur um Macht. Macht über ihre Leute, Macht über ihre Geschäfte und Macht über mich und andere Frauen. Sie waren böse und suchten Wege, diese Macht auszuüben. Sicherlich wissen Sie, dass Vergewaltigung meist eher was mit Macht als mit sexueller Befriedigung zu tun hat, oder?"

Koslowski wusste es und nickte.

„Und so begannen sie, mich zu foltern. Sie verbrannten meine Haut mit Zigaretten, sie peitschten mich aus und ab und zu ließen sie mich von einem ihrer Leute vergewaltigen und sahen dabei zu. Meist waren es Zoltan oder Bogdan." Angewidert blickte sie zu der Leiche hinüber, dann spuckte sie in diese Richtung. „Sie waren die Schlimmsten. Sie empfanden in zweierlei Hinsicht Freude, zum einen dabei, mich zu vergewaltigen, zum anderen dabei, ihren beiden Herrn zu zeigen, wie ergeben sie ihnen waren." Carmen Dragic riss die Hände vors Gesicht und begann zu schluchzen.

Koslowski konnte nichts weiter tun, als sie gewähren zu lassen.

Als sie wieder aufblickte, hatte sich ihr Gesichtsausdruck plötzlich verändert. Er war hart und gnadenlos geworden. „Sie glauben nicht, wie froh ich bin, dass dieses Schwein da tot ist. Genauso tot wie sein Bruder, den Sie in Lemgo erschossen haben. Außerdem werde ich dem Mann ewig dankbar sein, der dafür gesorgt hat, dass Michael nicht mehr lebt. Endlich haben sie alle ihre gerechte Strafe bekommen."

„Alle?" Koslowski blickte sie eindringlich an, er hatte nicht vor, Carmen zu sagen, wie Michael Dragic gestorben war, stattdessen stellte er eine andere Behauptung auf. „Sie haben noch jemanden vergessen."

„Sie meinen Ivo?" Sie richtete ihren Blick auf den Hallenboden. „Jetzt ist sowieso alles egal. Aber ich vermute, Sie kennen die Wahrheit bereits, oder?"

Koslowski nickte. „Ich kann nichts beweisen, aber ich habe eine Vermutung." Er streckte erschöpft die Beine von sich und ließ die Arme sinken. „Irgendwann ergab sich eine Gelegenheit, Ihren Mann zu töten, und die haben Sie wahrgenommen. Es muss eine verdammt schwere Arbeit gewesen sein, ihm den Kopf abzutrennen und ins Auto zu wuchten." Während er sprach, betrachtete er sie sehr aufmerksam. „Dann haben Sie den Wagen in den Wald gefahren und stehen gelassen. Den Kopf, mit dem von Säure zerfressen Gesicht haben Sie ihm dort in den Schoß gelegt."

„Woran haben Sie erkannt, dass es Ivos Leiche war?"

„Erinnern Sie sich noch daran, dass Sie mir mal sagten, dass er immer diese altmodischen Nadelstreifenanzüge getragen hat?“

Carmen Dragic blickte ihn an. „Ja, stimmt und auch mit allem anderen liegen Sie hundertprozentig richtig. „Aber so schwer, wie Sie vermuteten, war es nicht. Ich hatte einen Helfer.

Koslowski wurde hellhörig.

„Als vor einiger Zeit mein Bruder hier auftauchte, entschloss ich mich, diesem grausamen Spiel ein Ende zu machen. Weder mein Mann noch mein Stiefsohn wussten, dass er hier war, und nachdem ich ihm alles gebeichtet hatte, war er sofort bereit, mir zu helfen.“ Sie lächelte Koslowski an. „Machen Sie sich keine Mühe, ihn ermitteln zu wollen, er ist schon längst wieder weg und weder die Polizei noch Sie werden ihn finden.“

„Warum sollte ich das auch wollen?“ Koslowski legte die Hände in den Schoß. „Ich bin kein Polizeibeamter und kein Richter. Ich bin bloß jemand, den man ab und zu um Hilfe bittet, nicht mehr und nicht weniger. Und ich kann Sie verstehen. Nein, nicht nur verstehen, sondern sogar mit Ihnen mitfühlen. Und ich habe, ehrlich gesagt, schon ziemlich früh vermutet, dass Sie etwas mit seinem Verschwinden zu tun haben.“

„Wie sind Sie darauf gekommen?“ Carmen Dragic war hellhörig geworden.

„Als ich das erste Mal bei Ihnen war, haben Sie in mir nicht den Eindruck einer trauernden Witwe erweckt. Ihre Sorge schien mir zu gespielt.“ Koslowski schloss die Augen, um sich besser konzentrieren zu können, dann sprach er weiter. „Ich vermute sogar noch etwas anderes. Ich glaube, dass Sie auch von den Organspendern gewusst haben. Ich glaube sogar, dass Sie wussten, was mit ihnen geplant war, wenn man sie ausgeschlachtet hatte.“

Carmen hatte zu Koslowskis Worten bedächtig genickt. „Ja ich wusste es. Ich war es, die die Aufnahmen von dem jungen Afrikaner gemacht hat, als Michael ihn überfahren hat, und ich schäme mich dafür, dass ich ihm damals nicht geholfen habe."

„Dann wären Sie garantiert die Nächste gewesen", vermutete Koslowski. „Aber dann waren Sie es auch, die sich im Krankenhaus telefonisch nach ihm erkundigt hat, oder?"

„Ja, ich habe dort angerufen. Michael hat sogar noch einen seiner Leute dorthin geschickt, um ihn umbringen zu lassen, denn sie hatten ihn nach dem Unfall fälschlicherweise für tot gehalten. Also sollte noch jemand nachhelfen." Sie schluchzte leicht. „Aus lauter Wut habe ich die Aufnahmen dann an einen Journalisten weitergegeben, den ich auf einer Feier getroffen hatte. Er schien sehr an der Familie und ihren Machenschaften interessiert zu sein und versprach mir, dafür zu sorgen, dass alles an die Öffentlichkeit kommt."

„Ingo Maiwald. Es ist ihm gelungen, aber dafür hat er mit seinem Leben bezahlt", erklärte Koslowski.

Carmen schlug sich die Hand vor den Mund. „Oh, mein Gott. Hätte ich ihn doch niemals da reingezogen."

„Sie brauchen sich keine Vorwürfe zu machen, Ingo Maiwald war Journalist mit Leib und Seele und bereit, für diese Story weit über das normale Maß an Recherche hinauszugehen. Ich glaube, ich brauche Ihnen nicht zu sagen, dass auch sein Tod auf Michaels Konto geht."

„Dieses Schwein war der Satan in Menschengestalt." Carmen Dragics Augen sprühten Feuer. „Ich hoffe, er hat genauso gelitten wie all die anderen, die er gequält hat."

„Ich kann Ihnen versichern, dass er nicht im Bett gestorben ist."

Sie wirkte erstaunt. „Dann waren Sie dabei, als er…?"

Koslowski nickte nur und fragte seinerseits nach. „Dann waren Sie vermutlich auch Maiwalds letzter Kontakt, nicht wahr?" Er stemmte sich vom Boden hoch. „Von Ihnen hat er auch den Computerstick bekommen, richtig?"

„Ja, er sagte mir, dass er ihn verstecken wollte, weil er wusste, dass sie hinter ihm her waren."

Koslowski drückte den Rücken durch und wischte sich den Staub von der Hose. Carmen Dragic blickte zu ihm auf. „Es gibt noch etwas, das ich tun muss."

Koslowski wirkte erstaunt. „Wieso, es ist doch alles vorbei?"

Sie schüttelte energisch den Kopf. „Nein, wer mit der Dragic-Sippe zu tun hat, für den ist es nie vorbei. Ich muss Sie warnen. Die werden wissen, dass Sie es waren, der ihre Leute getötet hat. Die werden herausbekommen, dass ich Ivo auf dem Gewissen habe, und die werden alles tun, um uns beide zu töten. Ich rate Ihnen, verschwinden Sie und bringen Sie sich in Sicherheit. Warnen Sie auch alle, die Ihnen nahestehen und halten Sie sich von ihnen fern, Sie haben von nun an den Geruch des Todes an sich."

Koslowski spürte, dass sie es ernst meinte.

Sie seufzte und blickte ihm in die Augen. „Ich bin mit allem fertig. Sie können jetzt die Polizei anrufen."

Koslowski steckte die Hände in die Hosentaschen, blickte noch einmal auf Bogdans Leiche und zuckte dann mit den Schultern. „Wie ich bereits gesagt habe, ich bin nicht die Polizei und auch kein Richter. Leben Sie wohl."

Damit drehte er sich um und ging langsam auf den Ausgang der Halle zu.

Epilog

Der Schwan war verstummt.

Erst jetzt bemerkte Walfried Eugelink, dass es am Teich totenstill geworden war. Voller Wehmut dachte er an die letzten sechs Jahre zurück. An die Erlebnisse und Abenteuer mit seinem Freund. Daran, dass er ihn einmal für tot gehalten hatte und dass Koslowski tatsächlich nicht weit davon entfernt gewesen war.

Und nun war er verschwunden.

Die Schlinge um seinen Hals hatte sich immer weiter zugezogen. Die Behörden hatten ihn gewarnt, dass die Dragic-Sippe öffentlich damit gedroht hatte, ihn für den Tod von Michael zur Rechenschaft zu ziehen und einen Preis auf seinen Kopf ausgesetzt hatte. Die ganze Sache hatte richtig Fahrt aufgenommen, nachdem die Polizei, alarmiert durch einen anonymen Anrufer, das Firmengelände in Langenholzhausen durchsucht hatte. Danach hatte es in Europa etliche Verhaftungen in den Reihen des Clans gegeben.

Carmen Dragic war beim Eintreffen der Polizei verschwunden, und niemand wusste, wo sie jetzt war. Was man fand, waren zwei Leichen. Die eines mit Haftbefehl gesuchten Serben und die halb verweste eines ehemaligen Angestellten der Firma Dragic, den man anhand seiner DNA als Bernd Rummesrieder identifizieren konnte.

Ihn hatte man in einem Verschlag gefunden, der als Versteck in einen Container eingebaut worden war. Man vermutete, dass der Serbe dabei überrascht worden war, wie er die Leiche aus dem Container herausgeholt hatte und verschwinden lassen wollte. Dabei war es möglicherweise zu einem Streit oder Kampf gekommen, bei dem der Mann dann erschossen worden war. Doch wer der oder die Täter waren, blieb unbekannt.

Ein gewisser Verdacht fiel dabei auf Carmen Dragic – dies wurde durch ihr Verschwinden untermauert.

Man entdeckte die Verbindungen nach Afrika, genauer gesagt nach Ghana, wo sich der Serbe mit dem Namen Bogdan längere Zeit aufgehalten hatte. Alles in allem eine sehr undurchsichtige Sache.

Auch Koslowski war ausführlich befragt worden, hatte aber zur weiteren Aufklärung nicht viel beitragen können. Oder wollen, wie Eugelink eher vermutete. Er war sich sicher, dass sein Freund mehr wusste. Aber vielleicht lag sein Schweigen darin begründet, dass er um sein Leben bangte. Und auch wenn die Polizei ihm Personenschutz zugesichert hatte, so waren sich alle darüber einig, dass der nie hundertprozentig sein konnte.

Es war beileibe nicht Koslowskis Art, gefährlichen Situationen aus dem Weg zu gehen, aber in diesem Falle hatte er die Notbremse gezogen und war untergetaucht. Sein Landrover stand in Augustdorf bei der Autovermietung von Jobst Stieger und sollte dort im Kundenauftrag verkauft werden. Doch Eugelink wusste von Stieger, dass er schon jetzt Geld dafür an Koslowski gezahlt hatte.

Auch wenn es Bankmitarbeitern nicht erlaubt war, über die Konten von Kunden zu sprechen, so hatte Eugelink hinter vorgehaltener Hand doch erfahren, dass Koslowski sein Konto aufgelöst hatte.

Seine Wohnung hatte er gekündigt und seine Möbel der Flüchtlingshilfe gespendet. Sein Vermieter kannte seine neue Adresse ebenso wenig wie der Briefträger. Und niemand wusste genau, wann und wie er Detmold verlassen hatte.

Zuletzt war Eugelink den schwierigsten Weg gegangen und hatte sich mit Britta getroffen. Als sie sich sahen, war die sonst so beherrschte Anwältin Eugelink weinend um den Hals gefallen.

„Ich weiß nicht, wo er ist. Er war nur noch einmal bei mir und hat sich verabschiedet. Es war zum Heulen.“ Britta Craven putzte ihre Nase und wischte sich dann die Tränen ab. „Er hat gesagt, dass er mich liebt und dass er mich genau deswegen verlassen muss. Er könne nicht mehr für meine Sicherheit garantieren. Und mit ihm zusammenzubleiben, würde bedeuten, ständig Zielscheibe zu sein.“

„Hat er denn nicht gesagt, wo er hin will? Ob man ihn per Telefon oder Mail erreichen kann? Wie bleibt ihr denn in Kontakt?“ Eugelink konnte die Wahrheit nur schwer begreifen. Es war ja fast so, als wäre Koslowski gestorben. Er wollte noch gar nicht daran denken, wie er das Verschwinden seines besten Freundes seinen beiden Söhnen erklären sollte. Auch sie hatten Koslowski sehr gemocht.

„Wir haben keinen Kontakt mehr“, schluchzte Britta. „Er hat nur gesagt, dass er vielleicht irgendwann wiederkommt. Aber erst dann, wenn sich alle Wogen geglättet haben. Aber ich glaube nicht daran.“ Britta blickte Eugelink kurz in die Augen, dann brach sie wieder in Tränen aus.

Ihm selber war auch nicht besser zumute gewesen. Und so hatten sie sich nur stumm aneinander festgehalten.

Bei dem damaligen Gespräch hatte er die Tränen noch zurückhalten können, jetzt aber liefen sie ihm übers Gesicht. Selten im Leben hatte er so eine Leere empfunden. Lippe ohne Koslowski? Das konnte er sich nicht vorstellen. Er blickte traurig über den Teich.

Der Schwan war ans Land geschwommen und lag nun wie leblos am Ufer. Den Kopf hatte er in sein Gefieder versenkt. Er wirkte wie ein großer Schneeball, den der Frühling hier vergessen hatte.

Ob er noch lebte?

Nachwort

Am Ende eines Romans ist es mir schon eine liebe Pflicht geworden, mich zu bedanken. Auch das siebte Titelbild stammt wieder aus der bewährten Feder von Hamit Urasaew. Mit seinen Titelbildern hat er dieser Reihe ein eigenes Gesicht gegeben und somit wesentlich mitgeprägt. Weiterhin möchte ich mich bei meinen Testlesern bedanken, die wieder unermüdlich nach Fehlern gesucht haben. Dass meine regionalen Romane so weit verbreitet sind, habe ich dem Verlag topp+möller in Detmold zu verdanken. Stellvertretend für alle Mitarbeiter möchte ich mich dafür bei Elisabeth Brandt bedanken, die regelmäßig und unermüdlich dafür sorgt, dass alle Anfragen beantwortet und alle Probleme beseitigt wurden.

Danke auch an Christiane Hetzel, die mir den Zugang zum Leopoldinum, dem lippischen *Hogwards* ermöglicht hat. Außerdem wurde es höchste Zeit, diesen Roman meiner unermüdlichen Freundin Inge zu widmen, die bisher alle Erstlektorate übernommen hat. Sie hat Koslowski aufwachsen sehen, und nicht nur ihn.

Ein weiterer Dank geht wie immer an meine Frau, ohne die es all meine Bücher und meine anderen Projekte nicht gäbe. Damit bewahrheitet sich wieder einmal eine alte Lebensweisheit. Hinter jedem erfolgreichen Mann steht eine starke Frau.

Last but not least möchte ich mich bei Ihnen bedanken, den Leserinnen und Lesern, denn ohne Ihre Treue würde es meine Bücher nicht geben. Vielen Dank.

Joachim H. Peters

Detmold, im Oktober 2015